KB041140

더 뉴 게이트

14. 죽음에 이르는 죄

THE NEW GATE
더 뉴 게이트

14. 죽음에 이르는 죄

카자나미 시노기 지음
Illustration 반파이 아키라
김진환 옮김

라루나

목차

용어 해설 ― 5

등장인물 소개 ― 6

월드맵 ― 9

Chapter1　용사의 실력 ― 11

Chapter2　전초전 ― 93

Chapter3　침투하는 어둠 ― 163

Chapter4　악마의 고치 ― 227

스테이터스 소개 ― 319

「THE NEW GATE」 세계의 용어에 관해

● 능력치

LV: 레벨

HP: 히트 포인트

MP: 매직 포인트

STR: 힘

VIT: 체력

DEX: 기술

AGI: 민첩성

INT: 지력

LUC: 운

● 거리·무게

1세메르 = 1cm

1메르 = 1m

1케메르 = 1km

1구므 = 1g

1케구므 = 1kg

● 화폐

쥬르(J): 500년 뒤의 게임 세계에서 널리 통용되는 화폐.

제일(G): 게임 시대의 화폐. 쥬르보다 10억 배 이상의 가치가 있다.

쥬르 동화(銅貨) = 100J

쥬르 은화(銀貨) = 쥬르 동화 100닢 = 10,000J

쥬르 금화(金貨) = 쥬르 은화 100닢 = 1,000,000J

쥬르 백금화(白金貨) = 쥬르 금화 100닢 = 100,000,000J

● 육천의 길드하우스

1식 괴굉방 데미에덴(통칭: 스튜디오) 『검은 대장장이』 신 담당

2식 강습함 세르슈토스(통칭: 쉽) 『하얀 요리사』 쿳쿠 담당

3식 구동 기지 미랄트레아(통칭: 베이스) 『금색 상인』 레드 담당

4식 수림전 팔미락(통칭: 슈라인) 『푸른 기술사(奇術士)』 카인 담당

5식 혼란 정원 로메눈(통칭: 가든) 『붉은 연금술사』 헤카테 담당

6식 천공성 라슈감(통칭: 캐슬) 『은색 소환사』 캐시미어 담당

시린 라가스

18세. 로드. 엘쿤트 왕국의 최고 전력인 용사.

파가르 엔트

20세. 휴먼. 시린과 어깨를 나란히 하는 용사. 주요 무기는 쌍검.

마사카도

148세. 드래그닐. 전 플레이어로 히라미 와는 게임 시절부터 파트너였다.

히라미

148세. 픽시. 엘쿤트 마법 학교의 학장. 신과 같은 전 플레이어.

슈니 라이자

521세. 하이 엘프. 신의 서포트 캐릭터. 500년 동안 신을 기다려왔다.

신

본작의 주인공. 21세. 하이 휴먼. 온라인 게임에서 이름을 떨친 최강 플레이어. 데스 게임 클리어 후, 500년 뒤의 게임 세계로 차원 이동되었다.

룩스리아

433세. 「죄원의 악마」 중 하나인 「음욕의 악마」. 엘쿤트 마법 학교의 보건교사.

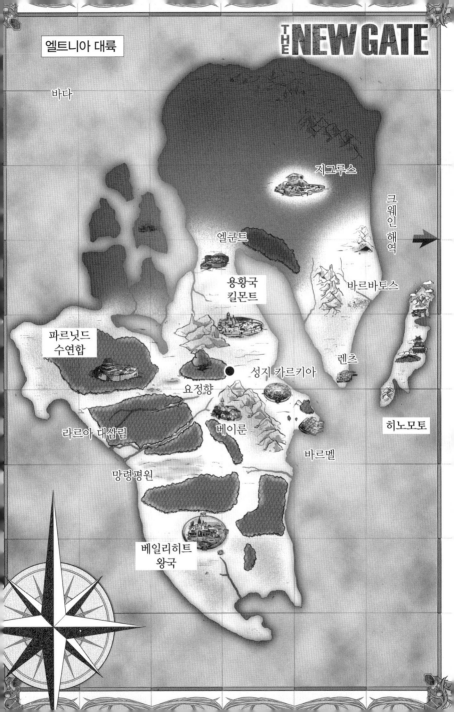

용사의 실력 | Chapter 1

사신 아듀트로포스와의 싸움 뒤에 엘쿤트 마법 학교로 전송된 신과 슈니.

　그곳에서 만난 전 플레이어 히라미 학장은 학교에 들어온 죄원의 악마로부터 학생들을 지켜달라고 의뢰했다.

　문제가 된 음욕의 악마 룩스리아와는 별 탈 없이 화해했지만 호전적인 탐욕의 악마가 엘쿤트를 노리고 있다는 사실이 밝혀진다.

　그런 가운데 신이 트레이닝 던전에서 만났던 뮤와 기안, 렉스가 누군가에게 조종 당한다. 신 일행은 세 학생을 구출하고 원흉인 몬스터를 퇴치했다.

　그러나 드롭 아이템에 표시된 이름은 탐욕이 아닌 『나태의 결정(드롭 오브 피그리스)』이었는데─.

　신과 슈니는 뮤 일행이 조종 당한 사건에 관해 논의하기 위해 학교를 찾았다.

　안내 받아 들어간 방에서는 히라미뿐만 아니라 룩스리아의 모습도 보였다.

　"이야기는 들었어?"

신은 가벼운 인사를 나눈 뒤 바로 본론으로 들어갔다.

"응. 나태가 탐욕에 맞서 반란을 일으켰다는 신의 예상은 아마 맞는 것 같아. 그 아이도 나처럼 탐욕하고는 성격이 잘 안 맞았을 거야. 어떻게든 반항하려 했겠지."

룩스리아는 이미 히라미에게 상황을 전해 들었는지 심각한 얼굴로 말했다. 그녀 나름대로 짚이는 부분이 있는 듯했다.

"세 사람은 어때? 그 뒤로 건강에 문제가 있진 않았어?"

"신 씨가 주신 엘릭서(만능 약)도 먹었고 저희가 조사한 결과로도 아무 이상이 없었어요. 본인들도 아픈 곳은 없다고 해요. 룩스리아 씨도 협력해주신 덕분에 이제 악마의 영향은 없다고 봐도 될 것 같네요."

"응, 확실히 괜찮을 거야."

히라미와 룩스리아의 대답에 신은 안도의 한숨을 내쉬었다.

신이 할 수 있는 치료는 아이템과 스킬을 이용한 방법뿐이었다. 슈니도 진찰해주었지만 악마에게서 직접 확인받자 조금 남아 있던 불안까지 깨끗이 사라졌다.

"그러면 아까 하던 이야기로 돌아가자. 이번 일에는 인간도 가담하고 있으니까 대책을 세우기가 쉽진 않을 거야."

자발적으로 악마에게 협력하는 사람이 있더라도 신이 가진 아이템으로는 일반인과 똑같이 인식되니까 개별적으로 구분해낼 수 없었다.

"그래서 말인데요. 악마와 싸울 때 어떻게 대처해야 하는지를 신 씨가 가르쳐주셨으면 해요. 그 아이들처럼 조종 당하는 일을 막을 수 있을지도 모르잖아요."

"히라미는 대항 수단에 대해 잘 모르는 거야?"

"네. 게임 이벤트 때도 다른 사람이 가르쳐주는 대로만 행동했거든요. 그래서 악마에게 어떤 공격이나 아이템이 효과적인지 잘 몰라요. 다른 플레이어 분들을 통해서도 어느 정도는 알아냈지만, 그게…… 방법을 안다고 전부 준비할 수 있는 건 아니잖아요."

대(對)악마용 무기와 방어구는 따로 존재했다. 악마와 그 부하들에게 주는 대미지를 늘리거나 상태 이상 공격을 완화, 무효화하는 효과를 가진 장비들이다.

그리고 상태 이상을 막아주는 아이템도 따로 존재했다. 그것들을 충분히 준비해놓는다면 다소 레벨 차이가 나더라도 일방적으로 당하지는 않을 것이다.

다만 충분한 양을 준비하는 것이 쉽지 않다는 게 문제였다. 게다가 악마는 일반 몬스터나 보스처럼 흔히 출현하는 것이 아니기 때문에 활용할 기회가 많지 않은 물건이다.

그리고 제작에 필요한 재료가 게임 시절보다 귀하고 비싸다 보니, 제작법을 알더라도 장비를 만들어낼 수 있는 대장장이가 흔치 않았다. 따라서 충분한 양을 준비하기는 쉽지 않은 상황이었다.

"장비 외의 대항 수단이라. 가장 확실한 건 스킬이지만 모든 병사에게 전수해줄 수도 없으니까 말이지."

원래의 습득 방법으로는 시간이 너무 오래 걸렸고 모두에게 나눠줄 만한 『비전서』도 없었다.

간부나 장군급 인사에게만 습득시키는 방법도 있지만 이미 그 정도의 준비는 되어 있을 것이다.

"많은 인원에게 보급해줄 만한 게 뭐 없을까요? 필요한 재료가 적고 비용도 저렴한 걸로요."

"그런 게 있으면 왜 고민하겠어."

저비용, 저효과의 아이템도 있긴 했지만 그것을 군대에 보급하려면 상당한 숫자가 필요했다.

아이템 제작에도 그 나름의 스킬이 요구되므로 단기간에 양산하는 것은 무리였다.

"역시 조금이라도 더 강한 사람의 장비, 아이템에 집중할 수밖에 없는 걸까요."

"웬만한 병사들은 아이템을 사용하기도 전에 죽어버리거나 위압감에 눌려 움직이지 못할 게 뻔하니까 말이지. 선정자 같은 강자에게만 나눠주는 방법이 좋다고 생각해. 나도 무기 정도는 빌려줄 수 있고."

죄원의 악마를 상대하는 이상 인색하게 굴 수는 없었다.

일반적인 선정자의 능력치를 생각했을 때 빌려줄 만한 장비의 등급은 전설급, 높아봐야 신화급이었다.

신은 자신의 존재가 이미 알려졌으니 굳이 몸을 사릴 필요는 없을 거라 생각했다.

"유감이지만 어쩔 수 없죠. 전력이 될 만한 사람들의 주무기를 조사해둘게요. 그 정도로 많은 무기를 가졌다는 게 알려지면 나중에 어떻게 될지 모르지만…… 죄송해요. 저도 지금 얼마나 힘을 보탤 수 있을지 모르는 상황이니까요."

"그야 뭐…… 그래. 악마 사냥꾼 일족의 후예 같은 설정으로 둘러대면 되겠지. 히라미와 마사카도도 있는데 나만 귀찮다고 도망칠 수는 없잖아."

"─유사시에는 제 관계자라고 이야기하면 될 거예요. 선불리 건드리진 못하겠죠."

잠자코 이야기를 듣던 슈니가 입을 열었다. 슈니 라이자의 관계자라면 쉽게 건드리지 못할 거라고 한다.

"괜찮겠어? 그건 그것대로 귀찮아질 텐데?"

"상관없어요. 의뢰를 받아 활동하는 건 신이 돌아올 때까지만 할 생각이었으니까요."

슈니가 외부 의뢰 때문에 신의 곁을 비웠던 건 이미 맡았던 일들의 뒤처리를 하러 떠났을 때뿐이었다.

"……이참에 남편으로 발표해버리는 것도 괜찮은 방법 아닐까요?"

슈니가 갑자기 꺼낸 말에 히라미도 적극 찬성하고 나섰다.

"그렇게 하면 신 씨의 전투력이나 대악마 무기를 갖고 있다는 이야기는 그냥 묻힐 거예요. 하지만 엄청난 주목을 받는 건 마찬가지일 텐데요."

악마를 쓰러뜨릴 수 있는 인물보다는 슈니의 반려자 쪽이 훨씬 큰 충격을 줄 수 있을 것이다.

특히 슈니의 동족인 하이 엘프들은 사실 확인을 위해 대대적으로 움직일 거라고 히라미는 말했다.

"엘프들의 촌락은 아무래도 상관없어요. 하이 엘프 중에는 쓸데없이 자존심만 높은 이가 많아서 가까이 가고 싶지도 않거든요."

"촌락의 하이 엘프들이 들으면 슬퍼하겠네요. 뭐, 자업자득이지만요."

"슬퍼하든 말든 정말로 상관없어요."

슈니는 평소 같지 않게 히라미의 말에 날 선 반응을 보였다. 동족이라는 이유만으로 예전에 많은 민폐를 끼친 모양이다.

"너희들, 너무 여유만만한 거 아냐?"

"꼭 그렇다고 할 수도 없는데 말이지."

신은 당시를 떠올리며 불쾌해하는 슈니의 머리를 쓰다듬어주면서 룩스리아에게 어깨를 으쓱해 보였다.

"그것보다 악마에 대한 대항 수단이라면 그야말로 악마 자체인 룩스리아에게 물어보는 게 가장 빠르지 않겠어?"

"자기 약점을 남에게 가르쳐주는 악마가 있을까 싶지

만…… 너희가 아는 것과 크게 다르진 않아. 정보의 질로 따져보면 오히려 부족할지도 모르고."

"그게 무슨 말이야?"

지금의 룩스리아는 단순한 몬스터가 아니었다. 사람과 동등하거나 그 이상의 지성을 갖고 있었다.

그렇다면 자신의 약점 정도는 파악하고 있는 것이 당연했다.

"사람들도 자신에게 어떤 마법이나 약이 잘 통하고 어떤 효과가 나타나는지 완벽히 파악하고 있는 건 아니잖아. 나도 마찬가지야. 치명적인 위협은 본능적으로 알 수 있지만 그 외에는 잘 몰라."

"그렇게 말하면 우리도 반론할 수 없겠군."

신도 자신에게 잘 통하는 무기와 아이템에 관해 말해보라고 한다면 완벽히 대답할 자신이 없었다.

기껏해야 고대급 무기나 대인용(對人用) 장비 정도가 떠오를 뿐이었다.

"신이 방금 말한 아이템을 나에게 시험해보면 효과가 있는지 정도는 알 수 있을걸."

"알 수 있을걸? 그게 그렇게 가볍게 할 소리야? 인체 실험이라도 하는 것 같아서 꺼림칙하다고."

"즉사 효과만 아니면 괜찮아. 빨리 시험해봐. 나에게 효과가 있으면 아와리티아에게도 통할 거야."

"······그렇게까지 해야 하는 건가."

"당연하지. 그런 녀석과 하나가 되는 것만은 죽기보다 싫은 걸."

룩스리아는 양손으로 어깨를 감싸며 고개를 빠르게 가로저었다. 과거에 무슨 일이 있었는지는 몰라도 소름이 끼칠 만큼 싫은 모양이었다.

"뭐, 룩스리아에게 시험하든 안 하든 여기서는 좀 그래. 사람들 눈에 띄지 않는 장소가 더 좋지 않겠어?"

적어도 학장실에서 할 만한 행동은 아니었다.

신은 영 내키지 않았지만 결국 내일 시험해보기로 했다.

"볼일은 이게 다야?"

"아니요, 하나 더 있어요. 굳이 따지자면 이쪽이 더 중요하겠네요."

"좋은 이야기는 아닌 것 같군."

히라미의 표정을 보니 어떤 내용인지 대충 짐작이 갔다.

"왕성에서 룩스리아 씨에게 사문위원회에 출석하라는 연락이 왔어요."

"사문위원회? 내가 잘 몰라서 그러는데 이쪽 세계의 사문위원회에 대해 알려주겠어?"

신은 현실 세계의 사문위원회에서 어떤 일을 하는지 정도는 알고 있었다. 하지만 이곳의 법은 물론이고 사회 제도도 현실 세계와는 달랐다. 같은 명칭도 전혀 다른 뜻으로 쓰일

가능성이 있었던 것이다.

"엘쿤트에 속한 조직 내에서 문제를 일으킨 사람을 조사하고 처벌을 의결하는 자리예요. 룩스리아 씨는 일단 엘쿤트 학교 소속의 교원으로 등록되어 있으니까요. 하지만 우리가 있던 곳처럼 공정하다고는 할 수 없어요. 아니, 우리가 있던 세계에서도 전부 공정했다고 할 수는 없겠네요."

"왜 그래?! 갑자기 표정이 확 안 좋아졌잖아?!"

"후후, 어느 세계에서든 남에게 피해만 줄 줄 아는 바보가 있기 마련이잖아요……. 룩스리아 씨가 죄원의 악마라는 걸 밀고한 사람이 있었어요."

범인의 정체는 이미 대충 짐작하고 있다고 한다.

다만 죄원의 악마 중 하나인 『탐욕의 악마』 아와리티아가 언제 공격해올지 모르는 상황에서 국내에 다른 악마가 체류 중이라는 사실이 좋게 받아들여질 리는 없었다.

룩스리아 본인에게 싸울 마음이 없더라도 그녀의 강력한 능력 때문에 과잉 반응이 나오기 마련이었다.

"제가 발굴해온 인재라고 발표한 것도 문제가 된 것 같아요."

"그야 학교 안에 고위 악마가 있다면 어쩔 수 없겠지."

다짜고짜 토벌하러 오지 않는 것은 '섣불리 자극했다간 도시 안에서 난동을 피울 수 있다'라는 의견과, '학교 안에서 성실히 일하고 있고 탐욕의 악마와 싸울 때도 협력해준다고 하니 그녀를 이용하는 것도 괜찮은 방법이다'라는 의견이 나오고 있기 때문이라고 한다.

"정말로 협력해줄 건지, 인간들에게 적의가 없는지 등을 확인하고 싶어 하는 모양이에요. 다만 역시 악마라는 점이 엄청난 마이너스 요소라 결정 위원들 대부분이 토벌파예요. 그중에서도 발언력이 가장 강한 한 명을 조심해야 하고요. 잘못하면 제대로 된 조사조차 이뤄지기 힘들 거예요."

투표를 할 때 1인당 한 표씩 행사하는 것은 아니라고 한다. 위원의 지위와 직책에 따라 표가 달라지는 것이다.

이번 사문위원회에서는 많은 표를 가진 인물이 룩스리아 토벌파로 돌아섰다고 한다.

이대로라면 틀림없이 나쁜 방향으로 진행될 거라고 히라미가 말했다.

"사람마다 행사하는 표가 달라진다니. 그게 뭐야?"

"특권 계급에게 많은 권한이 주어지던 시대의 잔재예요. 그래도 선왕 때부터 많은 개혁이 이뤄지고 있어요. 현 국왕이 즉위한 뒤로도 많이 개선되었고요."

선민의식에 사로잡힌 귀족들이 적지 않다 보니 구시대적인 제도가 아직도 남아 있다고 한다. 그리고 하필 이번 일에 그런 제도가 작용하게 된 것이다.

"국왕은 신중한 분이라 바로 토벌하자는 의견은 물리치고 계세요. 룩스리아 씨는 지금까지 아무 문제도 일으키지 않았으니까요. 오히려 기술 개발 부문에서 도움을 받은 적도 있었고 그때 완성된 제품이 국민에게 유용하게 쓰였다는 것도 이해하고 계시죠."

"'몬스터 따윈 전부 토벌해버려!'라고 나오지 않은 것만 해도 다행이려나. 하지만 사문위원회에서 악의 축으로 몰리면 결국 끝장인 거잖아. 룩스리아가 분명한 아군이라는 걸 증명할 방법이 없을까?"

"일단 고민은 해봤는데 말이죠……."

괴로워하는 히라미의 표정을 보면 좋은 생각이 떠오르진 않았다는 것을 알 수 있었다.

"사문위원회의 위원들을 교체할 수는 없을까?"

"정해진 임기가 있거든요. 그 기간 동안에는 기본적으로 교체가 불가능해요. 부정이라도 발각되면 이야기가 달라지지만 이렇다 할 증거를 찾아낸 것도 아니라서요."

위원들을 끌어내리는 방법은 이미 시도된 듯했다.

"다음으로 생각나는 건 왕이 직접 명령을 내리는 방법인데…… 그건 아무래도 힘들겠지."

"악마와 협력하라는 명령이 떨어지면 반발이 엄청날 거예요. 지금이야 방어에 도움이 될 만한 건 전부 이용하자는 분위기라 그나마 괜찮지만요."

룩스리아가 악마라는 사실을 들킨 시점에서 히라미도 아와리티아에 관한 정보를 아는 대로 전달했다고 한다.

룩스리아는 레벨 700의 악마였다. 그보다도 강한 악마가 습격해온다는 사실이 룩스리아를 토벌하자는 의견을 막아준 셈이다.

아와리티아가 몬스터를 부하로 두고 있다는 사실은 트레이닝 던전에서 벌어진 사건을 통해 이미 널리 알려져 있었다.

몬스터 중에는 사람보다 강한 개체가 얼마든지 있었다. 거기에 물량 공세까지 더해진다면 엘쿤트는 함락될 수밖에 없다. 왕국 입장에서는 악마끼리 싸워주기를 바라는 마음도 있을 것이다.

"이런 상황에선 내가 무슨 소릴 해도 안 들어주겠지."

"정신 스킬을 갖고 있다는 게 이미 알려졌을 테니까 말이야."

정신 계열 스킬은 매우 치명적이기 때문에 어떤 몬스터가 사용하는지 잘 알려져 있다. 대표적인 예가 바로 악마다.

룩스리아는 성별에 관계없이 상대를 매료시킬 수 있기 때문에 자기도 모르는 사이 조종 당하는 경우도 있을 수 있다.

룩스리아가 말을 꺼내기도 전에 상대방은 무조건 의심부터 하기 때문에 제대로 된 대화조차 힘들다고 한다.

"룩스리아가 위험하다고 낙인찍히면 히라미의 입장도 위태로워지겠군."

"악마를 감싸주었다고 비난한다면 저도 반박할 말이 없으니까요. 악마는 일반적으로 인류의 적이잖아요. 하지만 저는 룩스리아 씨는 괜찮을 거라고 생각해요. 직접 이야기해보니까 그렇게 단언할 수 있겠더라고요."

"어머, 어쩌면 자기도 모르는 사이에 매료된 건지 누가 알아?"

룩스리아가 단호하게 말하는 히라미를 놀리듯이 말했다. 하지만 히라미는 표정 하나 바뀌지 않고 말을 이어갔다.

"이러니저러니 해도 3년 동안 함께 학생들을 지켜봐왔으니까요. 악마에 대해서는 예전부터 잘 알고 있었으니까 레벨이나 능력치를 생각하면 두려울 수밖에 없었어요. 하지만 진작 솔직한 대화를 나눠봤다면 위험하지 않다는 걸 알 수 있었을지도 모르죠."

물론 꼭 그랬으리라는 보장은 없지만요, 라고 덧붙이며 히라미가 웃었다.

자신의 목숨 하나로 끝나는 상황이었다면 히라미도 분명 그렇게 했을 거라고 신은 생각했다. 이 세계에 오기 전에도 다른 사람들을 위해 목숨을 희생한 사람이 바로 히라미니까 말이다.

"내가 졌어. 항복할게. 왜 악마한테 웃어 보이고 그래? 정말……."

히라미의 시선을 피하려는 듯이 룩스리아는 고개를 획 돌렸다.

어린아이 같은 몸짓으로 옆을 돌아보는 룩스리아의 얼굴은 붉게 상기되어 있었다. 악마도 부끄러움을 타는 모양이다.

"아와리티아만 없으면 둘이서 잘 해나갈 수 있을 것 같네."

"동감이에요."

룩스리아의 분위기가 평소와 달랐지만 연기하는 것 같지는 않았다. 맞장구를 치는 슈니도 미소를 짓고 있었다.

"자, 잠깐, 그 흐뭇한 미소는 뭐야! 내가 악마라는 걸 잊은 건 아니겠지?"

"섹시한 이미지가 확고해졌을 때 귀여운 매력을 어필하는 건가요. 역시 음욕의 악마답네요."

"내가 대체 뭘 했다고 그러는 건데?!"

룩스리아가 놀림 받는 꽤나 진기한 광경이 연출되고 있었다. 히라미의 장난기가 가라앉을 때까지는 몇 분의 시간이 더 필요했다.

"아무튼. 룩스리아가 위험하지 않다는 걸 증명할 방법 말인데……."

"내가 당할 때는 방치해두더니, 갑자기 본론으로 돌아가시겠다?"

"……방법 말인데."

"무시하지 마! 조금 도와주면 어디가 덧나?! 확 덮쳐버릴까 보다! 야하게!"

룩스리아는 겉모습과 어울리지 않은 우악스러운 목소리로 신을 몰아세웠다.

놀림 당하는 게 익숙하지 않은 룩스리아는 상당히 약이 오른 모양이었다.

"앞으로도 계속 볼 사이잖아. 이 정도로 동요하면 어떡하려고 그래?"

"방금 그건 등 뒤가 막 간지러웠는걸."

룩스리아는 아직도 홍조를 띤 얼굴로 눈썹을 찡그리며 양팔로 자신의 몸을 감쌌다. 풍만한 가슴이 안쪽으로 모이면서 스웨터 위로도 크기와 형태가 분명하게 드러났다.

"크윽, 부끄러워하는 모습까지 섹시하다니. 역시 볼륨감 때문일까요?"

"지금 같은 상황에서 그런 생각을 할 여유가 있다니……."

자신의 가슴을 응시하며 중얼거리는 히라미에게 룩스리아는 질렸다는 듯이 말했다.

"정신적인 여유가 사라지면 좋은 생각이 떠오르지 않거든요. 하지만 이제 남은 여유는 그리 많지 않겠네요."

신나게 놀려대거나 룩스리아의 가슴을 빤히 처다봤던 건 마음의 여유를 유지하기 위해서였다고 히라미가 말했다. 물론 그런 짓을 하다가 오히려 진퇴양난에 빠질 수도 있겠지만 말이다.

"그러면 이제 내가 하려던 이야기를 마저 해도 될까?"

"부탁드려요."

"아까도 말했지만 룩스리아가 위험하지 않다는 걸 증명하는 방법에 관해서야. 나를 악마 사냥꾼 일족의 후예로 소개하자는 이야기를 했었잖아. 그걸 활용해서 이렇게 해보는 건 어떨까?"

신은 자신의 아이디어를 설명하기 시작했다.

그것을 들은 나머지 일행은 자신의 생각보다는 괜찮은 것 같다며 신의 아이디어를 토대로 나름의 개선점을 제안하기 시작했다.

✝

며칠 후, 신과 슈니(유키로 변장 중이었다)는 히라미 일행과 함께 왕성에 와 있었다.

일반적인 사문위원회는 성 밑 거리에 위치한 전용 회의장에서 열리지만, 이번처럼 특별한 인물을 다룰 때를 위해 특별 회의장이 따로 있었다. 성내에 악마를 들여도 되나 싶었지만 그렇다고 딱히 좋은 방법이 있는 것도 아니었다.

원래 신 일행이 사문위원회에 출석할 권리는 없었다. 하지만 의제와 관련된 중요한 인물이라고 히라미가 강력하게 주장한 끝에 특별히 출석이 허락되었다.

다만 허가가 난 것은 신 혼자였고 슈니는 회의장 밖에서 기다려야 했다.

"다들 꽤나 긴장했나 본데."

안내를 맡은 병사를 따라 통로를 걸어가던 신은 자신들을 호송하듯 둘러싼 병사들을 보며 작게 중얼거렸다.

"당연하지. 아무리 많은 병사가 갑옷을 입고 맞서더라도 내가 팔 한 번만 휘두르면 전부 고깃덩이가 될 텐데. 그런 상대와 함께 행동해야 하다니, 경비병들도 고생이 많아."

"그러면 안내할 사람을 한 명만 보내도 될 텐데 말이지. 만약 네가 나쁜 마음을 먹으면 피해만 늘어나는 셈이잖아."

"체면 때문이 아닐까?"

"두 분 다 조용히 걸으세요. 다 들린다고요."

신과 룩스리아는 작게 소곤거리고 있었지만 발소리가 선명히 들릴 정도로 조용한 공간이다 보니 비밀이랄 게 없었다.

히라미의 주의를 받은 신이 다시금 주변을 둘러보니 병사들은 모두 얼굴이 딱딱하게 굳었고 빈혈이라도 있는 것처럼 안색이 안 좋았다.

평소 같았으면 슈니의 미모에 넋을 잃는 인원이 많든 적든 나오기 마련이었지만 오늘은 다들 꼿꼿이 앞만 바라보고 있을 뿐이었다. 신과 룩스리아가 나눈 대화가 들렸을 텐데도 주의조차 주지 않았다.

오히려 괜히 말을 꺼냈다가 비위에 거슬릴까 봐 두려워하는 눈치였다.

"오늘은 사람들과 편하게 대화할 수 있는 상대라는 걸 어필하는 게 좋지 않을까?"

"그럴지도 모르겠네요. 쓸데없이 겁주려고 하면 안 돼요, 룩스리아 씨."

"괜찮아. {주인님} 말씀은 잘 들을 테니까."

룩스리아는 그렇게 말하며 싸늘한 미소를 지어 보였다. 그러더니 "이렇게 웃는 게 더 악마 같지?"라고 덧붙였다.

바뀐 건 표정뿐이었다. 복장도 학교에서 입던 그대로 스웨터와 타이트스커트 위로 흰 가운을 걸치고 있었다.

차이점이 있다면 목에 차고 있는 까만 목걸이였다. 1세메르 정도 굵기의 금속제 목걸이로 전에 성녀 유괴 사건 때 쓰인 『예속의 목걸이』와 매우 유사했다.

하지만 겉모양만 비슷할 뿐, 실제로는 금속으로 만들어진 평범한 목걸이였다.

특수한 효과는 전혀 없었기에 룩스리아라면 한 손으로 찢어버릴 수도 있을 것이다.

"이쪽입니다. 들어가시죠."

신 일행은 병사의 말에 따라 회의장으로 들어섰다. 예상보다 넓은 회의장 중앙에는 빈 공간이 있었는데, 피조사인이 그곳에 서서 질문을 받게 되는 것 같았다.

그리고 그곳을 내려다볼 만큼 높은 위치에 위원들로 보이는 남녀가 앉아 있었다.

원형 벽을 따라 배치된 위원들 가운데서도 정면에 앉은 비만 체형의 40대 남성과, 백발을 뒤로 넘긴 60대 남성의 자리가 한층 높았다.

단상 정면에 위치한 것을 보면 사문위원회는 그 두 사람을 중심으로 진행되는 모양이었다. 겉모습만 보면 한 명은 사치에 찌든 방탕한 귀족이고 다른 한 명은 기품 넘치는 노귀족이었다.

신이 예상한 대로 히라미와 룩스리아에게 중앙의 단상에 서달라는 요청이 왔고 둘은 거기에 따랐다. 신은 그 뒤에서 대기하면 되는 것 같았다.

"그러면 지금부터 히라미 히라사토 님, 그리고 룩스리아 님에 대한 심의를 진행하겠소."

중앙에 앉은 두 사람 중에 노귀족이 사문위원회의 시작을 알렸다. 낮게 울리는 목소리였다.

"현재 히라미 님은 죄원의 악마 중 하나인 음욕이라는 재앙을 국내에 끌어들이고 오랜 시간 동안 그것을 은폐했다는 혐의, 그리고 탐욕의 악마까지 엘쿤트에 끌어들이려 한다는 혐의를 받고 있소."

노귀족은 날카로운 눈빛을 두 사람에게 향하며 담담히 말했다.

"제아 경. 혐의가 아니라 사실이라고 해야 맞지 않겠습니까?"

옆에 앉은 비만 체형의 남자가 제아 경으로 불린 노귀족에게 말을 꺼냈다.

"코발 경. 심의 중에 개인적인 발언은 자제하기 바라오. 이 모든 혐의가 아직 사실로 밝혀지지는 않았으니 말이오."

"심의가 다 무슨 소용이겠습니까? 정말 저 여자가 죄원의 악마라면 우리 모두가 이미 저 여자의 지배하에 놓여 있을 텐데요."

"그건 경이 판단할 문제가 아니오."

코발 경은 히라미와 룩스리아를 제쳐둔 채 이야기를 끌어나가려 했지만 제아 경은 완고하게 버텼다. 신은 그런 모습을 보고 코발 경을 경계하기 시작했다.

잠시 뒤에 심의가 재개되자 먼저 룩스리아에 대한 문제가 거론되었다.

"듣자하니 룩스리아 님은 탐욕의 악마와 서로 적대하는 중이고 그 악마를 격퇴하는 일에 협력하겠다고 했다던데. 사실이오?"

"제아 경?! 악마와 대화하다 정신을 잠식 당하면 어쩌려고 그러십니까?"

"그런 일은 없을 테니 안심하시죠. 그녀는 이미 어떤 인물의 지배하에 놓여 있으니까요."

"그게 무슨 소리인가?"

제아 경은 당황하는 코발 경을 손짓으로 제지하며 히라미에게 물었다.

"그녀가 목에 차고 있는 목걸이를 보세요. 저 목걸이가 그녀의 행동을 제한해서 사람들에게 정신 스킬을 사용하거나 위해를 가하지 못하게 만들고 있습니다."

"나라 하나를 멸망시킬 정도의 악마가 누군가의 지배하에 놓인다고? 바보 같은 소릴……."

"사실입니다. 그리고 저희 뒤에 있는 모험가 신 님이 바로 그녀의 주인입니다."

히라미가 말하자 회의장 내의 시선이 신에게 집중되었다.

"모험가인 신이라고 합니다."

"허리에 찬 그 무기는……. 설마 그 유명한 참추(斬鎚)의……?"

"그렇게 불릴 때도 있습니다."

신은 일부러 『카쿠라』를 장비하고 있었다. 이름과 무기를 보면 알 만한 사람은 알아챌 거라 생각했던 것이다.

아무도 알아보지 못한다면 스스로 『참추의 신』이라는 이름을 밝힐 생각이었다.

"바르멜 전투에서 이름을 떨치고 단숨에 A랭크로 올라섰다는 신성인가. 그렇다면 묻겠네만 히라미 님이 말한 것이 사실이오? 정말로 악마를 지배하에 둔 것이오?"

"네. 저는 악마 사냥을 생업으로 삼아온 일족의 후예입니다. 악마에 대해서라면 누구보다도 자세히 알고 있다고 자부하고 있습니다."

"증거는 있소? 그대가 그녀에게 조종 당해 혼자 그렇게 믿

고 있을 수도 있지 않겠소?"

히라미의 주장을 순순히 믿을 리 없는 제아 경이 신에게 물었다.

"당연한 의문이겠죠. 하지만 악마 사냥꾼이 그에 대한 대책을 세워두지 않았을 거라고 생각하십니까?"

"물론 그대도 나름의 대항 수단은 갖고 있을 것이오. 하지만 상대는 다름 아닌 죄원의 악마가 아니오. 웬만한 몬스터와는 차원이 다른 존재니 우리가 그것을 염려하는 것도 이상할 것은 없지 않겠소?"

"지당하신 말씀입니다. 이미 알고 계실 테지만 저는 선정자입니다. 저희 일족은 원래 정신 스킬에 대한 저항력이 강합니다. 이 아이템이 그 저항력을 더욱 높여주고 있고요. 따라서 과거부터 지금까지 악마 사냥꾼이 악마에게 조종 당한 사례는 없었습니다. 제 입으로 이런 말을 하기는 조금 민망하지만, 저의 능력은 조상님들을 뛰어넘는다고 알려져 있으니 조종 당할 가능성은 전혀 없다고 단언할 수 있습니다."

"호오?"

저항력을 높이는 아이템이란 바로 신이 착용한 『신화의 귀걸이』였다. 실제로는 저항력을 높이는 수준이 아니라 웬만한 상태 이상은 전부 무효화하는 효과가 있었다.

가늘게 뜬 눈으로 말의 진위를 가늠하려는 제아 경의 시선을 신은 정면으로 받아냈다.

정신 스킬이 거의 통하지 않는다는 것은 악마와 싸울 때 매우 유리하게 작용한다. 악마와 싸울 때 가장 성가신 부분은 아군이 하나둘씩 적으로 돌아선다는 점이기 때문이다.

"하지만 악마 사냥꾼 일족이 때마침 여기에 와 있다는 것이 이상하군. 시점이 너무 절묘하지 않나? 그리고 애초에 그런 일족이 존재한다는 이야기도 들어본 적이 없네. 우리들의 추궁을 피하기 위해 꾸며낸 이야기 아닌가?"

제아 경의 말이 끝나자 코발 경이 입을 열었다. 방금 전까지 히라미를 다짜고짜 죄인 취급했다는 것이 믿기지 않을 만큼 논리적인 의문이었다.

"저는 악마를 쫓아 행동하는 사람이니까 악마가 있거나 악마가 노리는 곳에 나타나는 것이 어찌 보면 당연합니다. 이번엔 탐욕의 악마가 움직이는 것을 감지하고 이곳에 온 것뿐이죠. 악마 사냥꾼 일족의 존재가 알려지지 않은 것은 적에게 감지되지 않기 위해서이기도 하지만 일반인들 사이에 불안감을 퍼트리지 않으려는 것이 가장 큰 이유입니다. 저희가 있는 곳에 악마의 그림자가 존재한다는 것을 알게 되면 든든함보다는 불안감이 더 클 테니까요. 그것은 악마들이 파고들기 좋은 빈틈이 됩니다."

"악마를 조종하고 있다는 점도 조금 의심스럽군. 그게 사실이라 쳐도 혹시 자네들이 흑막인 것 아닌가? 악마를 조종할 수 있다면 그것을 이용해 명성을 얻는 것 정도는 간단하지 않나."

"모험가 중에도 몬스터를 길들이는 조련사가 있습니다. 극단적으로 말하자면 악마 역시 몬스터의 일종일 뿐이죠. 그러니 사람을 따르게 만드는 것도 가능합니다. 다만 원래는 이 정도까지 말을 잘 듣진 않죠. 기껏해야 폭주하는 걸 막는 정도입니다. 주변에 피해가 나오는 것을 최소화하기 위한 기술인 셈이죠. 지금 룩스리아와 이런 식으로 대화가 가능한 건 진심으로 저를 따르고 있다는 증거라고 할 수 있습니다. 그리고 사리사욕을 위해 악마를 이용하는 건 저희 일족의 가장 큰 금기 사항입니다. 그런 일만큼은 절대 없다고 단언할 수 있습니다."

게임의 설정상으로는 죄원의 악마를 부하로 둘 수 없었다.

하지만 이 세계에서는 게임 시절의 제약이 느슨해진 부분이 있었다. 신수인 카게로우가 티에라와 계약한 것도 그 덕분이다.

따라서 사람이 악마를 지배하에 두는 일도 완전히 불가능하다고 단정할 수는 없었다.

다만 그것을 악용할 수도 있다는 지적이 타당했기에 금기를 어기면 죽는다고 말해둬야 했다.

"일족 내에서 배신자가 나오지 않게 하기 위한 장치입니다. 선정자라 해도 절대 풀 수 없죠. 만에 하나 악마에게 조종 당하기라도 하면 그 제약이 바로 효과를 발휘하게 되어 있습니다.”

“보통 적이 아닌 만큼 그런 대책은 꼭 필요하겠군.”

“네. 악마 사냥꾼이 악에 물들면 단순히 악마가 난동을 부리는 것보다 훨씬 큰 피해가 발생하니까요.”

제아 경의 중얼거림에 신이 담담히 답했다.

사전에 히라미, 룩스리아와 함께 이런 질문에 대비해둔 덕분에 막히지 않고 술술 대답할 수 있었다.

“악마를 부하로 둔다는 걸 갑작스레 믿긴 힘들지만 만약 사실이라면 탐욕의 악마를 상대할 때 큰 도움이 될 테지. 확인해두겠는데, 그 악마가 정신 스킬을 사용하는 일은 확실히 없는 것이오?”

“네, 제가 보장하겠습니다.”

“그렇다면 맨 처음 했던 질문에 대답해주겠소, 레이디?”

“어머, 의외네. 이 나라 백성도 아닌 사람을 믿어주는 거야?”

“우리도 여러 경로로 정보를 모으고 있소. 그대가 주변에 위해를 가한 적이 없다는 건 알고 있지.”

신과 히라미 사이의 친분이나 트레이닝 던전에서 벌어졌던 사건도 알고 있는 모양이었다.

하지만 그것을 감안하더라도 악마에게 직접 말을 걸려면 어지간한 배짱이 아니면 힘들었다.

옆에 앉은 코발 경과 다른 위원들은 긴장된 얼굴로 상황을 지켜볼 뿐이었다.

"어머, 무투파라고 들었는데 역시 공작님이라고 해야 하나?"

"싸움에서 많은 정보를 모으는 것만큼 중요한 일은 없소. 연구자로서도 우수한 그대라면 잘 알 테지."

제아 경은 미소 짓는 룩스리아를 보며 마주 웃었다. 화기애애한 분위기처럼 보이지만 제삼자의 입장에서 바라본 신은 양쪽 모두 조금의 방심도 없다는 것을 알 수 있었다.

"역시 잘 아네. 그러면 대담할게. 탐욕의 목적은 날 흡수해서 완전체에 가까워지는 거야. 하지만 난 그런 일에 아무 관심도 없어. 악마 주제에 무슨 소릴 하느냐고 생각하겠지만, 난 지금 생활에 만족해. 하지만 탐욕은 그런 소리를 해도 납득하지 않을 테고 억지로 자기 목적을 이루려 들 거야. 그 녀석이 사라지길 바라는 건 나도 마찬가지인 셈이지. 그러니까 사람들에게 협력하는 게 맞지 않겠어?"

"악마가 자기 동족을 죽여달라고……? 제아 경, 제가 이미 악마의 술수에 빠진 것입니까?"

"정신 차리시오, 코발 경. 저자의 말이 아무래도 거짓말 같진 않소."

혼란에 빠진 코발 경을 제아 경이 다그쳤다. 제아 경은 이제 확신을 갖고 룩스리아의 말을 의심하지 않는 것 같았다.

"어머, 악마가 하는 말을 그렇게 쉽게 믿어도 되겠어?"

"우리도 악마의 주장을 곧이곧대로 믿을 만큼 어리석진 않소. 하지만 히라미 님과 신 공의 말처럼 룩스리아 님이 우리와 대화할 때 스킬을 사용하지 않았다는 건 확실하겠지. 그리고—."

제아 경은 일단 말을 끊었다가 신 쪽으로 시선을 돌렸다.

"악마보다도 훨씬 무서운 존재가 아군이 되어준다면 우리로서도 안심할 수 있지 않겠소."

신이 룩스리아보다 강한 것을 이미 알고 있다는 듯한 말투와 눈빛이었다.

밖에 있는 녀석들이 알려준 것일까? 신은 회의장 밖에서 느껴지는 선정자의 기척을 의식하며 동요를 억누르려 노력했다. 그리고 그것이 표정에 드러나지 않기를 바라며 제아 경의 시선을 받아냈다.

"흐음, 그러면 슬슬 결론을 내겠소. 룩스리아 님을 토벌해야 한다고 생각하는 사람은 거수로, 이용해야 한다고 생각하는 사람은 부동자세로 의견을 나타내시오."

제아 경이 주변을 둘러보며 말을 꺼냈다. 굳이 이용한다는 표현을 선택한 것은 협력이라는 말에 난색을 표하는 사람들이 있기 때문일 것이다.

주변의 반응은 제각각이어서 침착한 태도를 유지하는 사람이 있는가 하면 미소를 짓는 사람, 얼굴을 찡그린 사람, 동요를 감추지 못하는 사람까지 다양했고 의견이 일치된 것처럼

은 보이지 않았다.

하지만 손을 드는 이는 아무도 없었다.

결론만 놓고 말하자면 룩스리아를 이용하자는 의견이 만장일치로 채택된 셈이다.

"그러면 룩스리아 님을 탐욕에 대항하는 수단으로 이용하는 일이 결정되었소. 히라미 님의 처분은 룩스리아 님의 성과 여하에 따라 차후에 판단할 것이오. 사문위원회는 이것으로 마치겠소."

제아 경이 폐회를 알리자 위원들이 좌석 양 끝에 있는 문을 통해 밖으로 퇴장하기 시작했다.

그리고 신 일행이 들어왔던 문도 열리면서 밖에 있던 병사가 나오라는 신호를 했다.

"─수고하셨어요."

"아아, 뭐, 응."

신은 밖에서 기다리던 슈니에게 대답하면서도 조금 떨떠름한 표정이었다.

주위에 있는 병사들 때문에 솔직히 말할 수는 없었지만, 그들이 의도한 결과로 끝나긴 했어도 사문위원회의 내용 자체는 예상과 많이 달랐다.

사문위원회는 제아 경의 독무대나 다름없었고 히라미가 경계했던 토벌파는 큰 반발을 보이지 않았다. 토벌파의 중심 격인 코발 경도 처음 발언을 제외하면 거의 뻔한 질문들로 일관하지 않았던가. 잔뜩 경계했던 자신이 바보처럼 느껴질 정도였다.

"응? 이 방향이 아니지 않아?"

사문위원회에서 미심쩍은 부분이 없었나 생각하던 신은 잠시 뒤에야 병사들이 자신들을 왕성 안으로 안내하고 있다는 사실을 깨달았다.

"아니요, 이쪽이 맞습니다. 이 앞에서 그분께서 기다리고 계십니다."

"그분…… 말이지."

"지금은 얌전히 따라가는 편이 좋을 것 같네요."

히라미도 기다리는 사람이 누구인지 모르는 모양이었다. 괜한 소란을 피워 사문위원회의 결정을 뒤엎을 수도 없었기에 신 일행은 안내역 병사를 따라 통로를 걸어갔다.

만약 토벌파가 그들을 방심시킨 뒤 기습으로 일망타진할 생각이라 해도 신 일행이라면 얼마든지 이겨낼 수 있었다.

하지만 그런 의심이 무색할 만큼 안내된 방에는 이렇다 할 함정이 없었다. 질 좋은 소파와 테이블이 놓인 것을 보면 응접실인 것 같았다.

안에서 기다리던 사람은 바로 제아 경이었다. 사문위원회에서는 보지 못했던 지팡이를 오른손에 들고 있는 것을 빼면 방금 전과 똑같은 신사복을 입고 있었다.

"안내하느라 수고했다. 물러가도록."

제아 경은 병사들을 물린 뒤에 신 일행을 돌아보았다.

"일단 우리 사정 때문에 일방적으로 불러낸 것부터 사과하겠네. 꼭 해두고 싶은 이야기가 있어서 말이지."

"아, 아뇨, 그건 괜찮습니다."

신이 팔꿈치로 쿡쿡 찌르자 히라미가 퍼뜩 정신을 차리며 대답했다. 현재 그들의 대표자는 히라미였던 것이다.

"사문위원회가 신경 쓰이는 건가?"

"……네. 저희는 양쪽이 좀 더 첨예하게 부딪칠 줄 알았거든요."

"아마 토벌파를 말하는 거로군. 그자들의 주장도 이해는 가네. 룩스리아 님을 불신하는 것도 무리는 아니지. 그러나 우릴 기만할 목적이었다면 굳이 3년 동안이나 사람들 속에 섞여 일할 필요가 없지 않은가. 능력을 사용하면 쉽게 사람을 조종할 수 있으니 말일세. 애초에 토벌하고 싶어도 그럴 만한 사람이 거의 없기도 하고. 우리나라의 최강 전력이라면 쓰러뜨릴 수 있을지도 모르지만 어느 정도의 피해가 나올지 알 수 없네. 그리고 그것을 탐욕의 악마가 놓칠 리는 없겠지. 전력 면에서, 그리고 전략적인 면에서도 섣불리 적대시하는 건 하책이라는 판단이었네."

그 자리에서 토벌파가 조용했던 것은 사전에 이미 설득해 두었기 때문인 듯했다. 히라미도 전혀 눈치채지 못한 것을 보면 극비리에 진행되었으리라.

"그리고 코발 경은 토벌파에 잠입시킨 우리 쪽 사람이었네."

"그랬군요."

작위만 보면 똑같은 공작이었지만 표면상으로는 제아 경이 우위에 있는 것처럼 보이게 하고 있다고 한다.

"그런 중요한 사실을 저희에게 이야기해도 되는 겁니까?"

"자네에게는 되도록 솔직해지는 게 좋을 것 같아서 말이네. 악마 사냥꾼 일족의 후예라는 건 거짓말일 테지?"

신의 물음에 제아 경은 진지한 표정으로 되물었다. 이미 확신하는 듯한 눈빛이었다.

신은 히라미에게 눈짓을 했다. 그것을 알아채고 눈을 마주친 히라미는 작게 고개를 끄덕였다.

"……정확히 보셨네요. 사실 저는, 아니 굳이 변명하진 않겠습니다. 저는 악마 사냥꾼 일족 같은 건 아닙니다. 다만 룩스리아가 폭주하더라도 토벌할 수 있는 것만은 사실입니다."

"그래, 귀공이 얼마나 강한지는 이미 들어서 알고 있네. 우리도 이미 조사해두었지. 그리고 오늘 실제로 귀공의 모습을 보니 확신이 생기더군. 직접 보는 것만으로도 손이 떨렸던 건 예전에 하이 휴먼의 부하였던 슈바이드 공을 뵈었을 때 이후로 처음이었네."

의외의 이름이 거론되자 신은 눈썹을 살짝 치켜 올렸다.

제아 경의 레벨은 255였다. 선정자인지 일반인인지는 알 수 없지만 레벨을 한계치까지 올리는 일은 어느 쪽이든 쉬운 일이 아니다.

그것을 달성해낸 것만 보더라도 제아 경은 겉모습처럼 평범한 노귀족은 아니었다. 손에 든 지팡이 안에도 검이 숨겨져 있음을 신은 꿰뚫어 보고 있었다.

"같은 선정자라도 가진 힘은 크게 다르지. 그중에서도 전 플레이어로 불리는 자들은 같은 능력치의 상대와 싸우더라도 방대한 지식을 이용해 승리하는 경우가 많네. 히라미 님, 마사카도 님과 마찬가지로 자네 역시 그런 존재가 아닌가?"

"알고 계셨습니까?"

"이래 봬도 젊은 시절엔 세계를 누비고 다녔다네. 덕분에 국내에서만 살아온 자들보다는 많은 지식을 쌓을 수 있었지."

전 플레이어라는 제아 경의 말에 처음 반응한 것은 히라미였다.

그 단어 자체는 비밀이 아니었기에 귀족들의 정보망에는 쉽게 걸렸으리라. 전 플레이어 중에는 게임 시절의 지식을 활용해 큰 성공을 거둔 경우도 있기 때문이다.

"그렇다면 어떻게 하실 겁니까?"

히라미의 반응으로 인해 신이 전 플레이어라는 것도 들통난 것과 다름없었다. 그래서 신은 그것을 물어본 의도가 무엇인지 질문했다.

"플레이어라는 사실을 들키지 않으려고 자기가 가진 모든 정보를 내놓지 않으려는 자들도 많다네. 하지만 현재 우리나라는 큰 위기에 봉착했지. 탐욕의 악마만이라면 자네들만으로 처리할 수 있을지도 모르네. 하지만 자네들도 알다시피 우리나라 주변의 몬스터 분포에 변화가 일어나고 있네. 강력한 몬스터가 급증하고 있다는 보고가 올라왔지. 탐욕의 악마는 몬스터를 부하로 부릴 수 있지 않은가? 만약 그런 강력한 몬스터들이 떼를 지어 공격해온다면 과연 격퇴할 수 있을지 아무도 모르네. 격퇴한다 해도 그 피해는 상상을 초월할 테지. 우리나라엔 선정자가 많지 않네. 바르멜처럼 항상 위험에 노출된 곳이 아니다 보니 병사들의 수준도 그런 나라들에 비해 한두 단계는 떨어질 걸세."

엘쿤트는 나라의 규모에 비해 군대의 규모와 수준이 결코 낮지 않다고 히라미가 말한 적이 있었다. 하지만 그것은 어디까지나 주변에 적대 국가가 존재하지 않고 몬스터들도 그리 강력하지 않은 점을 고려했을 때 그렇다는 이야기였다. 탐욕의 악마 같은 재해급 몬스터를 상대하기에는 아무래도 역부족이었다.

현재 마사카도가 도시를 비운 것도 평범한 모험가가 상대하기 벅찬 몬스터가 출현해서 그것을 토벌하러 갔기 때문이었다.

"우리나라를 위해, 그리고 백성을 위해 힘을 빌려주길 바라네."

제아 경은 그렇게 말하며 고개를 숙였다.

공작의 지위를 가진 자가 A랭크의 모험가라지만 평민에게 고개를 숙이는 것은 귀족 사회에서는 상상도 할 수 없는 이야기였다. 신도 그 정도는 알 수 있었다.

신 일행의 협력이 필수라고 판단할 만한 정보를 갖고 있는 것이리라. 그리고 주저 없이 머리를 숙일 만큼의 위기감에 휩싸인 것이다.

"저 역시 싸움에서 도망칠 생각은 없습니다. 탐욕의 악마는 반드시 쓰러뜨릴 생각이거든요. 아, 일단 말해두겠지만 저희가 싸우면서 얻을 드롭 아이템은 절대 양보하지 않을 겁니다."

"훗, 벌써부터 쓰러뜨린 뒤의 상황을 계산하는 건가. 아니, 룩스리아 님이 순순히 따르는 것만 봐도 그렇게 호언장담할 만한 무언가가 있는 걸 테지."

너무 성급하다는 대답을 예상했지만 제아 경은 예상과 달리 쓴웃음을 지을 뿐이었다.

룩스리아가 악마라는 것을 알 텐데도 사문위원회 때부터 계속 경칭으로 부르고 있었다.

"내가 이런 말 하는 것도 우습지만 주인님과 탐욕이 싸우면 거의 틀림없이 주인님이 이길 거야. 악마인 내가 보장할 수 있어."

"아무래도 피해가 전혀 없진 않을 테지만 말이지. 그런데 이제 그렇게 부르지 않아도 된다고.”

룩스리아가 신을 주인님이라 부른 것은 룩스리아가 신의
지배하에 놓여 있다는 것을 주변에 알리기 위해서였다. 신이
악마 사냥꾼 일족이 아니라는 것을 이미 들킨 이상 그렇게 부
를 필요도 사라진 것이다.

그럼에도 룩스리아는 신에 대한 호칭을 바꾸지 않고 있었
다.

“남자들은 이런 거 좋아하지 않아? 봉사라도 해줄까?”

“분위기 파악 좀 해라.”

룩스리아가 얼굴을 가까이 대며 유혹하듯 말하자 신은 자
신의 얼굴을 감싸며 타일렀다.

“으음, 역시 우리들에게 전승된 악마의 모습과는 꽤나 다른
것 같군.”

“그 시절엔 본능으로만 움직였는걸. 짐승이나 다름없었어.
지금의 나와 다른 악마들에겐 당신들 못지않은 지성이 있지.
사람들과 이렇게 공존할 수 있는 것도 그 덕분이고. 하지만
지성이 있으니까 탐욕도 물리력 이외의 방법을 사용해올 수
있다는 걸 명심해야 해.”

룩스리아에게 부하를 보내고 던전에 자기 권속을 풀어놓기
도 했다. 그것은 게임 시대에는 없었던 일이다.

“사람들 중에서도 악마에게 매료되어 협력하는 자가 나온
건가.”

"아마 이미 발을 깊이 들여놨을 거야. 탐욕은 사람들의 욕망을 절묘하게 자극하니까 상인 같은 사람들이 특히 위험하겠지. 우리가 모르는 곳에서도 이미 다양하게 움직이고 있지 않을까?"

"부정할 수 없다는 게 슬프군. 어느 시대든 돈과 권력은 사람의 이성을 마비시키지."

제아 경은 짚이는 부분이 있었는지 눈썹을 찡그렸다.

"비관한다고 달라지는 건 없습니다. 앞으로의 방침에 대해서나 이야기를 해보죠. 아, 그런데 먼저 한 가지 이야기할 것이 있습니다."

"그게 뭔가?"

"룩스리아는 확실한 전력이 될 테지만 탐욕과 직접 싸우게 하지 않는 편이 좋을 겁니다. 죄원의 악마는 동족을 쓰러뜨리면 상대의 힘을 흡수해서 성장하거든요. 이건 룩스리아에게도 적용되는 일입니다. 룩스리아가 탐욕을 흡수하는 일이 웬만해선 없겠지만, 상대가 악마인 만큼 우리가 예상치 못한 방법을 사용할지도 모릅니다. 그러니 룩스리아에겐 미끼 역할만 맡기고 탐욕과 접촉하더라도 방어 위주로 싸우게 하는 게 좋을 겁니다."

"흐음, 그렇겠군. 룩스리아 님이 너무 강해져버리면 이번 소동이 해결된 뒤에 다른 소동이 벌어질 수 있을 테니."

"섣불리 다른 힘을 흡수하면 인격이 바뀔 수도 있어. 탐욕은 나하고 상성까지 안 맞는걸. 그러니까 쓰러뜨리는 건 다른 사람이 해줘."

룩스리아가 어깨를 움츠리며 말했다. 지금의 룩스리아라면 호전적인 악마들 전부와 상성이 안 좋을 것이다.

"그렇다면 그것도 포함해서 재가를 받아야겠군."

제아 경은 그렇게 말하며 실내의 한 지점을 바라보았다. 그곳에 있는 건 벽뿐이었다.

하지만 신의 눈에는 벽 너머에 서 있는 사람들의 모습이 보였다.

화려한 옷에 왕관을 쓴 국왕 같은 남자와 아직 앳되어 보이는 소년, 그리고 갑옷을 입은 남자 세 명과 여자 한 명이 있었다.

―파가르 엔트, 레벨 213, 성기사

―시린 라가스, 레벨 238, 성기사

갑옷을 입은 자들 중에서도 두 사람이 특히 신의 눈에 들어왔다. 세 남자 중에서 가장 젊은 청년과 홍일점 여성이었다.

청년은 파가르, 여성은 시린이라는 이름인 듯했다.

파가르의 키는 170세메르 정도였다. 잘 손질된 금발과 강한 의지가 담긴 푸른 눈이 인상적이었다.

시린 쪽은 파가르와 비슷하거나 조금 커 보이는 키에 파가르처럼 잘 손질된 흑발을 머리 왼쪽에서 한데 묶은 모습이었다.

얼굴 생김새는 단정했고 자세도 좋아서, 갑옷을 입지 않았다면 모델처럼 보였으리라.

눈빛이 날카로운 탓인지 차가운 인상을 주었지만 살짝 긴장한 파가르처럼 쓸데없이 힘이 들어간 것 같지는 않았다.

그때 벽이 열리며 건너편에 있던 사람들이 안으로 들어왔다. 파가르와 시린은 왕의 양옆에 서서 유사시에 국왕과 왕자로 보이는 소년을 보호할 대비를 하고 있었다.

"엘쿤트 왕국 국왕 크룬지드 포 엘쿤트라고 한다. 이야기는 옆방에서 들었다. 지금부터는 나도 대화에 참여하겠다."

신이 예상한 대로 왕관을 쓴 남자는 엘쿤트의 국왕이었다. 금발 벽안에 마른 체형이지만 눈빛에는 힘이 있었다.

국왕 옆에 있던 왕자는 안으로 들어와 슈니를 처음 본 순간부터 반쯤 넋이 나간 상태였다.

제아 경이 신 일행을 소개하는 동안에도 그의 시선은 슈니에게서 떠나지 않았다. 그러다 제아 경이 자신에게 말을 걸고 나서야 퍼뜩 정신을 차리며 자기소개를 시작했다.

"하우기레아 포 엘쿤트라고 합니다. 아직 풋내기지만 잘 부탁드립니다."

"동료들을 대표해서 인사드립니다. 히라미 히라사토라고 합니다. 미력하나마 왕국을 위해 힘쓰겠습니다."

히라미가 고개를 숙이자 왕이 고개를 끄덕였다. 하우기레아 왕자는 여전히 슈니에게서 눈을 떼지 못했다.

제아 경이 나머지 사람들을 한 명씩 소개해주었지만 갑옷을 입은 기사들 중에서는 파가르와 시린만 언급했을 뿐, 나머지 두 사람은 굳이 소개하지 않았다.

같이 들어오긴 했어도 그들은 벽 쪽에서 대기하며 움직이지 않고 있었다.

그리고 그보다도 신경 쓰이는 정보가 제아 경의 입에서 흘러나왔다. 그것은 파가르와 시린이 용사의 칭호를 갖고 있다는 사실이었다.

용사―그것은 예전에 고아원 소녀 미리를 납치해 산 제물로 삼으려 했던 에이라인의 칭호이기도 했다. 칭호 자체에 잘못은 없을 테지만, 신은 그때의 경험 탓인지 용사라는 단어가 그리 좋게 들리지만은 않았다.

"흐음, 그대가 음욕의 악마인가. 아름다운 것은 당연하다 치더라도 형용하기 힘든 요염함이 있군. 스킬 같은 것을 사용하지 않더라도 사람들의 혼을 쏙 빼놓기에 충분할 테지."

"어머, 말도 잘하셔라. 그러면 직접 시험해보시겠어요?"

신이 자기 마음을 정리하는 사이, 벌써부터 문제가 될 법한 발언이 나오고 있었다.

하지만 크룬지드 왕은 룩스리아의 말을 자연스럽게 받아넘겼다.

"매력적인 제안이지만 사양하겠다. 아내가 질투할 테니 말이다."

왕과 악마의 솔직한 대화에 제아 경뿐만 아니라 시린까지도 머리를 감싸 쥐고 있었다.

신 역시 똑같은 심정이었다.

"룩스리아, 지금은 진지한 상황이라고."

"폐하에 대한 소문을 들었을 땐 이 정도 농담은 그냥 받아줄 거라고 생각했거든."

"그 소문이 무엇인지 궁금해지는군. 하지만 지금은 농담만 하고 있을 때가 아니겠지. 그대들은 탐욕의 악마에게 어떻게 대항할 생각인가?"

두 사람의 대화에 크룬지드 왕이 자연스레 끼어들었다. 그 순간 허물없이 이야기하던 분위기가 싹 바뀌며 응접실 안이 긴장감으로 가득 찼다.

그것은 전사가 내뿜는 살기나 중압감과는 달랐고, 무릎을 꿇게 만드는 위엄에 가까웠다.

"탐욕의 본체는 룩스리아가 감지할 수 있으니까 가까이 오면 알 수 있을 겁니다. 감지하면 즉시 저에게 연락할 수 있도록 필요한 도구도 준비해뒀습니다. 본체가 올 때까지는 저와 유키가 엘쿤트 주변을 조사해둘 생각입니다. 출현하는 몬스터가 눈에 띄게 달라진 걸 보면 장치 같은 것이 심어져 있을 가능성이 높으니까요. 그것들을 없애서 탐욕이 가진 장기 말을 하나라도 줄인다면 피해를 최소화할 수 있을 겁니다."

"성벽 안은 어떻게 할 거지? 사람들 중에도 악마에 협력하는 자가 있다고 들었다."

"그건 병사 분들이 노력해주실 수밖에 없습니다. 조종 당하는 게 아니라 자발적으로 협력하는 사람들이라면 이곳에 온지 얼마 안 된 저희가 적발해내기는 힘들겠죠."

아무리 신이라도 만능은 아니다.

몬스터야 쓰러뜨리면 그만이지만 사람을 상대할 때는 그것으로 전부 해결된다는 법이 없기 때문이다. 자칫 잘못하면 신일행이 범죄자로 몰릴 수도 있었다.

"그대의 말이 맞군. 우리가 태어나 살고 있는 나라에서 모든 것을 남에게 맡긴다면 국왕이 존재할 필요도 없을 테지. 제아 경, 성내의 단속은 경에게 맡기겠다."

"저희는 유격대로서 독자적으로 움직이겠습니다. 군에 편입된다 해도 연계가 흐트러질 뿐이니까요."

"어쩔 수 없겠지. 선정자와 일반인의 능력 차이가 워낙 크니까."

협의는 신이 생각했던 것 이상으로 순조롭게 진행되었다.

원래 선정자는 선정자들끼리 한데 묶어 운용하는 것이 전술의 기본이었다. 지금까지 방문했던 나라들에서도 거의 마찬가지였고 선정자의 싸움에 일반 병사가 휩쓸리는 것을 방지하기 위함이기도 했다.

탐욕의 악마가 쳐들어온다는 것이 판명된 시점에서 군은 주변 경계를 꼼꼼하게 하면서 훈련을 강화했다고 한다. 군대가 최대한 시간을 벌어주는 사이에 용사가 악마를 토벌하는 작전을 위해서였다.

용사 파티에 신과 슈니가 참가하는 것을 제외하면 기존 작전에서 큰 변화는 없었다. 그래서 면밀한 작전회의는 필요하지 않았다.

연락 수단 확보와 신의 아이템 제공 등에 대한 논의를 마치고 회의가 마무리되어갈 무렵, 벽 쪽에서 대기하던 기사 한명이 제아 경에게 귓속말로 무언가를 전했다.

제아 경은 고개를 끄덕이더니 기사에게 들여보내라고 말했다.

"또 누가 왔나요?"

"무능한 귀족들을 상대하던 근위대장이 도착했다는군. 폐하와 함께 전장을 누빈 적도 있는 충신이라네. 칭호는 없지만 용사 못지않게 강하지."

"잘됐군요."

신은 엘쿤트가 상당한 인재를 보유하고 있다는 점에 감탄했다. 용사가 두 명 있는 것만으로도 주변국들이 잔뜩 경계할 텐데 그보다 강한 전력을 숨기지 않는 모양이었다.

학교의 학생들을 보호해야 한다는 측면에서 강한 선정자의 존재가 위기감보다는 안정감을 불러일으키는 것 같기도 했다.

크룬지드 국왕이 들어왔던 문이 열리더니 납빛의 투박한

갑옷을 입은 남자가 나타났다.

목 뒤에서 한데 묶은 회색 머리에 샤프한 디자인의 안경을 끼고 졸린 듯이 눈을 가늘게 뜬 모습이었다. 별로 기사답지는 않은 음침한 분위기였다.

특히 눈 밑에 다크서클처럼 생겨난 드래그닐의 비늘에서 그런 인상이 두드러졌다.

"기다리게 해서 죄송합니다. 이자들입니까?"

"그렇다. 악마를 사냥할 수 있다고 장담하고 있지. 소개하겠다. 남사르 알가인이다. 겉모습은 음침해 보여도 실력은 확실하다."

"음침해 보이는 게 사실이지만 굳이 언급할 필요는 없잖습니까. 그보다도 용사들과 제아 경이 곁에서 지킨다지만 폐하께서 직접 악마 앞에 나서시겠다니, 대체 무슨 생각이십니까?"

남사르는 국왕 앞에서도 전혀 거침없는 태도였다. 직접적으로 말하지 않았을 뿐, '당신 지금 뭐 하자는 거야?'라는 생각이 표정에 그대로 드러났다.

신 일행을 바라보는 눈초리에도 의심이 가득했다.

"악마 사냥꾼 일족 같은 분들이 있다는 이야긴 처음 들었습니다. 어쨌든 매료된 건 아닌 것 같으니 안심이네요."

"알가인 경. 용사들도 동석해서 만나고 있었으니 걱정할 것은 없다. 저들을 믿어주는 게 좋지 않겠는가?"

"안 믿는다고는 안 했습니다. 하지만 근위대 대장으로서 저 없이 이런 자리를 만드시면 곤란합니다. 예상치 못한 사태는 언제 벌어질지 모르는 거니까요."

남사르의 시선은 룩스리아를 향하고 있었다. 신이 복속시 켰다는 정보를 아는지 모르는지 계속 경계하는 눈치였다.

"그에 관해서는 나중에 이야기하세. 지금은 탐욕의 악마를 어떻게 상대할지가 우선일세."

제아 경이 남사르에게 지금까지 논의된 내용을 간략히 설 명했다. 기존 작전을 크게 바꾸지 않고 신 일행이 유격대로 활용된다는 이야기를 듣자 남사르는 고개를 작게 끄덕거렸 다.

"그렇다면 굳이 제가 끼어들 필요는 없겠습니다. 모험가를 갑자기 군대에 편입해도 연계가 흐트러질 뿐이니까요. 다만 석연치 않은 부분이 있다면 저기 계신 분들이 정말로 도움이 될지 모른다는 점입니다."

남사르의 한마디에 그 자리의 분위기가 급변했다. 히라미 는 울컥하는 얼굴로 남사르를 노려보았고 룩스리아는 감탄한 표정을 지었다.

하지만 신은 석연치 않다고 생각할 만하다고 납득하고 있 었다.

바르멜에서 대량의 몬스터를 쓰러뜨린 활약을 들었다 해도 죄원의 악마는 그것과 비교도 안 될 만큼 강하기 때문이다.

룩스리아가 정신 스킬을 사용하지 않고 평범하게 대화하는 것을 보고 신을 어느 정도는 높이 평가하면서도 악마를 쓰러뜨릴 만한 힘이 있는지는 별개의 문제로 보고 있는 모양이다.

그런 가운데 슈니만큼은 겉으로 어떤 변화도 드러내지 않았다.

'기분이 상했나 보네……'

엘쿤트 사람들과 히라미, 룩스리아는 모르는 눈치였지만 신은 슈니의 심기가 급격히 불편해지고 있음을 알아챘다.

겉으로 불쾌한 기색을 풍기거나 표정에 변화가 나타난 것은 아니었다. 하지만 신은 장담할 수 있었다.

"남사르, 말을 삼가게. 귀공은 아무것도 느끼지 못하는가?"

"실력이 있다는 건 압니다. 하지만 그걸 느끼는 사람은 저와 제아 경뿐이겠죠. 이래서는 납득하지 못하는 사람들도 많을 겁니다."

주의를 주는 제아 경에게 남사르가 표정 하나 바뀌지 않고 대답했다. 신도 그의 말에 일리가 있다고 생각했기에 반론하지 않았다.

"신 공, 미안하네. 이 친구가 근위대의 대장을 맡고 있다 보니 이번 일도 기분이 내키지 않는 모양이네."

"아니요, 악마를 쓰러뜨릴 수 있다는 말을 바로 믿긴 어려울 테니까 이해합니다. 하지만 아예 믿지 못하시겠다면 저로서도 곤란합니다. 제 실력을 증명할 방법이 있을까요?"

"그렇다면 저기 있는 파가르와 시합을 해보시죠."

남사르가 직접 상대하겠다고 나설 거라 생각했지만 지명된 사람은 용사 중 한 명인 파가르였다.

"왜 내…… 아니, 제가 신 공을 상대해야 하는 겁니까? 저분의 실력이 궁금하신 건 남사르 공이니 직접 확인하셔야 하는 것 아닙니까?"

"마음껏 싸워볼 만한 상대가 없다고 평소에 불평하던 게 누굽니까? 정말로 악마를 쓰러뜨릴 만한 실력을 갖고 있다면 결코 부족한 상대는 아닐 텐데요. 오히려 귀공이 압도당하지 않겠습니까?"

귀찮다는 듯이 말하는 파가르에게 남사르가 담담히 말했다. 하지만 자신이 패배할 거라는 말이 자존심을 건드렸는지 파가르의 얼굴이 파르르 떨렸다.

"제가 진다고요?"

"그냥 제 느낌이 그렇다는 거죠. 이런 국가적 위기 상황에서 떠돌이 모험가에게 악마를 상대하라고 하는 건 나라를 수호하는 자로서 너무나 한심한 일 아니겠습니까? 우리나라에도 어엿한 용사가 있다는 걸 신 공에게 분명히 보여주시죠."

그럴듯한 말로 잘 꼬드기긴 했지만 결국은 확실치 않은 신의 능력을 확인하라는 이야기였다.

"……휴우, 알겠습니다. 신 공. 죄송하지만 배움을 한 수 청해도 되겠습니까?"

파가르는 한숨을 쉬며 신에게 물었다. 하지만 그의 눈빛에는 미안함과 호기심이 절반씩 섞여 있었다.

평소의 훈련에 만족하지 못하고 답답해 한다는 것도 거짓말은 아닌 듯했다. 신이 소문대로의 강자라면 마음껏 싸울 수 있다고 생각한 것이리라.

남사르가 굳이 파가르를 지명한 것은 욕구 불만을 해소해 주려는 목적을 겸한 것인지도 몰랐다.

"알겠습니다. 바로 시작할까요?"

회의는 거의 끝난 상태였다. 남은 것은 현장 인원들과의 인사와 담당자들끼리의 세세한 논의 정도였기에 즉시 대련을 시작해도 문제는 없었다.

"저는 상관없습니다만―."

파가르는 크룬지드 왕에게 시선을 보냈다.

"상관없다. 짐도 직접 확인해보고 싶었던 참이었다. 군사 훈련장의 사용을 허가한다. 성대하게 겨뤄보도록 해라."

"성대하게……라고요?"

"신 공이 얼마나 강한지 용사들이 이야기해도 납득하지 못하는 사람이 있을 것이다. 하지만 싸우는 모습을 실제로 본 병사가 많다면 믿지 않을 수 없을 테지. 악마를 상대하는 게 당연할 만큼 강하다는 생각을 품게 해야 한다."

"그렇군요. 알겠습니다."

악마를 상대하는 일은 엘쿤트 최고 전력인 용사의 역할이었다. 악마에 대해 잘 아는 사람들이라면 그게 당연하다고 생각할 것이다. 그 역할을 다른 사람으로 교체한다면 타당한 이유가 있어야만 했다.

신의 이름과 공적을 아직 잘 모르는 사람들도 있었다. 그것을 알리기 위해서라도 이번 대련은 반드시 필요한 일이었다.

다만 남사르의 태도를 보면 신이 눈에 띄는 능력을 보여줘서 실전에서 미끼 역할만 잘 수행해도 이득이라는 생각 역시 없지는 않은 듯했다.

"조금 요란하게 싸워볼까."

신은 이제 전투력을 숨길 필요도 없다는 생각에 중얼거렸다.

요란했던 전투 이력이 이미 수습할 수 없을 만큼 널리 퍼졌기에 이제 자중하지 않아도 될 거라 생각하며 신은 다른 사람들과 함께 응접실을 나왔다.

그가 중얼거리는 소리를 들은 히라미는 용사가 죽어버리지나 않을까 걱정이었다.

✝

크룬지드 왕과 용사들을 따라 걸어가자 많은 병사가 나무 검과 나무 방패로 모의전을 벌이는 장소가 나왔다.

이곳이 훈련장인 듯싶었다. 넓이는 200제곱메르 정도였다.

"구, 국왕 폐하?!"

때마침 입구 근처에 있던 병사가 크룬지드 왕을 보고 깜짝 놀라며 소리를 질렀다. 그러자 주변 병사들도 훈련하던 손을 멈추고 즉시 몸가짐을 바로 하며 경례를 했다.

"이곳 책임자에게 할 이야기가 있다. 누가 불러와 주지 않 겠나?"

"넷! 잠시만 기다리십시오!"

"다른 사람들은 훈련을 재개해! 폐하께서 지켜보신다고 너 무 힘주진 말고!"

아직도 경례를 거두지 않은 병사들을 향해 파가르가 소리 쳤다. 하지만 훈련이 재개된 뒤에 병사들의 움직임이 눈에 띄 게 격렬해진 것은 기분 탓이 아닐 것이다.

"정말이지, 폐하가 안 계실 때도 이렇게 열심히 해주면 좋 을 것을. 신 공, 무기는 어떻게 하겠습니까? 훈련용 목검으로 는 제대로 맞부딪치기도 힘들 텐데요."

"저희가 훈련 때 사용하는 걸 빌려드리죠. 온 힘을 다해 맞 부딪쳐도 대미지가 거의 없는 무기입니다."

"그런 게 있습니까? 제가 한번 봐도 될까요?"

"여기 있습니다."

파가르의 주요 장비가 검신이 올곧은 쌍검이라는 말을 듣 고 신은 『스펀지 블레이드』보다 검신이 짧은 『스펀지 대거』를 두 자루 건넸다. 파가르가 평소에 사용하는 무기에 길이를 맞준 물건이었다.

"굉장하군요. 힘을 주어도 정말 대미지가 없다니……."

파가르가 시험 삼아 『스펀지 대거』를 훈련장 벽에 내리쳤지만 흠집 하나 남지 않은 것을 보고 감탄하며 말했다.

"이거라면 상대에게 부상을 입힐 위험도 없으니까 앞으로의 행동에 지장이 생기지도 않을 겁니다. 참고로 불살(不殺) 효과는 마법에도 적용됩니다. 검신 부분으로 마법을 튕겨낼 수도 있고요."

"훈련용 아이템이라는 게 믿기지 않는 성능입니다. 하지만 뭐, 덕분에 마음껏 싸울 수 있다고 생각하니 나쁘지 않군요."

파가르는 그렇게 말하며 가볍게 검술 동작을 해 보였다. 물 흐르듯이 우아한 움직임이 마치 춤 동작 같았다.

신체 능력에만 의존하는 선정자와는 차원이 다른 움직임이었다.

"많은 시간을 지체할 순 없으니 두 사람 다 빨리 이쪽으로 오시죠."

신과 파가르가 이야기를 나누는 사이 남사르가 훈련장 책임자와 이야기를 마친 듯했다.

대련 장소는 훈련장 중앙이었다. 모두의 눈앞에서 싸우게 될 테지만 대련의 목적을 생각하면 오히려 당연하다고 할 수 있었다.

국왕과 근위대장, 그리고 용사의 모습까지 확인한 병사들은 지금부터 무슨 일이 벌어질지 숨을 죽인 채 주목하고 있었다. 방금 전까지 울려 퍼지던 기합 소리가 거짓말처럼 느껴질 정도였다.

"신 씨. 부디, 부디 조심하셔야 해요!"

"뭘 걱정하는 거야. 스펀지 시리즈로 싸우는 거니까 잘못돼도 즉사할 일은 없다고."

"아니, 신 씨라면 『스펀지 블레이드』로도 죽일 수 있을 것 같아서요."

"그게 무슨 무서운 소리야. 설령 그게 가능하다 해도 내가 아무리 그러겠어?"

【리미트】를 해제하면 전혀 불가능하지도 않을 것 같았지만 이번 대련은 어디까지나 실력을 확인하기 위함이었다. 서로를 해치는 것은 당치도 않았다.

게다가 만약 용사를 죽이기라도 한다면 전력 면에서 너무나 큰 손실이 된다.

"꼭 내가 지는 게 당연하다는 듯이 이야기하는군."

히라미의 말에 어이없어하던 신의 귀에 파가르의 중얼거림이 들렸다. 작은 소리로 소곤거린 것도 아니었기에 신의 청력으로는 선명히 들을 수 있었다.

같은 용사인 시린과 대화하기 때문인지 허물없는 말투가 나오고 있었다.

"오히려 너무 심하게 다루지 말라고 주의를 주는 것 같다.

히라미 님은 파가르의 실력을 알고 있을 터. 그런데도 저런 반응을 보인다면 그만한 실력자인 것일 테지. 나 역시 신 공의 힘이 어느 정도인지 짐작이 가지 않는다. 파가르, 지금은 전력을 다해 싸워보는 게 어떠냐?"

얕보인 정도로 냉정함을 잃진 않겠지만 기분이 좋을 리도 없었다. 그런 파가르에게 시린이 제안했다.

크룬지드 왕과 제아 경 앞이라 겉으로 티를 내진 못했지만 시린은 사실 신과 슈니에 대한 경계심을 풀지 않고 있었다.

많은 싸움을 통해 형성된 시린의 직감은 신이 강자라는 것을 알려주고 있었다. 종자인 유키도 마찬가지였다. 룩스리아는 악마이기에 강한 것이 당연했지만 신 일행과는 명백히 다른 느낌이었다.

"모처럼의 기회니까 악마마저 초월하는 힘이 어떤 건지 시험해볼 생각이야. 이 무기라면 전력을 다해도 문제없을 테니까 말이지. 시린은 신 공이 어떤 것 같아?"

"……모르겠……다. 하지만 내 직감은 룩스리아 님보다도 신 공을 향해 경고음을 울리고 있어."

"시린이 그렇게까지 말할 정도면 상당한 강자겠군. 난 신 공과 유키 님이 비슷하게 느껴져. 굳이 말하자면 신 공의 마력이 더 많이 새어 나오는 걸 보고 유키 님 쪽이 강할 거라고 생각했거든."

신도 마력을 다루는 능력이 많이 숙달된 편이었지만 슈니의 제어 능력이 몇 수는 위였다.

이것만큼은 경험과 시행착오를 통해서만 얻을 수 있는 능력이었다.

다만 보유한 마력과 MP의 총합은 신이 압도적으로 위였기에 슈니보다도 제어가 힘든 것은 사실이었다. 만약 일반적인 플레이어와 비슷한 MP였다면 파가르에게도 비슷하게 보였으리라.

"폐하께서는 시간이 많지 않으십니다. 이제 슬슬 시작해도 되겠습니까?"

"준비는 됐습니다."

"이쪽도."

남사르의 재촉에 신과 파가르가 훈련장 중앙으로 나왔다. 그때 신은 잠깐 걸음을 멈추며 슈니를 돌아보았다.

"유키, 결계를 부탁해."

"알겠습니다."

두 사람이 시합을 벌이는 것은 주지의 사실이었고 훈련하던 병사들도 이미 벽 쪽으로 물러나 있었다.

그런 병사들의 눈앞에서 반투명한 청색의 얇은 벽이 출현했다.

벽은 훈련장 벽을 따라 생성되더니 중앙에 신과 파가르만을 남겨두었다.

"이것으로 주변이 휩쓸릴 걱정은 없습니다."

"이거야 원, 보통 사람은 아닌 줄은 알았지만 이 정도일 줄이야. 이런 장벽이라면 우리나라의 마법 부대 전원이 나서도 겨우 펼칠 수 있을까 말까 한 수준이야. 하지만 이 정도라면 악마를 가둬놓은 채로 싸울 수도 있겠군. 이런 걸 여기서 보여줘도 괜찮겠나?"

"상관없습니다. 악마는 예전 싸움의 기억도 계승하는 것 같으니까 이미 알고 있겠죠. 장벽으로 퇴로를 차단하는 방법은 꽤나 흔해서 저도 토벌할 때 몇 번이나 사용했거든요."

"그렇군. 오히려 우리가 사용하는 게 당연한 마법이라는 건가."

몬스터 중에는 불리해지면 도망치는 개체도 있었다.

악마 중에도 그런 타입의 몬스터가 있으며 플레이어들은 상태 이상으로 움직임을 봉인하거나 결계 스킬로 벽을 만드는 등의 방법으로 도주를 방지하곤 했다.

룩스리아의 이야기를 들어보면 게임 시절의 일을 기억하는 건 틀림없었다. 그러니 그런 전법 정도는 탐욕의 악마도 예상하고 있을 것이다.

"녀석들의 전투 방식에 대해 잘 안다면 자세히 들어보고 싶군. 나중에 시간을 내주겠나?"

"네, 협력해드리죠."

거기까지 이야기했을 때 신과 파가르는 이미 훈련장 정중앙에 와 있었다. 이곳에 온 이상 할 일은 하나뿐이다. 서로 말없이 거리를 벌린 뒤 무기를 겨누었다.

신은 『스펀지 블레이드』를 양손으로 들고 정면으로 겨냥했다.

파가르는 『스펀지 대거』를 좌우 한 자루씩 거꾸로 들고 왼손을 앞으로, 오른손을 뒤로 뺀 채 자세를 낮추었다.

"시작!!"

신과 파가르가 준비된 것을 확인한 남사르가 시합 개시를 알렸다.

그것을 신호로 신은 단숨에 파가르와의 거리를 좁혔다.

일반적인 사람이라면 눈으로 쫓을 수도 없는 속도였지만 선정자이자 용사인 파가르는 그것에 반응해냈다.

하단에서 올려친 『스펀지 블레이드』를 튕겨내며 그 반동을 이용해 뒤로 회피한 것이다. 파가르는 곧바로 지면을 박차더니 이번에는 자신이 공격해 들어왔다.

신은 공격한 뒤에 멈춰 있던 몸을 다시금 가속했다.

『스펀지 블레이드』와 『스펀지 대거』가 정면으로 뻗어나가 서로를 튕겨냈다.

두 사람은 튕겨내는 힘에 거스르지 않고 서로 오른쪽으로 어긋나며 거리를 벌렸다. 하지만 속도는 크게 줄어들지 않고 있었다.

훈련장 안에서 순식간의 공방전을 제대로 지켜본 사람은 슈니와 히라미, 룩스리아, 시린과 남사르 정도였다.

신은 상대와 자신의 움직임을 정확히 인지하고 있었지만 일반 병사나 기사들은 눈으로 쫓을 수조차 없는 속도였다.

신은 파가르의 빠른 반응과 무기를 맞댈 때의 감촉을 통해 대략적인 능력치를 예상해나갔다.

대악마용 무기를 빌려줄 때 참고하기 위해서였기에 정확한 수치까지 알아낼 필요는 없었다.

신은 다시 정면으로 공격해 들어오는 파가르의『스펀지 대거』를 받아내며 있는 힘껏 밀어냈다.

현재 신에게 걸린【리미트】는 Ⅱ였다. 파가르의 완력으로는 돌진의 위력을 가미하더라도 신의 방어력을 뚫어낼 수 없었다.

"역시 그런 무거운 무기를 들고 다닐 만하군. 힘으로는 밀어내기 힘들겠어."

"아직 이 정도로 제 강함을 보여드렸다고 할 수는 없을 텐데요."

신의 입장에서 보면 파가르의 공격은 너무나 가벼웠다. 지금까지의 전투 스타일을 보면 속도는 뛰어나지만 결정력이 부족한 느낌이었다.

그러나 파가르는 용사의 이름을 가진 선정자였다. 그러니 그것이 전부일 리는 없다. 신은 속도로 밀어붙이는 파가르의 일격을『스펀지 블레이드』로 계속해서 튕겨냈다.

얼핏 보면 파가르의 맹공이 신을 몰아붙이고 있는 것처럼

보이기도 했다. 하지만 불규칙하게 위치를 옮기는 파가르의 표정에는 여유가 없었다.

전력을 다한 것이 아니었다지만 그의 무기로는 조금의 타격도 주지 못했다.

반면 신은 그 자리에 가만히 있을 뿐이다. 무기로만 겨루고 있는 것을 감안하더라도 아직 여유가 넘쳐 보였다.

"단단하군. 마치 오리할콘 덩어리를 공격하는 것 같아."

"저도 지금 확실한 실력을 보여줘야 나중에 간섭받지 않을 테니까 말이죠."

"그런가. 그렇다면 나도 봐줬다는 소리는 안 듣게 해야겠군!!"

파가르의 말에 반응하듯이 그의 온몸이 금빛에 휩싸였다.

약간의 흐트러짐도 없이 파가르의 몸을 뒤덮은 빛을 보면 칭호의 힘과 스킬을 활용한 신체 강화임을 알 수 있었다.

그리고 양손에 든 『스펀지 대거』도 까만빛에 감싸였다.

신은 대인전의 경험을 통해 그것이 어둠 속성의 복합 스킬일 거라 예상했다.

"간다!"

파가르의 발밑이 폭발했다. 그와 동시에 신의 주변을 불규칙하게 달리는 속도가 명백하게 빨라졌다.

『스펀지 대거』를 감싼 까만빛이 잔상을 남기면서 신의 주변에 금색과 검은색의 섬광이 번쩍이는 것처럼 보이게 했다.

신은 그 자리에서 움직이지 않고 파가르가 어떻게 나올지 기다렸다. 파가르는 몇 번 접근할 것 같은 기색을 보이다가 배후로 파고든 순간 진행 방향을 갑자기 바꾸었다.

직각에 가까운 방향 전환이었다. 하지만 파가르의 움직임을 정확히 감지하고 있던 신은 당황하지 않고 반응했다.

왼쪽 다리를 축으로 몸을 반전해 상대가 내리치는 『스펀지 대거』를 『스펀지 블레이드』로 막아낸 것이다.

"제법 묵직하군요."

『스펀지 블레이드』에 걸리는 부담이 방금 전의 공격과는 딴판이었다. 위력 자체는 신의 완력과 『스펀지 블레이드』의 강도로 충분히 견뎌낼 수 있었다. 하지만 신이 밟고 섰던 바닥은 그러지 못했다.

신을 중심으로 직경 20메르 정도의 범위 내에서 지면이 폭삭 가라앉았다.

파가르가 사용한 검술/어둠 마법 복합 스킬 【그래비티 엣지】는 위쪽으로 공격할 때의 위력을 절반으로 줄이는 대신 아래쪽으로 공격할 때의 위력을 두 배로 늘리는 스킬이었다.

스피드로 농락하다 필살의 일격을 가한 셈이었다. 한쪽으로 치우친 능력치를 스킬로 보완하는 전법을 보자 신은 자신의 게임 시절이 떠올랐다.

【그래비티 엣지】처럼 특정한 조건 하에서 위력을 배가하는 스킬과 신체 강화 계열 스킬의 조합은 신도 유용하게 사용하

곤 했기 때문이다.

"꿈쩍도 않는 건가……. 지금이 웃을 상황은 아닌 것 같은데 말이지."

"죄송합니다. 이런 게 오랜만이라 조금 재밌어졌거든요."

신은 자신도 모르는 사이 미소를 짓고 있었음을 깨닫고 파가르에게 사과했다.

실력을 가늠하기 위한 승부였기에 얕보는 듯한 태도는 좋지 않았다.

"그러면 다음은 제 차례군요."

"으윽?!"

지면을 내리누르던 『스펀지 대거』를 신이 있는 힘껏 쳐냈다.

평소 같았으면 자세를 낮추어 좌우로 움직이면서 중력의 족쇄에서 벗어났을 테지만 신은 일부러 파가르의 몸 전체를 튕겨내며 거리를 벌렸다.

"괴물 녀석!"

"칭찬으로 듣겠습니다!"

신은 지면을 박차며 뛰어올랐다.

그가 튕겨낸 파가르는 함몰된 바닥의 가장자리 밖에 있었다. 신은 파가르의 위를 뛰어넘는 경로로 도약했다.

"스스로 공중에 뛰어오른 건가."

파가르가 든 『스펀지 대거』의 색이 검정에서 빨강으로 바뀌었다. 파가르는 반투명한 빛을 두른 『스펀지 대거』를 그 자리에서 두 번 휘둘렀다.

『스펀지 대거』가 호를 그릴 때마다 초승달 모양의 화염 검기가 신을 덮쳤다.

검기의 숫자는 『스펀지 대거』를 휘두른 횟수와 동일했다. 검술/화염 마법 복합 스킬 【레드 문】이었다.

신은 피하려고 마음만 먹으면 이동 스킬 【비영】으로 여유롭게 회피할 수 있었다.

하지만 파가르는 【비영】 스킬에 대해 이미 알고 있었는지 신의 도약 방향을 주시하고 있었다. 【레드 문】을 통해 발사 가능한 화염 검기의 숫자는 무기마다 최대 네 개였다. 이도류였기에 남은 숫자는 여섯이다.

공중에서 궤도를 바꾸거나 착지하는 신을 노리기에 충분한 숫자였다.

게다가 파가르는 【레드 문】이 빗나갔을 경우에 대비해 【아이스 애로우】까지 준비해두고 있었다. 스펀지 시리즈를 장비하면 마법에도 불살 효과가 적용된다는 점을 감안한다면 좋은 판단이었다.

"그래, 재미있군."

공중에 뜬 상대의 자세를 무너뜨리며 추격하는 것은 신도 게임 시절에 일상적으로 사용하던 전술이었다. 스펀지 시리즈를 장비 중이었기에 상대가 죽을 걱정이 없다는 것도 신의 마음을 편하게 해주었다.

하지만 승부는 승부였다. 신은 미안하긴 하지만 파가르의 의도를 정면에서 무너뜨리기로 마음먹었다.

아무 생각 없이 도약하는 것은 자신을 공격해달라고 말하는 것이나 다름없었다. 상위 플레이어라면 상대의 공격을 예상하는 것이 당연했다.

신은 【레드 문】의 검기가 날아오는 것에 상관없이 공중에서 【스펀지 블레이드】를 휘둘렀다.

이미 검신 부분은 파가르의 【스펀지 대거】와 동일한 붉은색으로 뒤덮여 있었다. 신이 발사한 것도 그와 동일한 화염 검기였지만 검기의 크기와 위력이 전혀 달랐다.

"아닛?!"

파가르가 발사한 검기는 약 1메르였던 데 반해 신이 발사한 것은 3메르나 되는 거대한 화염 검기였다.

그것은 파가르의 검기를 가볍게 지워버린 뒤 그대로 파가르를 향해 일직선으로 날아갔다.

파가르는 놀라면서도 공격 상쇄를 빠르게 단념하며 화염 검기의 사선상에서 몸을 피했다.

몇 초 전까지 파가르가 있던 장소에 붉은 화염 검기가 명중했다. 단단하던 바닥에 깊은 칼집이 나며 그곳에서 맹렬한 화염이 솟구쳤다.

신은 그것을 확인하지도 않고 몸을 피한 파가르를 향해 방금 전보다도 강하게 공중을 박찼다.

"크윽!"

첫 번째 도약과는 명백히 다른 속도 앞에서 파가르는 미처 반응하지 못했다. 공격을 튕겨낼 틈도 없이 『스펀지 블레이드』를 받아낼 수밖에 없었다.

대련을 시작한 직후와 비교했을 때 공세와 수세의 주체가 바뀐 상태였다. 달라진 점이라면 신의 일격에 파가르가 후방으로 튕겨나갔다는 것이다.

즉시 추격을 시작한 신에게 파가르는 미리 준비해둔 【아이스 애로우】를 발사했다.

하지만 신이 가까이 다가온 시점에서는 위력이 절반 이하로 줄어들어 있었다. 발사된 것은 봄눈처럼 무너지는 【아이스 애로우】의 잔해뿐이었다.

신은 반짝거리며 사라지는 잔해를 떨어내고 파가르를 공격했다. 아직도 무기를 뒤덮은 【레드 문】의 빛이 두 사람 사이에서 호를 그렸다.

한 번, 두 번, 세 번.

파가르는 신의 공격을 쌍검으로 받아냈다.

맞부딪치는 무기가 스펀지 시리즈였기에 파팍 하는 가벼운 소리가 연속으로 훈련장에 울렸다.

만약 두 사람이 평소에 사용하던 무기였다면 엄청난 굉음이 울려 퍼졌으리라.

모두가 그런 생각을 가질 만큼 결계 너머로 전해지는 공기의 진동은 격렬했다.

게다가 두 사람은 정면으로 검을 맞부딪치면서 마법까지 사용하고 있었다.

이따금씩 빗나간 마법이 병사들 쪽으로 날아들었지만 슈니가 펼쳐놓은 결계가 끄떡없이 막아주었다.

마법을 습득한 일부 병사들은 신과 파가르가 사용하는 마력의 양과 밀도를 감지하며 얼굴이 창백해졌다.

그리고 무엇보다 주변을 경악시킨 것은 용사인 파가르가 점점 밀리고 있다는 사실이었다.

"말도 안 돼……."

불쑥 새어 나온 누군가의 중얼거림이 그 자리에 있던 많은 사람의 심경을 대변해주었다.

용사는 근위대장과 어깨를 나란히 하는 엘쿤트의 최고 전력이다.

능력치 자체는 시린이 더 높았지만 파가르는 스킬 조합을 통해 결코 밀리지 않는 전투력을 발휘한다고 알려져 있었다.

그렇다면 그런 파가르를 압도하는 남자는 대체 누구란 말인가. 병사들의 시선이 신에게로 집중되었다.

"자, 그럼 슬슬 기어를 올려볼까요!"

"뭐라고……?"

이제 자중할 필요가 없다는 정신적인 해방감과 자신의 힘을 과시해야만 하는 현재의 상황, 그리고 불살 무기라면 괜찮을 거라는 안도감 때문에 신은『스펀지 블레이드』에 담긴 힘을 게임 시절에 가까운 상태까지 끌어올렸다.

신이 공격을 잠시 중단하자 폭풍 같은 공방전에 순간의 틈이 생겨났다.

신이 공세에 나서고 파가르가 수세에 몰렸기에 생겨날 수 있는 틈이었다.

"아…….."

신이『스펀지 블레이드』를 짊어지듯 든 것을 보고 파가르의 입에서 얼빠진 목소리가 흘러나왔다.

『스펀지 블레이드』가 삐걱거리고 있었다. 선정자끼리 정면으로 맞부딪쳐도 끄덕없던『스펀지 블레이드』가 말이다.

용사로서의 경험과 역량이 신이 준비하는 공격의 위력을 직감케 했다.

상대를 죽일 수 없는 무기인『스펀지 블레이드』가 파가르의 눈에는 진짜 무기로밖에 보이지 않았다.

"─갑니다."

신의 어깨 위에 있던『스펀지 블레이드』가 흐릿해졌다.

파가르는 반사적으로『스펀지 블레이드』가 휘둘러질 방향을 향해 몸을 날렸다.

그와 동시에『스펀지 대거』를 든 팔을 전력으로 휘둘렀다. 『스펀지 대거』가 무언가에 부딪혔다고 느껴진 순간, 그의 몸은 훈련장을 가로지르며 멀리 날아갔다.

"아차…… 이런……."

탄환처럼 지면과 수평으로 날아가는 파가르를 보고 신의 입에서 다급한 목소리가 새어 나왔다. 힘이 너무 들어갔다는 것을 깨달았지만 이미 늦은 상황이었다.

그리고 파가르가 날아간 방향 끝에서 굉음이 울려 퍼지며 결계에 거미줄 모양의 금이 갔다.

파가르가 공격 방향을 틀어놓는 데는 성공했지만 『스펀지 블레이드』에 담긴 엄청난 힘은 그 정도로 사라지지 않았던 것이다.

공격을 펼치기 직전에 용사를 떨게 했던 일격이 공기를 뒤흔드는 정도로 끝날 리가 없었다.

어깨 높이에서 호를 그리며 지면과 수평으로 휘둘러진 『스펀지 블레이드』는 파가르에 의해 대각선 상단으로 빗겨나갔다. 그리고 그 여파로 공격이 빗나간 방향에 있던 결계가 직격탄을 맞은 것이다.

결과적으로 당장이라도 무너져 내릴 것 같은 결계의 모습이 완성되었다.

"하하…… 악마를 사냥할 만하군."

요란하게 땅을 미끄러지다 멈춘 파가르는 푸른 하늘을 올려다보며 메마른 웃음과 함께 중얼거렸다.

결계 주변에 있던 병사들은 시간이 멈춘 것처럼 꼼짝도 하지 못했다.

훗날 파가르는 말했다.

그때 공격을 빗겨나가게 하지 못했다면 자신은 죽었을지도 모른다고.

그리고 부서진 결계의 정면에 서 있던 병사는 말했다.

결계가 없었다면 틀림없이 죽었을 거라고.

✝

시합 뒤에 신 일행은 응접실로 돌아왔다.

더 이상 시합 진행이 불가능하다고 판단한 남사르가 즉시 시합 종료를 선언했던 것이다.

내심 너무 심하게 했나 싶어 안절부절못하던 신은 즉시 그 자리를 피할 수 있다는 생각에 가슴을 쓸어내렸다.

"이거야 원, 이래 봬도 상당히 진지하게 싸웠는데 말이지. 신 공은 뭐라고 해야 하나, 아무튼 굉장하군."

"아하하…… 죄송합니다. 제가 조금 지나쳤네요."

"아니, 뭐, 응. 아까는 나도 목숨의 위협을 느꼈으니."

무기의 불살 속성을 비웃는 듯한 위력을 눈앞에서 목격한 탓에 파가르도 약간 부자연스러운 미소를 짓고 있었다.

하지만 그 공격이 아니었더라도 이길 수 없었을 거라고 파가르는 생각했다.

신은 처음부터 끝까지 계속 여유로웠다. 아마 모든 능력치에서 자신을 웃돌 것이다.

파가르의 빠른 공격에 당황하기는커녕 여유롭게 대처하지 않았던가.

반사 신경이 좋다거나 전투 기술이 뛰어나다고 해서 가능한 일이 아니었다. 마법 공격에 완벽히 대응한 것만 봐도 그랬다.

그렇다면 능력치 면에서 완전히 압도 당했다는 결론을 내릴 수밖에 없었다.

한편 신도 파가르가 자신의 능력치를 가늠하고 있을 거라 짐작했다.

"가능하다면 악마와 싸울 때까지 한 번 더 대련해보고 싶군. 남사르 공이나 시린은 평소에 수행할 임무가 많다 보니 편하게 부탁할 수 없어서 말이지. 물론 아까 그 마지막 공격 같은 건 되도록 자제해줬으면 해. 결계 없이는 훈련장 벽이 산산조각 날 테니까."

"저도 지금부터 바빠질 거라 확답은 못 드리겠네요. 물론 기회가 있다면 꼭 상대해드리겠습니다. 그리고 아까 그건 제 실수였습니다. 거듭 사과드립니다."

파가르는 아직 레벨 상한선에 도달하지 못했다. 경험을 쌓다 보면 새로운 스킬을 습득할 가능성도 있었다.

고위 선정자는 많은 스킬을 습득한 경우가 많으므로 전법을 더욱 개량할 수도 있을 거라고 신은 생각했다.

"그러면 방금 싸움으로 병사들을 설득할 수 있을까요?"

"네, 불평할 사람은 끝까지 불평할 테지만 이 정도로 많은 목격자가 있으면 잘못 본 거라는 말은 못하겠죠. 파가르 공은 실력을 더 갈고닦을 필요가 생겼네요. 왕의 검이 몇 번이나 모험가에게 밀려선 곤란하니까요."

"아까 그걸 보고서도 그런 소리가 나오냐……."

잔소리를 쏟아내는 남사르에게 파가르가 작게 투덜댔다.

상대에게도 들렸던 것이리라. 남사르의 눈이 파가르를 날카롭게 노려보았다.

"뭐라고 하셨죠?"

"아무것도 아닙니다."

파가르는 남사르의 시선이 자신을 향하기도 전에 불만스러운 표정을 순식간에 거두며 진지한 얼굴을 해 보였다.

옆에 있던 시린이 못 말린다는 듯이 한숨을 쉬는 것을 보면 평소에도 이런 대화가 자주 오가는 모양이었다.

"그런데 신 공. 앞으로는 유격대로 움직인다고 하던데 한 번 정도는 군대와 함께 행동해주지 않겠나? 우리와 함께 싸워준다는 건 얼마든지 알릴 수 있지만 신 공의 됨됨이가 어떤지는 가까이에서 지켜보지 않으면 모를 테니 말일세."

오늘의 소문이 잘못 퍼지다 보면 신이 위험인물처럼 인식될 수도 있었기에 제아 경이 그런 제안을 했다.

"네, 그 정도라면 괜찮습니다. 유키는 어떻게 할까요? 능력은 제가 보장할 수 있고 모처럼의 기회니만큼 병사들의 훈련을 맡기고 싶은데요."

"병사들의 훈련을? 특별한 뭔가가 있는 건가?"

"유키는 지금까지 남을 가르친 적이 많거든요. 즉사하지만 않으면 완벽한 상태로 회복시킬 수 있으니까 평소보다 실전에 가까운 훈련을 할 수도 있을 겁니다. 성안에서 소동이 발생했을 때에 대비해서 병사들의 수준을 조금이라도 높여두는 게 좋지 않을까요?"

주변 탐색에 신과 슈니를 동시에 투입하기는 아까웠다.

탐욕—아와리티아가 오기 전에 최대한 전력을 강화해야 한다고 신은 제아 경에게 진언했다. 하지만 팔 하나 정도는 쉽게 재생시킬 수 있다는 말을 듣자 제아 경의 표정도 딱딱하게 굳을 수밖에 없었다.

"……그렇군. 방금 전의 결계를 보면 유키 님도 상당한 실력자라는 건 명백하겠지. 하지만 팔다리를 재생시키다니……. 교회의 역대 교황들조차 아무도 그런 영역에 도달하지 못했다고 들었네만. 아니, 유키 님은 장수 종족인 엘프니까 수련을 거듭하면 어떻게든…… 되는 건가?"

제아 경은 혼자 이야기하다 말고 생각에 잠겼다.

어지간히 폐쇄적인 도시를 제외하고 웬만한 곳에서는 장수 종족들이 공존하고 있었다. 제아 경이 바로 납득하지 못하는 것은 오랜 시간을 살아온 엘프와 픽시조차도 그 정도의 회복 능력을 보여주지 못했기 때문일 것이다.

지금의 세계에서 부위 손상을 회복할 수 있는 시술자는 거의 없다는 말을 신도 들은 적이 있었다.

아이템 중에서는 오랜 시간에 걸쳐 간신히 재생시킬 수 있는 약이 약간 유통되는 정도였다. 그것조차 상당한 고급품으로 취급되었다.

그 정도의 회복 스킬을 사용할 수 있다면 어느 나라에서든 붙잡아 두려고 안달일 것이다. 그 정도로 대단한 일이었다.

"제가 알기로 장수 종족에게도 그리 쉬운 일은 아닐 겁니다."

"저도 남사르 공의 말에 동의합니다. 제가 알고 지내는 엘프와 픽시 중에는 300년 넘게 살아온 자들도 있지만 팔다리를 재생할 수 있을 정도로 스킬 레벨을 올린 경우는 못 봤습니다."

"나도…… 아니, 저도 불확실한 소문을 제외한다면 교회에서 『치유의 성녀』라 불리는 분 정도밖에 알지 못합니다."

남사르의 말에 시린이 맞장구를 쳤고 파가르도 유명 인사를 제외하면 들어본 적이 없다며 고개를 저었다.

"나도 상처를 아물게 하는 정도가 고작이야."

"아니, 악마가 회복 스킬을 사용하는 게 더 이상하지 않나?"

신성 마법에는 마기나 악마를 쫓아내는 힘이 있다. 다른 게임에서라면 어둠과 반대되는 속성으로 취급되는 계통이었다.

룩스리아가 회복 스킬을 사용한다는 것은 데몬이 정화를 사용하는 것과 비슷한 느낌으로 다가왔다. 그 정도의 위화감인 것이다.

"신성 마법도 결국 마력을 사용해 상처를 아물게 하거나 팔다리를 재생시키는 거잖아. 본 적도 없는 신에게 기도하는 건 아니니까 악마도 사용할 수 있어. 아무래도【정화】같은 건 무리겠지만."

"회복 스킬을 사용한다는 것만으로도 충분히 놀라운데 말이지. 뭐, 나도 편리한 기술로만 생각하면서 사용하고 있으니까 룩스리아와 다를 건 없으려나."

신성 마법이라는 이름이 붙어 있지만 사용할 때마다 신에게 기도를 드릴 필요는 없다. 각 속성을 주관하는 신이 설정되어 있긴 하지만 신도 실제로 만나본 적은 없었다. 게임 퀘스트나 도서관의 자료에서 언급될 뿐, 이 세계에 실제로 존재하는지도 수수께끼였다.

룩스리아의 말이 적어도 틀리진 않은 셈이다.

"제아 경. 신관이 들으면 큰일날 만한 이야기를 들은 것 같다만."

"그렇군요. 신성 마법은 신이 내려준 기술이라는 게 일반적인 인식이니 말입니다."

크룬지드 왕과 제아 경뿐만 아니라 파가르와 시린까지도 무슨 말을 해야 할지 모르겠다는 얼굴이었다. 유일하게 표정이 그대로인 사람은 남사르였다.

"아니, 지금은 그런 일을 따질 때가 아니겠지. 그보다도 무리라는 건 잘 알지만 우리나라에 머물러주면 좋겠다는 생각이 드는군. 계속 있으라는 건 아니니 한번 생각해보지 않겠는가? 물론 신 공도 함께 남아주면 더 바랄 것이 없다."

신 일행의 이야기를 흥미롭게 듣고 있던 크룬지드 왕이 슈니를 돌아보며 물었다.

나라의 통치자로서 슈니 정도의 인재를 보면 탐이 날 수밖에 없으리라.

"저는 언제나 신과 함께하기로 했거든요. 그 질문에는 대답하기 힘듭니다."

"아…… 저도 한 나라에서 임관할 생각은 없습니다. 제아 경도 젊은 시절에 그랬다고 하셨지만 일단은 세계를 돌아다니며 견문을 넓히고 싶어서요."

"그러한가. 흐음, 제아 경까지 언급하니 반론할 수가 없군. 아깝지만 억지로 강요할 순 없겠지."

크룬지드 왕의 표정은 꽤나 진지했지만 신의 대답을 듣더니 어쩔 수 없다는 듯이 휴우 하고 한숨을 쉬었다.

갑자기 자신의 이름이 언급된 제아 경은 약간 민망한 표정을 짓고 있었다.

"에헴. 이야기가 엇나갔군요. 본론으로 돌아가겠습니다. 아까 하던 이야기 말인데, 신 공은 탐색과 조사에 관해서는 얼마만큼의 능력을 발휘할 수 있나?"

"닌자나 도적 같은 척후 직업과 같은 수준이라고 생각하시면 될 겁니다."

신의 대답을 들은 제아 경의 눈썹이 꿈틀거렸다.

누가 봐도 전투 직업으로 전방에서 적을 물리칠 것처럼 보이는 신이 척후 역할도 가능하다는 말을 듣자 매우 놀란 듯했다.

약간 익힌 정도라면 모를까, 본업과 같은 수준이 된다는 것은 불가능하다고 생각하는 게 보통이었다. 사람은 그 정도로 만능이 될 수 없는 법이다.

신의 경우는 게임 시절에 직업을 습득한 뒤에 던전 공략이나 PK 사냥을 단독으로 해온 덕분에 그 정도의 기량을 몸에 익힐 수 있었다.

목숨이 걸린 상황에서는 사람의 학습 능력이 비약적으로 상승하기 마련이다.

"이런, 이런. 신 공은 계속 우릴 놀라게 하는군. 그렇다면 시린 님과 함께 아직 조사가 끝나지 않은 구역의 탐색을 부탁하겠네. 만약 탐욕의 부하가 숨어 있더라도 신 공이라면 얼마든지 해치울 수 있을 테지. 가능하다면 놈들이 무슨 일을 꾸미는지 알아낼 수 있다면 더 좋고 말이네."

"알겠습니다. 최대한 노력해보죠."

일정은 추후에 전달하겠다는 말을 들은 뒤에 신 일행은 성에서 나왔다.

문지기의 시야에서 벗어난 곳까지 멀어지고 나서야 신은 크게 기지개를 켰다.

"겨우 끝났네."

"예상했던 것하곤 많이 달랐지만 어떻게든 잘됐어."

룩스리아도 크게 한숨을 내쉬었다. 히라미도 마찬가지였다.

슈니 혼자 지친 기색도 없이 기분 좋게 미소 짓고 있다.

"어쨌든 오늘은 이만 해산하죠. 예상 밖의 사태가 이어지다 보니 역시 지쳤어요. 주로 정신적으로요."

"계속 긴장했으니까 말이지. 그러면 난 지친 학장님을 데리고 돌아갈게. 너희들도 푹 쉬어."

"악마한테 그런 소릴 들을 줄은 몰랐군."

"보건 교사잖아. 몸이 안 좋으면 나한테 와."

룩스리아는 후훗 하고 득의양양하게 웃은 뒤 히라미와 함께 학교 쪽으로 걸어갔다.

신과 슈니도 다른 길로 새지 않고 여관으로 돌아왔다. 신은 방에 도착하자 편한 복장으로 바꾼 뒤 소파에 털썩 주저앉았다.

"휴우. 은근히 피곤하네."

신은 단정해 보이지 않는다는 것을 알면서도 몸에서 힘을 풀고 소파 등받이에 몸을 기댔다.

눈을 감고 숨을 내쉬자 옆에서 슈니의 기척이 느껴졌다.

슈니도 소파에 앉았나 생각한 순간 갑자기 팔이 잡아당겨졌다.

신은 몸이 가는 대로 놔두었다. 그러자 자신의 머리가 소파와는 다른 부드러운 무언가에 올라간 감촉이 느껴졌다.

"수고 많았어요."

"그래…… 응."

슈니의 온화한 목소리에 신은 멍하니 대답했다. 어느새 슈니도 옷을 갈아입은 것 같았다. 다리를 베고 누운 신에게는 하반신이 보이지 않지만 상반신에는 흰색 스웨터를 입고 있었다.

다리를 내준 슈니는 따뜻하게 미소 짓고 있었지만 신의 눈에는 그녀 얼굴의 절반밖에 보이지 않았다. 나머지 절반은 슈니의 스웨터를 밀어 올린 부드러운 가슴에 가려져 있다. 평소와 다른 시점이라 그런지 엄청난 중량감이었다.

"신? 어디가 안 좋은가요?"

"아냐, 아무것도. 몸은 별로 피곤하지 않아. 하지만 용사를 상대로 힘 조절에 조금 실패한 것 같아서 말이야. 병사들의 표정이 듬직한 아군이 아니라 위험한 존재를 보는 느낌이었거든."

신은 가슴에만 눈이 가는 것을 얼버무리기 위해 황급히 화제를 바꾸었다.

직접 대화해본 건 아니지만 자신을 바라보는 병사들이 눈에 띄게 겁먹은 것을 신은 선명히 기억하고 있었다. 이제 와서 말이지만 그들과의 거리가 가까워지기는커녕 오히려 멀어진 것 같아 걱정이었다.

"중요한 싸움인데 봐주면서 할 수도 없잖아요. 적어도 우리가 도움이 안 될 거라는 생각은 안 할 거예요. 국왕과 용사들에게는 이미 인정받았으니까 너무 신경 쓸 필요는 없지 않을까요?"

"그건 그렇지만 말이야. 뭐, 어쨌든 협력을 부탁 받았으니까 잘됐다고 해야 하려나. 우리가 모르는 사이에 그런 물밑작업이 있었다는 건 놀랐지만 말이야."

엘쿤트 사람들은 적의 강대함을 파악하고 조금이라도 피해를 줄이기 위해 행동했다. 함께 싸울 상대로는 듬직하긴 했다.

"우리도 조금이라도 피해가 줄어들도록 열심히 해봐요. 일단은 병사 분들을 단련시키는 것부터 시작해야겠죠."

"하하하, 슈니의 미모에 홀려서 방심하다가 힘든 훈련에 비명을 지를 게 눈에 선하네."

아름다운 겉모습에 속았다는 말이 듣기 좋진 않았지만 왕자마저도 슈니에게 넋을 잃었던 것을 신은 선명히 기억하고 있었다.

병사 중에도 그런 자가 적지 않았다. 훈련이 시작되기 직전까지도 자신들이 행운아라고 믿어 의심치 않을 것이다.

"신~?"

"하하하."

"정말, 웃는다고 그냥 넘어갈 줄 알아요?"

"아니, 미안해, 미안."

슈니가 토라진 얼굴로 노려보았지만 정말로 화가 난 건 아니었다. 토라진 얼굴이 살짝 어린아이 같아서 신은 미안하게 생각하면서도 마음이 따뜻해졌다.

"정말, 제가 엄하게 단련시키는 건 상대방을 위해서…… 신?"

"아아…… 응. 듣고 있어, 듣고 있어."

신은 그렇게 대답하면서도 눈꺼풀이 자꾸만 무거워졌고 말도 어눌해졌다.

"저녁 식사까지는 아직 시간이 있어요. 잠깐 눈을 붙여도 괜찮아요."

"그래, 그렇게 할게……."

역시 무릎베개는 해주는 것보다 받는 것이 좋다. 신은 멍한 머리로 그런 생각을 하며 잠에 빠져들었다.

"……안녕히 주무세요."

작게 숨소리를 내는 신을 보며 슈니는 살짝 미소 지었다.

그리고 문득 예전엔 반대인 상황이었던 것을 떠올렸다. 슈니는 잠든 신의 얼굴을 쓰다듬으며 자신은 무릎을 내주는 편이 더 좋다고 생각했다.

전초전 | Chapter 2

THE NEW GATE

다음 날 왕성에서 온 사자가 신 일행의 숙소에 도착했다.

전달 받은 일정에 맞춰 집합 장소에 가자 그곳에는 시린과 직속 기사 마흔여덟 명, 그리고 다른 부대에서 파견된 척후 부대 열두 명이 대기하고 있었다.

"—제가 늦은 건가요?"

"아니, 괜찮다. 아직 약속 시간은 되지 않았어. 우리는 인원이 많다 보니 조금 더 빨리 행동하는 거다."

"항상 이런 숫자로 탐색을 하는 겁니까?"

"아니, 오늘은 그대가 있으니까 말이지. 평소엔 척후병을 중심으로 한 부대를 하나 더 운용한다."

사전에 행한 탐색 범위 비교를 통해 신은 혼자서도 척후 부대만큼의 능력을 발휘할 수 있음이 판명되었다.

물론 신은 자신의 능력이 정말 그 정도인가 싶어 고개를 갸웃거렸다.

"귀공에게도 말을 준비해두었는데, 사용하겠나?"

"배려 감사합니다. 하지만 괜찮습니다. 탈 수는 있지만 제 다리로 달리는 편이 빠르니까요. 그리고 척후로 움직일 때도 혼자 뛰는 게 더 편합니다."

"후후, 그런가. 확실히 그렇겠군. 그러고 보니 달리는 게 더 빠른 건 나도 마찬가지다."

시린은 그게 농담이라고 생각했는지 재밌다는 듯이 웃었다.

그러자 뒤에 있던 기사들이 술렁였다.

"시린 님이 웃고 있어."

"그 시린 님이……."

"드디어 봄이 온 건가?"

"아니, 상대방에겐 엘프 동료가 있어. 시린 님에게는……."

"잠깐, 잠깐. 시린 님도 외모는 훌륭하다고, 외모는."

수군거리는 대화 내용을 들은 신은 '그 이상은 말하지 않는 게……'라는 의미의 눈빛으로 기사들을 바라보았다. 하지만 그런 눈빛이 전해지기도 전에 시린이 뒤를 돌아보았다.

"하하하. 뭔가 유쾌한 이야기가 들리는 것 같은데에~?"

시린의 얼굴은 무척 밝게 웃고 있었다. 하지만 신을 바라볼 때와는 전혀 다르게 약간의 온기조차 느껴지지 않는 미소였다.

"교련이 부족했던 것 같군. 이 임무가 끝나면 바로 훈련장으로 향한다. 각오해둬라!"

기사들은 하나같이 어깨를 축 늘어뜨렸다.

분위기가 급격히 안 좋아진 것을 보면 평소에도 자주 있는 일 같았다. 신참은 끼어들기 힘든 상황이었다.

"시간을 소비해서 미안하군. 그러면 담당 지구로 향하겠다."

"알겠습니다."

신은 쓸데없는 잡담은 하지 않고 척후 부대와 협력해서 탐색을 시작했다.

종족적인 적성을 제외하면 척후 부대 대원들 중에 특출한 기량의 소유자는 없는 것 같았다.

"뭐지? 몬스터 수가 적은데."

혼자 선행해서 탐색을 계속하던 신은 탐지 범위 내에 들어온 몬스터의 숫자가 신경 쓰였다. 지난번 렉스 일행과 돌아다닐 때와는 명백히 달랐기 때문이다.

일단 탐색을 마치고 돌아온 신은 만약을 위해 시린에게 보고했다. 그러자 시린도 같은 생각을 했는지, 다른 척후병이 돌아오는 것을 기다렸다가 정보를 종합했다.

"역시 전체적인 몬스터의 숫자가 적군. 사전 보고에서는 이 근처가 다른 지구에 비해 변화가 적었다고 했는데."

"무슨 일이 벌어지고 있는 건지도 모르겠네요."

"맞는 말이다. 그 녀석이라고 생각하나?"

"타이밍을 고려하면 그럴 가능성이 높겠죠. 아니, 되도록 그러면 좋겠다는 게 솔직한 심정입니다. 여기서 다른 문제까지 겹치면 수습하기 힘드니까요."

신은 시린의 질문에 고개를 끄덕이며 장난스럽게 어깨를

으쓱해 보였다.

"그렇겠군. 나도 그러길 바란다. 그러면 원인을 밝히러 가자. 너희들, 아무리 사소한 거라도 좋다. 위화감이 느껴지거나 이상한 부분이 있으면 즉시 보고하도록!"

시린은 쓴웃음을 짓다가 이내 진지한 표정을 지으며 기사들에게 명령을 내렸다.

그들은 정기적으로 엘쿤트 주변을 순찰해온 기사들이었다. 척후들과는 다른 시점으로 무언가를 발견할 수도 있었다.

다시 흩어져서 조사를 시작하는 척후 부대와 함께 신도 조사를 재개했다. 하지만 몬스터가 적다는 것 외에 특별히 이상한 점은 없었다.

"몬스터에게 무슨 일이 벌어졌다면 그쪽을 파고드는 편이 좋으려나?"

그렇게 생각한 신은 때마침 이동 중이던 몬스터를 발견해 추적해보기로 했다.

얼룩말에서 흰색을 파란색으로 바꾸고 관자놀이에서 구부러진 두 개의 뿔이 돋아난 형상의 블루오스라는 몬스터였다.

레벨은 354. 플레이어 중에는 그것을 길들여 타고 다니는 사람도 있었다. 타고난 힘과 답파 능력이 뛰어난 몬스터였다.

"탐욕의 부하……는 아니군. 원래 무리를 지어 행동하는 녀석일 텐데, 혼자 떨어진 건가?"

【애널라이즈】로 살펴봐도 악마의 부하임을 나타내는 이름

이 아니었다.

모든 말 타입 몬스터가 무리를 짓는 것은 아니지만 신이 알기로 블루오스는 항상 집단으로 행동했다.

물론 지금은 게임 시절과 달라진 만큼 예외가 존재할 수도 있었다. 하지만 지금 시점에서는 뭔가 특별한 의미가 있는 것 같았다.

신은 블루오스에게 들키지 않도록 주의하며 뒤를 쫓았다. 특별히 주변을 경계하는 것 같지는 않았다.

10분 정도 추적하자 신의 감지 범위 내에 다른 몬스터의 반응이 들어왔다. 블루오스는 그 반응 쪽으로 움직이는 듯했다.

"동굴? 아니, 전혀 다른 종류의 몬스터들이 모여 있는 곳이 단순한 동굴일 리는 없겠지."

블루오스가 향하는 곳에는 동물형, 곤충형, 무기물형 등 한데 모여 있을 리가 없는 다양한 몬스터들이 집합해 있었다. 게임 설정상으로 서로 먹고 먹히는 몬스터들까지 한자리에 있을 정도였다.

몬스터의 이름 옆에는 탐욕의 부하임을 나타내는 「아발리스」라는 글자가 보였다.

"정답이군."

신은 동굴이 있는 장소를 미니맵에 표시해둔 뒤 일단 그곳을 벗어났다. 그리고 급히 시린에게 돌아가서 자신이 본 것들을 보고했다.

"동굴에 탐욕의 부하들이 모여 있다고……."

"주변 몬스터를 끌어들이는 무언가가 발동된 거라고 생각합니다. 제가 뒤쫓았던 블루오스도 부하 몬스터들과 접촉하자 이름 옆에 '아발리스'라는 글자가 생겨났으니까요. 아마 이런 방법으로 부하들을 늘리고 있는 거겠죠."

"그렇다면 시간이 지날수록 숫자가 늘어나겠군. 지금 해치워야겠다."

신은 자신이 본 범위 내에서 몬스터의 레벨과 종류를 설명했다. 그보다 강한 몬스터가 출현하더라도 신과 시린이 있으면 어렵지 않게 대처할 수 있을 것이다.

"저도 돕겠습니다."

"부탁하겠다. 다들 이동을 시작한다!"

시린의 호령에 기사들이 즉시 대열을 갖추었다.

시린의 직속 기사들은 잘 훈련된 것은 물론이고 평균 레벨이 200이 넘었다.

훈련장에 있던 병사들의 레벨은 평균 160 전후였다. 시린은 외모만큼이나 야무진 성격이라 부하 기사들도 상당히 엄격하게 훈련시킨다는 이야기가 들렸다.

척후병에게 모든 것을 떠넘기지 않고 자신들끼리 주변 경계를 철저히 하는 모습을 보자 신도 감탄하지 않을 수 없었다.

"몬스터들은 동굴 안에 있는 것 같습니다. 입구에는 두 마리뿐이네요. 주변에도 몬스터의 기척이 없고요."

동굴 근처에 도착하자 시린은 신에게 다시 한번 동굴의 상황을 확인해달라고 요청했다.

동굴 입구에 있던 몬스터의 평균 레벨이 300 이상인 것을 고려하면 기사들과 함께 돌격하는 것이 위험하다고 판단한 것이리라. 시린은 동굴에서 조금 떨어진 곳에서 부대를 정지시켰다.

"레벨을 생각하면 나와 신 공이 갈 수밖에 없을 테지. 부장, 너는 부대를 인솔해서 동굴 밖에서 대기하도록. 뭔가 이변이 생기면 이번에 지급받은 아이템으로 연락해주길 바란다."

"알겠습니다. 조심하십시오!"

부장이라 불린 남자는 경례를 한 뒤에 주변을 철저히 경계하라는 지시를 내렸다. 기사들의 장비와 레벨, 훈련도를 고려하면 300 레벨의 몬스터에도 대처할 수 있을 것이다.

하지만 그것은 적의 숫자가 적었을 때의 이야기였다. 동굴 안에서는 진형을 유지하기도 힘들고 한 번에 싸울 수 있는 인원수에 제한이 있었다. 그런 상황에서 싸우라는 것은 기사들을 죽음으로 몰아넣는 것이나 다름없다.

기사들도 그것을 잘 아는지 자신들이 할 수 있는 일에 최선을 다하고 있었다.

만약 대량의 몬스터가 동굴 쪽으로 밀어닥치면 히라미가 몰래 갖고 있었다고 둘러댄 메시지 카드로 연락해주기로 했다.

"그러면 잘 부탁한다."

"알겠습니다."

신과 시린은 나무들 뒤로 숨어서 이동하며 입구의 몬스터
들에게 접근했다.

신은 『카쿠라』로 네 개의 앞발을 가진 사마귀 몬스터 포스
시저를 두 동강 냈고 시린은 바위를 갑옷처럼 두른 록 보아의
심장을 창으로 꿰뚫었다.

주위에 알릴 틈도 없이 몬스터를 쓰러뜨리고 기사들에게
처리를 맡긴 신과 시린은 계속해서 동굴 안쪽으로 나아갔다.
신이 앞장서고 시린이 뒤를 맡았다.

신은 【매직 소나】와 맵 기능을 활용해서 동굴 안의 구조를
파악했다.

"꽤나 좁군. 어떻게 된 거지?"

몬스터가 워낙 많아 내부에 던전이라도 만들어져 있을 거
라 생각했지만, 예상보다는 훨씬 작은 규모였다.

몇 개의 통로와 작은 공동으로 이어진 구조를 보면 마치 개
미집 같았다.

다른 점이라면 통로의 경사가 완만해서 개미가 아니더라도
쉽게 이동할 수 있다는 부분일 것이다.

반응을 감지해보면 몬스터들은 각자 공동 안에서 얌전히
있다는 걸 알 수 있었다.

"함정은 없는 것 같습니다. 통로도 거의 일방통행이라 길을 잃을 염려도 없겠죠. 하지만 공동에는 몬스터들이 잔뜩 우글 댈 테니 조심하세요."

"알겠다."

몬스터를 해치우며 나아갈 수도 있겠지만 지금은 조사가 먼저였다. 신은 시린에게 마법 버전【은폐】를 걸어주고 은밀 행동을 시작했다.

탐지 능력이 높은 몬스터도 없고 통로가 제법 넓은 덕분에 전투 없이 앞으로 나아갈 수 있었다.

통로와 이어진 공동 앞을 가로지르면서 내부를 관찰하자 안에서 대기하는 몬스터들은 종족별로 나뉘어 있었다. 모든 공간에서 꿈쩍도 하지 않고 정렬한 상태였다.

"신 공. 설마 이건……."

"몬스터 부대라고 불러야 할까요? 공동마다 한 마리씩 상 위 개체가 있었습니다. 아마 그 녀석이 대장 격이겠죠."

마치 유닛별로 나눈 듯한 배치와 리더로 보이는 개체의 존 재.

숫자가 그 정도로 많진 않았지만 군대 같은 양상을 띠고 있었다.

"평소엔 무리를 이루지 않는 몬스터도 있었다. 이건 위험하 군."

혼자서도 상당한 전투력을 발휘하는 몬스터가 집단을 이룬 것이다. 몬스터의 강력함을 잘 아는 시린은 사태의 심각함을 인식했는지 심각한 표정을 짓고 있었다.

그리고 그런 시린에게 더 큰 충격을 안겨주려는 듯이, 공동으로 생각했던 장소에서 생각지도 못한 것이 발견되었다.

"이건…… 무기인가? 하지만 이 형태는……."

"몬스터용이네요. 원래는 파트너 몬스터용으로 만들어진 걸 테지만 지금 상황에선 아까 그 녀석들을 위한 게 틀림없습니다."

대장장이로서의 신의 직감이 강력한 기척 몇 개를 감지해 냈다. 직접 살펴보지 않으면 확실히 알 수는 없겠지만 아마 전설급 장비도 포함된 듯했다.

"어떻게 된 거지? 이건 마치 ―."

군대.

시린은 그렇게 말하려다 말고 입을 다물었다.

"이건 상당히 오래 전부터 준비된 걸 겁니다. 분명 인간들도 관여했을 거고요."

몬스터의 반응이 없는 공동을 전부 물자 저장고로 추정한다면 상당한 숫자의 장비가 준비된 셈이다. 인간의 군대와 비교하면 소규모지만 그것들이 전부 탐욕의 부하라면 이야기가 달라진다.

몬스터는 한 마리로도 무장한 인간 여러 명을 상대할 수 있다.

그런 몬스터가 인간처럼 무장한다면 대체 어떻게 될 것인가. 전력 면으로 보면 어중간한 자연적 재해보다 훨씬 큰 피해가 발생할 수 있었다.

게다가 현재 상황을 고려했을 때 이런 장비를 장착한 몬스터들의 공격 대상이 엘쿤트임은 자명했다.

시린이 한동안 말을 잇지 못하는 것도 무리는 아니었다.

"이곳 외에도 비슷한 장소가 있을 것 같나?"

"몬스터들이 파내서 만든 동굴로 보이니까요. 없다고 단언하기는 힘들겠죠. 하지만 이런 장소가 존재한다는 걸 알게 된 것만도 다행입니다. 모르는 상태로 공격받았다면 어떻게 됐을지 모르니까요."

"그렇……겠군. 녀석들이 우리를 습격하기 전에 발견한 건 정말 행운이었다."

나쁜 쪽으로만 생각할 수는 없었다. 신이 긍정적인 방향으로 유도한 덕분에 시린도 냉정함을 되찾았다.

"여기 있는 몬스터만이라도 섬멸해둬야겠군."

"그래야겠죠. 하는 김에 우리 쪽 전력 강화에도 활용하기로 하죠."

"전력 강화? 제작 재료라도 회수하려는 건가?"

"아니요, 마검에 가까운 무기도 있었으니까 모처럼 발견한 김에 이용해볼 생각입니다."

신은 그렇게 말하며 무기가 든 나무 상자를 하나둘씩 아이템 박스에 수납했다. 게임 때의 기능이 남아 있던 덕분에 아이템은 알아서 종류별로 분류되었다.

순식간에 텅 비어버린 공간을 보며 시린은 할 말을 잃고 말았다.

"……신 공. 정체를 캐물을 생각은 없지만 이런 걸 보면 대체 뭐 하는 사람이냐고 묻지 않을 수 없군."

"아이템 박스입니다. 흔하진 않지만 사용자가 아예 없는 것도 아니잖아요. 시린 씨는 갖고 계시지 않나요?"

신은 빌헬름에게서 어떤 아이템을 사용하면 후천적으로 아이템 박스를 얻을 수 있다는 말을 들은 적이 있었다.

엘쿤트의 규모가 상당하다 보니 그런 아이템을 가진 사람도 있을 법했다.

"선정자 중에서도 가진 사람은 거의 없다. 나도 마찬가지고. 아예 없다고는 할 수 없지만 말이지. 나도 들어서 알고는 있었지만 실제로 눈앞에서 보니 굉장하군."

"처음 보십니까?"

"본 적이 있긴 하지만 그때는 하나씩 수납하는 것 같았다. 신 공처럼 사용하는 사람은 처음 봤다."

신은 시린의 이야기를 듣고 플레이어의 아이템 박스만 사양이 다를지도 모른다는 생각이 들었다. 하지만 지금은 그런 것을 검증할 시간이 없었고 물자의 회수와 몬스터 토벌이 먼저였다.

두 사람은 모습을 감춘 채로 몬스터의 반응이 없는 공동에 들어가서 물자를 전부 신의 아이템 박스에 집어넣었다. 물자 중에는 포션(회복 약)과 에텔(마력 약) 등도 있었으므로 모처럼 의 기회를 유용하게 활용하기로 했다.

그런 식으로 선정자의 신체 능력을 최대한 활용해서 최대 한 빨리 작업을 마무리할 생각이었다.

"물자 회수는 이걸로 끝났습니다. 그러면 입구 쪽으로 돌아가죠."

"이제 몬스터를 처리해야 할 텐데, 입구에서 싸우려는 건가?"

"아니요, 몬스터 중에는 구멍을 파고 들어가는 녀석들도 있을 테니 한꺼번에 해치울 생각입니다."

"마법을 쓰려는 거로군."

"정답입니다."

용사인 파가르와 시린은 전사의 힘을 가진 선정자였다. 그래서 대량의 몬스터를 쓰러뜨리려면 그럴 만한 시간이 필요했다. 하지만 지금 같은 상황에서 그런 방법을 사용하는 것은 비효율적이다. 입구에 몰려든 적들을 상대하는 사이에 나머지 몬스터들이 탈출구를 만들어 도망칠 가능성도 있기 때문이다.

그래서 신은 이런 장소의 공략법 중 하나를 사용하기로 했다.

일단은 시린과 함께 동굴 입구로 돌아왔다. 다른 몬스터가 접근해오진 않은 것 같았기에 신은 경계하던 기사들에게 내부를 처리하겠다고 말하며 멀리 떨어지게 했다.

"그러면 시작합니다."

신은 동굴 안을 향해 물 마법 스킬【델루즈】를 발동했다.

홍수라는 의미를 가진 이 스킬은 신의 오른손에서 전개된 2메르 정도의 마법진에서 대량의 물을 쏟아냈다.

원래대로라면 주변 숲에까지 피해를 끼칠 만한 수량이었지만 신에게 제어된 물줄기는 동굴 안을 향해 맹렬히 흘러 들어갔다.

동굴 안에 있던 몬스터는 대부분 호흡을 통해 살아가는 몬스터였다. 동굴 입구는【델루즈】의 수압으로 막힌 거나 다름없었기에 익사를 피할 방법이 없었다.

그런 가운데 신은 미니맵을 통해 땅굴을 파기 시작한 몬스터를 발견했다.

맹렬한 기세로 흘러 들어간 물줄기가 모든 공간을 단숨에 수몰시킬 수는 없었다. 물은 동굴의 최하층부터 쌓이므로 나머지 공간에는 짧은 시간이나마 여유가 있는 것이다.

"놓칠 수는 없지."

몬스터의 움직임을 감지한 신은 왼손도 앞으로 내밀었다. 그러자 잠시 뒤에 왼손 주변에서 붉은 전류가 발생하기 시작했다.

"가랏."

번개 마법 스킬 【스플리트 스파크】였다.

신의 의지로 움직이는 번개가 동굴 안쪽으로 흘러드는 물줄기를 향해 뻗어나갔다. 번개는 물에 닿자마자 녹아들듯 사라졌다. 그리고 잠시 뒤에 신의 미니맵에 나타난 반응들이 하나둘씩 사라졌다.

원래 마법으로 발생된 물은 똑같이 마법으로 만들어진 번개를 잘 받아들인다. 그것을 이용해서 동굴 안의 몬스터들을 남김없이 감전시켜버린 것이다.

단순한 번개가 아닌 【스플리트 스파크】를 사용한 것도 그때문이었다.

일반적인 번개 마법은 몬스터에게 명중되기 쉬운 정도였지만 【스플리트 스파크】는 수중의 몬스터와 플레이어를 향해 정확한 대미지를 주는 효과가 있었다. 호흡할 필요가 없는 무기질형 몬스터도 이것으로 끝났다.

그렇게 약 15분이 지났다.

신은 동굴 입구 앞에 서서 스킬을 계속 사용하면서 내부에 남은 몬스터를 전멸시켰다.

"물리 공격뿐만 아니라 마법도 일류인 건가."

신이 사용한 마법의 지속 시간과 위력을 지켜본 시린의 입에서 그런 말이 새어 나왔다.

같은 선정자라도 능력에 차이가 있다는 사실은 시린도 잘 알고 있었다. 그것은 전 플레이어로 불리는 자들도 마찬가지다.

하지만 신의 힘은 시린이 아는 선정자와 플레이어의 범주를 훨씬 뛰어넘은 것처럼 보였다.

악마조차 두려워하는 남자.

시린은 그의 능력을 파악해오라는 밀명을 받고 있었지만 그의 힘을 완벽히 파악하는 것이 가능한지 의문을 느끼고 있었다.

†

"자, 그러면 이제 재료를 가지러 갈 준비를 해보죠."

"재료?"

"네, 여긴 던전이 아니니까 익사한 몬스터가 남긴 재료는 마음껏 가져갈 수 있습니다. 이참에 이용할 수 있는 건 전부 이용해야죠."

"그, 그렇겠군."

후후후 하고 웃는 신을 보며 시린의 얼굴이 살짝 굳었다.

그런 시린의 심정을 아는지 모르는지, 신은 기사들을 모아 달라고 말한 뒤 흙 마법을 이용해 물을 빼기 위한 구멍을 파기 시작했다.

【델루즈】는 단순히 물을 발생시킬 뿐, 조종하는 기능은 없

었다. 그런 기능이 있었다면 물을 쉽게 빼낼 수 있었을 테지만 지금의 신에게는 어쨌든 불가능한 일이었다.

발동 시에 물을 특정 방향으로 유도하거나 출력을 조정하는 것이 고작이었다.

물론 슈니라면 물을 끌어와 강에 흘러들게 하는 것 정도는 가능했을 것이다.

"물이 빠지려면 조금 더 있어야 될 테니 우리가 도착하기 전에 밖으로 나온 몬스터가 없는지 잠깐 살펴보겠습니다."

"알겠다. 척후 부대도 주변을 경계하고 있다. 서로 협력해서 일을 진행해주길 바란다."

척후 부대는 동굴을 중심으로 일정 범위 내를 조사하면서 몬스터나 함정이 없는지를 확인했다. 그리고 안전지대를 확보한 뒤에 2인 1조로 범위를 넓혀나가며 조사를 진행하고 있다고 한다.

신은 물 빼기용 구멍이 충분히 뚫렸다는 것을 확인하고 척후 부대가 없는 쪽을 향해 이동하기 시작했다.

방금 전의 동굴 정도는 몬스터를 조종하면 쉽게 팔 수 있었다. 몬스터와 물자의 보급 기지나 다름없는 동굴이 한 곳만 존재할 리는 없을 것이다. 다른 곳에도 비슷한 동굴이 있을 거라는 생각에 신은 미니맵과 몬스터의 움직임을 주시하며 조사를 계속했다.

"슈니에게도 도움을 받는 게 좋겠어."

신과 척후 부대만으로 엘쿤트 주변을 샅샅이 뒤지기는 힘들었다. 슈니와 다른 척후 부대의 도움 없이는 적의 거점을 전부 찾아낼 수 없을 것이다.

　"애초에 저렇게 많은 물자를 어디서 모아 온 거지?"

　역시 그들에게 가담한 인간들이 있는 것 같다고 신은 생각했다.

　지금 이곳이 게임의 세계였다면 악역을 해보고 싶다는 욕구도 이해할 수 있을 것이다. 하지만 현실이 된 이곳에서 그런 일을 벌일 만한 이유는 도무지 떠오르지 않았다.

　협력자의 존재 외에도 아와리티아의 본체가 나타나기 전부터 공격 작업이 진행되고 있다는 것도 꺼림칙했다.

　"뭔가 다른 목적이라도 있는 건가?"

　어쩌면 아와리티아는 엘쿤트 공격이나 룩스리아를 흡수하는 것 외에 다른 꿍꿍이가 있는지도 몰랐다.

　룩스리아의 말에 따르면 아와리티아의 기척이 가까워지고는 있지만 아직도 상당한 거리가 남아 있었다. 게임 시절에는 악마와 부하가 함께 행동하는 것이 보통이었다.

　그것을 잘 아는 신은 자신이 간과하는 것이 있나 싶어 불안했다.

　"돌아가면 모두와 이야기를 해봐야겠어."

　신은 미니맵의 미탐색 영역을 채워나가며 그렇게 중얼거렸다.

✝

"문제는 없을 것 같네요. 그러면 재료를 회수하러 갑시다. 몬스터의 반응은 없지만 혹시 모르니까 방심하진 말아주세요."

마음만 먹으면 신 혼자서도 전부 회수해 올 수 있었다.

하지만 아이템 박스에 대한 것을 공공연히 드러내기 싫다는 신의 말에 시린이 기사들을 동원하기로 한 것이다.

아이템 박스에 대해 시린이 목격한 내용이 상층부에 보고될 테지만 그것은 어쩔 수 없었다. 고대급 무기처럼 존재 자체가 미심쩍은 수준은 아니기 때문이다.

"알았다. 다들 신 공의 말을 들었겠지? 상대는 몬스터다. 무슨 일이 있어도 이상하지 않다. 긴장을 놓지 말도록!"

"넷!"

기사들의 목소리가 숲에 울려 퍼졌다. 잘 훈련된 덕분인지 동굴 안을 이동할 때도 질퍽해진 바닥에 넘어지는 사람은 한 명도 없었다.

이번에는 4인 1조가 기본인 듯했다.

시린이 말한 대로 각자 경계하면서 동굴로 들어갔다.

"신 공. 주변은 어땠지?"

"제가 찾아본 곳에는 이런 동굴이 없었습니다. 하지만 산이나 숲 속 같은 곳에 만들어졌다면 찾아내기 힘들겠죠. 시간을 들이면 찾아낼 수도 있을 테지만 현재 우리에게 가장 부족한 게 시간이니까요."

아와리티아가 언제 움직일지 모르는 상황에서 시간을 들여 샅샅이 조사하는 건 힘들었다.

게다가 인원적인 제한도 있었다. 신과 슈니가 참가한 덕분에 효율은 높아졌지만 아직도 인원 부족이 심각한 상황이었다.

"어느 정도 범위를 좁힐 수밖에 없겠군. 물자를 얻으려면 인간들의 협력이 반드시 필요했을 거다. 상인들의 물자 이동 경로도 조사해보겠다."

사람들의 손으로 옮겼다면 그 흔적이 어딘가에 남아 있을 것이다. 흔적이 없더라도 누구의 눈에도 띄지 않고 옮길 수는 없었을 거라고 시린은 말했다.

"마차를 사용할 만한 곳은 아니니까 어쩌면 저 같은 아이템 박스 사용자가 관여한 것인지도 모르겠네요."

"그렇다면 조사가 힘들겠군. 카드화된 물자는 가벼워서 어디로든 대량으로 옮길 수 있다. 굳이 엘쿤트를 통하지 않더라도 다른 곳에서 쉽게 옮겨 올 수 있었을 테지."

아이템 박스 사용자가 직접 오면 카드를 들고 다닐 필요조차 사라진다. 그럴 경우는 단서가 거의 없는 셈이다.

"그래도 가만히 손 놓고 있는 것보다는 나을 겁니다. 어쩌면 생각지도 못한 곳에서 단서가 발견될지도 모르니까요."

"그건 본인의 경험에서 나온 말인가?"

"어느 정도는요."

인생에서 무슨 일이 생길지는 아무도 모르는 법이다. 게임에서든 현실에서든 절묘한 시점에 일이 벌어지는 경우가 종종 있다.

"그렇군. 굳이 캐묻진 않겠다. 오늘 조사는 여기까지겠군. 이미 재료 운반용 마차를 부르러 사람을 보냈다. 신 공은 먼저 돌아가도 좋다."

"알겠습니다. 그러면 먼저 가보겠습니다. 아, 제가 확보한 물자는 어떻게 할까요? 카드화해도 상당한 양인데요."

"그건 한동안 신 공이 맡아두는 게 좋을 것 같군."

정말 자신이 계속 가지고 있어도 되느냐고 시린에게 묻자 나중에 회수할 인원을 보내겠다는 대답이 돌아왔다.

"알겠습니다. 그리고 장비에 대해 조금 조사해보고 싶은 게 있는데, 저희 쪽에서 처리해도 괜찮을까요?"

"그래, 괜찮다. 바르간 님에게 가려는 것일 테지?"

"알고 계셨군요."

"엘쿤트에서도 유명한 장인이시지. 최근에 흑발의 젊은 휴먼 남성과 금발의 엘프 여성이 드나든다는 소문이 들리더군."

"그게 왕성까지 알려졌을 줄은 몰랐네요."

드워프들이 슈니를 보러 가게에 몰려든다는 건 알았지만 설마 시린이 있는 곳까지 소문이 퍼졌으리라고는 신도 전혀 예상하지 못했다. 기껏해야 대장장이들끼리의 이야깃거리일 거라 생각했던 것이다.

슈니를 금발의 엘프라고 부르는 것은 사람들과 만날 때마다 변장하고 있었기 때문일 것이다.

"뭔가를 알아내면 회수하러 보낸 사람들을 통해 알려주길 바란다."

"알겠습니다. 그럼 이만."

신은 가볍게 고개를 숙인 뒤 엘쿤트를 향해 이동하기 시작했다. 일반인이 놀라지 않도록 【은폐】로 모습을 숨긴 채 숲을 빠져나와 일직선으로 달렸다.

신은 문지기에게 기사단의 협력자임을 나타내는 증서를 보여주며 입국했다. 목적지는 물론 바르간이 일하는 공방이었다.

"여어! 아저씨 계셔?"

신은 공방 문을 열고 들어가 가게를 보던 바르에게 말을 건넸다.

바르간과 그 손자와는 이제 꽤나 친해져서 말투도 편해진 상태였다. 지금은 바르간을 '아저씨'라 부르고 있다.

"사장님은 언제나처럼 안에 계세요. 그보다 오늘은 무슨 일이라도 있었어요? 왠지 평소와 달라 보이는데요."

"조금 재밌는 걸 구해 왔거든. 아저씨라면 어디서 만들었는지 아실 것 같아서 말이야."

신은 그렇게 말하며 회수한 장비의 일부를 실체화해서 보여주었다.

몬스터용 장비를 그대로 보여주는 것은 아무래도 안 될 것 같았기에 바르에게 보여준 것은 일반적인 검이었다. 인간형 몬스터용으로 마련된 것이리라. 몬스터 중에는 플레이어와 똑같은 장비를 사용하는 개체도 존재했다.

검의 등급은 고유급으로 검신이 끝으로 갈수록 가늘어지는 형태였다.

신의 감정 능력으로는 등급과 성능, 제작자가 새긴 이름까지만 알아낼 수 있었다. 제작 방식을 통해 어느 유파에서 만든 것 같다고 추측할 만한 지식이 그에게는 전무했기 때문이다.

"검신이 주황색이라니, 꽤나 진귀하군요. 마강철에다 몬스터에게서 얻은 재료를 더한 걸 거예요. 무기로서의 완성도도 제법이네요. 바이덴 유파나 레이신 유파 같은데요."

바르도 바르간의 제자답게 지식이 풍부했다. 무기를 유심히 살피며 처음 들어보는 유파의 이름을 언급하고 있었다.

바르의 말에 따르면 두 유파 모두 철과 특정 재료를 섞어 무기를 만드는 기법이 주류다.

"이름이 지워져서 말이지. 혹시라도 뭔가 알아낼 수 있을까 싶어서 온 거야. 난 이런 분야를 잘 모르잖아."

신은 바르와 함께 검신을 바라보며 말했다.

"우리도 바로 파악할 수 있는 건 아니에요. 그래도 조합에서 이런 정보를 수집하는 게 다행이겠죠. 실력을 인정받으면 조합에서 수집한 정보 내에서 새로운 기술을 배울 수도 있거든요."

"국토를 갖지 않는 대신 각지에 뿌리내려 얻은 정보를 공유한다. 그게 드워프였지."

각국의 국민으로 살아가는 드워프는 소속된 나라와 별도로 조합이라는 조직에 소속되는 경우가 대부분이었다.

국경을 초월한 정보망을 구축했다는 면에서 어찌 보면 현실 세계와 비슷하다고 할 수도 있었다.

때로는 휴먼의 나라에서.

때로는 엘프의 나라에서.

때로는 로드의 나라에서.

때로는 비스트의 나라에서.

때로는 드래그닐의 나라에서.

때로는 픽시의 나라에서.

수집된 정보는 각지 조합의 지점에 모였다가 간부들이 있는 본부로 보내진다.

그것은 전 세계에 첩보원을 파견한 것이나 다름없었다.

그것이 바로 그럴싸하게 퍼진 드워프 조합에 관한 소문이었다.

하지만 실제로는 생산자들의 친목회 같은 모임이라고 바르는 말했다.

"드워프가 첩보원이라. 그런 드워프가 있으면 저도 한번 보고 싶네요."

소문에 대해 농담 식으로 물어본 신에게 바르는 쓴웃음을 지으며 대답했다.

드워프는 은밀 행동에 별로 적합하지 않다. 능력치를 계속 강화하다 보면 가능해지긴 하지만 그것도 선정자와 전 플레이어에게 한정된 이야기였다.

"기술에 관한 정보를 수집한다는 건 사실이지만 말이죠. 『영광의 낙일』 이후로 전란이나 몬스터의 습격으로 귀중한 기술의 상당수가 소실되었습니다. 그것을 복원하기 위해, 그리고 유사시에 기술의 소실을 막기 위해 드워프들이 나름대로 고심한 결과죠. 일부 사람들은 저희가 기술을 독점하는 것 아니냐는 말을 하지만, 악용하면 위험한 기술이 잔뜩 있다 보니 전부 공개할 수가 없어요. 게다가 비슷한 일을 하는 조직이 있기도 하고요."

"그렇겠네. 지금 세계에선 대량 파괴 병기 같은 것도 능력만 되면 만들어낼 수 있을 테니까."

대화에 열중하는 바르를 보며 신도 고개를 연신 끄덕거렸다.

마법이라는 특수 기술이 활용되는 만큼 잘못 사용하면 미사일처럼 위험한 아이템도 존재했다. 전란이 벌어지는 세계에서 표적이 몬스터에 한정될 리는 없다.

『영광의 낙일』 이전의 세계에서는 그런 아이템이 아무렇지 않게 쓰였다고 하니까요. 저는 그 이야기를 들었을 때 그런 시대에 태어나지 않은 게 다행이라는 생각이 들더라고요."

"아…… 그렇겠군."

실제로 그것을 사용해본 신은 애매한 대답을 했다. 피아 식별 기능이 없는 무차별 공격 아이템을 적과 아군이 싸우는 곳에 던져 넣었던 적도 있었다.

아군인 하이 휴먼이 대미지를 거의 입지 않기 때문에 가능한 전법이었다.

지금 세계를 기준으로 이야기하자면 성벽 정도는 쉽게 날려버릴 수 있는 물건이었다.

"아, 죄송합니다. 제가 너무 오래 붙잡아 뒀네요."

"아냐, 도움이 되는 이야기였어."

신은 미안해하는 바르에게 괜찮다고 대답하며 공방 안쪽으로 들어갔다.

조금 나아가자 열기와 함께 쇠를 두드리는 소리가 들렸다.

바르간은 검을 만드는 중인 것 같았다. 방해하기 미안했던 신은 기척을 죽이고 입구에서 멈춰 섰다. 협력 관계이긴 해도 남의 작업을 훔쳐볼 마음은 없었기에 시선은 바깥쪽을 향하고 있었다.

작업은 이미 마지막 단계였는지 잠시 지나자 쇠를 두드리는 소리가 멈추었다.

"이제 들어와도 된다."

"들켰나 보네."

신이 와 있는 것을 알았는지 바르간이 먼저 말을 건넸다. 신도 마음먹고 숨은 것은 아니었기에 크게 놀라지는 않았다.

신이 대장간에 들어가자 바르간의 손에는 연마하기 직전의 양날검이 쥐어져 있었다. 연마 작업 결과에 따라 달라지겠지만 최소 고유급은 될 거라고 신은 예상했다.

"바쁘면 다음에 올게."

"아니, 남은 건 연마사에게 보내는 것뿐이니까 내 역할은 여기까지다. 그래서 오늘은 무슨 일로 왔지? 너야말로 한동안 바빠진다고 하지 않았더냐?"

"그것과 관계가 있는 일이야. 잠깐 이걸 봐줘."

신은 바르에게도 보여준 검을 실체화해서 바르간에게 내밀었다.

"호오, 나쁘지 않은 물건이로고. 그런데 이게 어쨌다는 거냐?"

바르간은 진지한 눈으로 검신과 자루를 살피며 물었다.

"어떤 곳에서 찾아낸 건데 이름이 지워져 있어. 그래서 아저씨라면 제작자에 대해 뭔가 알아낼 수 있을까 싶어서 온 거야."

"이 녀석에 몇몇 유파에서 연구 중인 기술이 쓰인 것만은 분명하다. 철과 몬스터의 재료를 섞어 검을 만드는 기법이지. 하지만 어지간한 특징이 없는 이상 제작자까진 알아내기 힘들 거다."

무기의 질을 봐도 엄청난 기술의 소유자가 만든 수준은 아니었다. 이 정도라면 후보자가 상당히 많을 거라고 바르간은 말했다. 도저히 한 사람을 특정해낼 수는 없는 것이다.

다만 엘쿤트 내에서는 몇 사람으로 좁힐 수 있었기에 나중에 가르쳐주겠다는 약속을 했다. 다들 유명한 사람들이라 숨길 필요가 없다고 한다.

그중에 무기를 유출한 사람이 있다는 보장은 없겠지만 조사해둬서 나쁠 건 없었다.

"용건은 그것뿐이냐?"

"아니, 하나 더 있어. 만약 시간이 나면 이걸 활용해서 무기를 만들어줄 수 있을까?"

신은 그렇게 말하며 회수해 온 장비들을 실체화해서 보여주었다.

"이게 다 뭐냐……. 전설급 장비가 이렇게, 아니 다른 것들도 상당한 고급품이로군. 방금 본 검과 출처는 똑같은 건가……. 보아하니 도시를 공격하려는 녀석들과 관계가 있는 거로군?"

몬스터용 장비가 많다는 것을 알아챈 바르간이 신의 눈을 바라보며 말했다.

신은 놀랐지만 생각해보면 바르간은 시린과 마사카도 같은 강자들의 무기를 다루는 대장장이었다. 이번 일에 대해서도 뭔가 들은 이야기가 있을 것이다.

"아저씨는 상대에 대해 들은 거야?"

"악마라고 하던데. 방금 만들던 검도 악마용 무기에 관한 정보를 조합에서 제공받아서 시험 제작한 물건이었다."

"그렇구나. 역시 기사단에 납품하는 공방의 주인답네."

조합이 가진 정보 중에는 악마에 대한 것도 있다고 한다.

"너에 대해서도 들었다. 『참추의 신』이라지?"

"커헉, 그 별명으론 부르지 마. 부끄럽다고……."

"보통 사람 같으면 자랑스러워할 텐데. 그보다도 넌 악마에 대해 잘 알 테지? 이 녀석이 악마에게도 통할 것 같으냐?"

바르간은 떨떠름한 표정의 신을 놀리려 들지 않고 방금 전까지 만들던 검을 신에게 가져왔다.

무기의 등급은 희귀급의 중등품 정도였다. 마력을 두르고 있지는 않지만 악마에 대한 특공 효과가 달려 있었다. 악마 혹은 그 부하를 상대할 때의 대미지가 5퍼센트 증가하는 효과였다.

높은 효과의 수치는 아니었지만 아직 시험 단계라고 한 것을 보면 심혈을 기울인 작품은 아닐 것이다.

특공 효과는 특정한 종족에 주는 대미지가 증가하는 것으로, 드래곤에게만 큰 대미지를 주는 드래곤 킬러가 특히 유명했다.

"악마와 싸우려면 20퍼센트 정도의 추가 대미지는 줄 수 있어야 할 거야. 내가 제공할 무기는 30퍼센트 효과가 달려 있거든."

"종족이 한정된다지만 30퍼센트라. 한번 보여주겠느냐?"

"그래, 물론이지. 어차피 남에게 빌려줄 물건이니까 상관없어. 이걸 참고해서 아저씨의 무기가 좋아진다면 도시의 전력도 강화될 거야."

신은 그렇게 말하며 악마 특공 효과가 부여된 장검을 실체화했다. 검신의 노란 선이 칼자루 위부터 칼끝까지 이어져 있었다. 이름은 없었다. 굳이 붙이자면 데빌 킬러일 것이다.

"빌려줄 무기가 전부 이것과 동일한 성능인 거냐?"

"대부분은 그래. 대장 격인 사람에겐 좀 더 질이 좋은 무기로 제공할 생각이야. 어쨌든 정예 병사용으로 200자루 준비했어. 그리고 대장이나 고레벨 전사를 위해 좀 더 질 좋은 무기를 50자루 정도 준비했고."

"……아무리 고유급이라지만 이것과 똑같은 게 200자루라고? 네 실력을 모르는 사람이 들으면 믿지 못했을 거다."

신은 굳이 밝히지 않았지만 질을 높인 무기의 등급은 전설급이었다. 그것을 50자루나 준비할 수 있다는 말을 들으면 바르간은 현기증을 일으킬지도 몰랐다.

"조합의 문헌에는 기껏해야 10퍼센트, 재료와 대장장이의 실력에 따라 간신히 20퍼센트까지 높일 수 있다고 적혀 있었는데…….”

바르간은 검신을 바라보며 끄응 하는 소리를 냈다. 바르간이 말하는 문헌이란『영광의 낙일』이후로 제작 기술이 유실되지 않도록 기록, 보존한 것으로 특공 효과 부여는 상당히 귀중한 기술로 기록되어 있다고 한다.

“아니, 아니, 잠깐. 이게 빌려줄 물건이라고? 그러면 네가 사용하는 무기는 성능이 더 높은 거냐?”

“그래, 40퍼센트 증가야. 이름은『디 아크』고.”

실제로는 50퍼센트 증가였지만 신은 일부러 줄여서 말하며 검 한 자루를 실체화했다.

검집에 든 그것의 검신은 약 1.5메르였다. 검집 중심에는 푸른 보석이 박혀 있고 그곳에서 식물의 가지가 위아래로 뻗은 듯한 장식이 되어 있었다.

“……처음 듣는 이름이군.”

바르간의 표정이 굳어 있었다. 성능에 대한 이야기는 못 들은 셈 치기로 한 것 같았다.

“나도 들은 이야기지만 천사의 이름에서 유래했다고 해.”

악마 살해 무기에 천사의 이름이 붙은 것은 어찌 보면 당연한 일이었다.

신이 검집에서 검을 뽑자 은청색 검신이 모습을 드러냈다.

끝부분은 뾰족하지 않고 네모난 모양이었다. 찌르기에는

전혀 적합하지 않은 그 검의 형태는 '익스큐셔너즈 소드'라 불렸다. 처형에 사용된 데서 유래한 명칭이다.

"악마 살해 무기에 천사의 이름이라. 천사 같은 건 동화에서밖에 못 봤는데 말이지."

"유용하게 쓰이면 된 거 아냐?"

"그래…… 뭐…… 그렇긴 하군……."

"아저씨, 안색이 안 좋은데 괜찮은 거야?"

"괜찮다. 내 안에 존재하던 대장일의 상식이 아주 조금씩 무너지고 있는 것뿐이야."

두통이 있는 것처럼 머리를 감싸 쥐던 바르간이 쥐어 짜내는 소리로 말했다. 간신히 말을 이어나갔지만 사실 검의 이름 따윈 아무 상관 없었다. 엘쿤트에서 굴지의 실력을 자랑하는 바르간도 신이 가진 무기 앞에서는 놀랄 수밖에 없었던 모양이다.

"신. 너 사실 로드였던 거냐?"

"응? 휴먼 맞는데?"

물론 상위 종족임은 밝힐 수 없었다.

"장수 종족도 아니라면 선정자인 겐가. 아니, 선정자라 해도 이상한데."

"뭐, 그건 나도 알아."

"그러냐. 그렇다면 됐다. 그 정도의 실력을 가진 네가 생산직이 아니라는 게 아무래도 이상하단 말이지."

"처음에는 생산직에 가까웠어. 나중에 필요해져서 전투도 할 수 있게 된 것뿐이야."

게임 시절에는 재료 확보뿐 아니라 망치를 장비하는 데 필요한 STR과 DEX를 올리기 위해 레벨을 올려야만 했다.

휴먼은 약하다는 통념 탓에 고난도의 퀘스트 파티에는 끼지도 못했고, 덕분에 초기에는 좀처럼 좋은 재료를 구할 수 없었다.

그 결과 예전에 빌헬름에게도 말한 것처럼 몬스터를 쓰러뜨려 레벨을 올리고, 장비를 갖춘 뒤에 다시 몬스터를 쓰러뜨려 레벨을 올리는 과정을 무한 반복하게 된 것이다.

"생산직이 전투까지 해야 하는 상황 자체가 이상하지 않으냐?"

"내가 있던 곳은 다양한 의미로 자급자족 사회였거든. 레드 드래곤의 비늘이 필요하다면 일단 드래곤 사냥 준비를 시작하는 거지."

"뭘 시작한다고?!"

생산 스킬에 집중할수록 전투 스킬과 기술이 빈약해지는 경우는 흔했다.

그건 바르간 역시 예외가 아니었다. 대장일을 통해 레벨 자체는 높아졌지만 전투력은 같은 레벨의 모험가보다 낮았다.

전투가 가능한 생산직은 무척이나 귀중하고 드문 셈이다.

"대체 어떤 곳에서 살다 온 거냐? 뭐, 좋다. 모처럼 귀중한 걸 빌렸으니 열심히 기술을 훔쳐주마."

"기대할게."

바르간이라면 시험 제작품보다 몇 단계는 좋은 장비를 만들 수 있을 것이다. 신은 그렇게 확신하며 몇 가지 조언을 해준 뒤에 공방을 나왔다.

어느덧 해가 뉘엿뉘엿 지고 있었다. 이미 슈니가 여관으로 돌아왔을 시간이었다.

"안 되지, 안 돼."

신은 슈니를 기다리게 할 수 없다는 생각에 공방 거리를 빠르게 빠져나왔다.

✝

왕성에서 긴급 연락이 온 것은 시린과 함께 동굴을 제압한 지 이틀 뒤였다.

"대체 무슨 일이 있었던 걸까?"

"상황을 고려하면 악마와 관련된 일이겠죠."

전령으로 온 남자는 진지한 얼굴로 마차를 운전 중이었기에 자세히 물어볼 만한 분위기가 아니었다.

조금이라도 빨리 도착할 수 있도록 최대 속도를 유지하면서도 신중하게 말을 몰고 있었던 것이다. 괜히 말을 걸었다가 사고가 날지도 몰랐다.

"안에 안내할 사람이 기다리고 있습니다. 부디 힘을 빌려주십시오."

간신히 성에 도착하자 남자는 힘있게 경례하며 두 사람을 배웅했다. 신과 슈니는 최대한 노력하겠다고 대답하며 성문을 지났다. 그러자 안내를 맡은 여성이 바로 말을 걸어왔다.

두 사람이 안내 받아 간 곳은 전에 크룬지드 왕을 만났던 응접실이었다. 안내역 여성이 바로 차를 내주었다.

"두 분이 도착하신 건 금방 보고될 테니 잠시만 기다려주십시오."

"알겠습니다."

차와 함께 과자도 나왔기에 신은 사양 않고 입에 넣었다. 쿠키 같은 구운 과자를 중심으로 다양한 종류의 과자가 준비되어 있었다.

"맛있는데. 역시 왕성에서 나오는 음식은 다르네."

"마음에 드시면 여관에서 만들어드릴까요?"

"어떻게 만드는지 알아?"

"겉모양과 맛을 보면 대충은 알 수 있죠. 부족한 부분은 만들면서 조정하면 되고요."

"대단하네."

레벨 IX의 요리 스킬을 괜히 보유한 게 아닌 듯했다. 의뢰를 통해 다양한 나라와 도시에 가본 덕분에 음식에 대해서는 상당한 지식이 쌓였다고 한다.

"마음에 드셨다면 나중에 레시피를 보내드리죠."

신과 슈니가 대화를 나누고 있을 때 남사르가 방에 들어왔다. 여전히 음침한 분위기에 무뚝뚝한 얼굴이었다. 국왕을 대할 때와 다를 바 없는 표정과 태도로 신에게 말을 건네고 있었다.

"아니요, 그렇게 하실 것까진 없습니다. 오늘은 남사르 씨 혼자인가요?"

"네. 그게 뭐 문제라도?"

남사르는 그래선 안 될 이유라도 있느냐는 듯이 담담히 되물었다.

원래 평민인 신이 일국의 근위대장을 남사르 씨라고 부르는 건 실례였다.

하지만 상대가 먼저 남사르 님이라고 부르지 말라는 말을 꺼냈기에 지금의 호칭이 결정되었다.

"아아, 아뇨, 남사르 씨가 문제라는 건 아닙니다. 긴급한 이야기라길래 당연히 크룬지드 왕이 직접 부르신 거라 생각했거든요."

"정보를 전달하는 것뿐이라면 저 혼자 와도 충분하니까요. 신 공에게 귀족들 같은 허례허식은 필요 없지 않겠습니까? 그러면 바로 본론으로 들어가겠습니다. 오늘 두 분을 부른 건 엘쿤트의 북쪽 2케메르 지점에서 던전이 확인되었기 때문입니다."

"가깝군요."

"네, 숲 속이긴 하지만 그렇게 깊은 위치는 아니라고 합니다. 기사들도 처음 보는 던전이라고 보고했습니다."

엘쿤트 주변은 기사들이 평소에도 정기적으로 순찰한다고 한다.

게다가 숲에는 채취나 토벌 의뢰를 맡은 모험가들이 밤낮으로 드나들기 때문에 전부터 던전이 있었다면 이미 널리 알려졌을 것이다.

남사르의 보충 설명에 따르면 던전의 위치는 극단적으로 사람이 접근하기 힘든 곳은 아니다.

"혹시 시린 씨와 함께 제압했던 동굴과 관련이 있는 걸까요?"

"아마 그럴 겁니다. 시린에게서 보고를 받은 다음 날 던전이 발견된 거니까 상관이 없다기에는 시점이 너무 절묘하죠. 저희가 모르는 장치 같은 것이 있었는지도 모릅니다."

남사르는 표정 하나 바뀌지 않고 말했지만 워낙 무뚝뚝한 얼굴이라 불쾌해 하는 것처럼 보였다.

하지만 실제로도 그럴 거라고 신은 생각했다. 악마의 침공에 대비해 방어 준비와 훈련을 거듭하는 시기에 도시 근처에 던전이 나타났는데 손을 놓고 있을 수만은 없다.

특히 이번에 발견된 던전은 악마가 관련되었을 가능성이 높았다. 단순한 탐색도 신중하게 접근할 수밖에 없었던 것이다.

바로 그런 이유로 신과 슈니가 불려왔으리라. 몰래 잠입하거나 직접 공략에 나서기에 충분한 능력을 갖추었으니 말이다.

"탐색은 저희만 가는 겁니까?"

"아니요, 지난번처럼 시린과 직속 기사들을 붙여드리겠습니다. 악마의 던전이라면 시린 외에는 실질적인 전력이 되지 못하겠지만 주변을 경계하거나 길을 뚫는 것 정도는 할 수 있을 겁니다."

남사르의 이야기에 잘못된 부분이 있었지만 신은 굳이 지적하지 않았다.

사실 고레벨 몬스터에게 어중간하게 강한 능력은 의미가 없었다.

일반인치고는 강할지 몰라도 시린의 부하들이 상대할 수 있는 몬스터에는 한계가 있었다.

하지만 굳이 그것을 정정할 필요는 없을 것이다.

"알겠습니다. 바로 출발하는 게 좋을까요?"

"시린에게 부하들을 준비시키라고 지시해두었습니다. 그쪽에 합류해서 출발해주시죠."

훈련장 쪽에서 집합한다는 말을 듣고 신과 슈니는 응접실에서 나가려고 했다.

"윽……."

하지만 등 뒤에서 들려온 괴로워하는 목소리에 신은 걸음을 멈추었다. 뒤를 돌아보자 남사르가 얼굴을 찡그리며 머리를 움켜쥐고 있었다.

"괜찮으십니까?"

"괜찮습니다. 피곤해서 그런 것뿐이에요. 악마에 대한 대책을 세우려면 여러모로 조정이 필요해서요."

남사르는 고개를 살짝 흔들며 평소의 무뚝뚝한 얼굴로 돌아왔다.

"제가 할 말은 아닐지도 모르지만 조금 쉬는 게 좋지 않겠습니까?"

"……고려하겠습니다."

남사르는 그렇게 대답하며 방에서 나갔다.

"괜히 무리하다가 쓰러지지 않아야 할 텐데."

"근위대장이라면 휴식의 중요성 정도는 알고 있겠죠. 하지만 시린 씨에게도 남사르 씨의 상태를 귀띔해두는 게 좋겠네요."

"맞는 말이야."

슈니의 말도 지당했다. 유사시에 싸우지 못할 정도로 무리하진 않을 테니 굳이 참견할 필요까진 없을 것이다.

훈련장에 도착하자 남사르가 말한 대로 시린 일행이 출발 준비를 하고 있었다. 시린은 지난번처럼 붉은색을 기조로 한 경갑을 입고 있었다.

"안녕하세요. 시린 씨와 함께 가달라는 요청을 받고 왔습니다."

"아아, 오늘 잘 부탁한다. 유키 님과 이렇게 이야기해보는 건 처음이군. 보기보다 훨씬 강하다고 들었다. 오늘 활약을 기대하겠다."

"신의 명성에 누가 되지 않도록 열심히 할게요."

슈니는 시린이 내민 손을 맞잡으며 싱긋 웃었다. 그것을 본 기사 몇 명이 넋을 잃고 움직임을 멈추었다.

"너희들, 유키 님에게 정신이 팔려서 실수하지 않도록 해라."

"네, 넷! 최선을 다해 임하겠습니다!"

기사들은 소리가 날 만큼 힘차게 경례하고 움직이기 시작했다.

어이없어 하는 시린에게는 미안하지만 신도 병사들의 심정이 이해가 갔다.

오늘은 2인 1조로 행동하기 때문인지 슈니의 기분이 무척이나 좋았다. 그런 심정이 표정과 분위기를 통해 그대로 드러났다.

슈니의 눈부신 미소를 보고도 넋을 잃지 않을 사람이 어디 있단 말인가. 신은 그렇게 생각하면서 연신 고개를 끄덕거렸다.

"준비가 끝났군. 그러면 던전을 향해 출발하자."

시린을 선두로 한 기사들이 빠르게 국경을 넘었다. 그리고 엘쿤트 북쪽에 위치한 숲을 향해 나아갔다.

갑옷을 입고 검과 창으로 무장한 기병 집단을 공격해오는 몬스터나 도적은 없었다.

가는 길에 이렇다 할 전투도 없었고 거리도 가까웠기에 던전까지는 30분도 걸리지 않았다.

"지난번 동굴보다는 입구가 크군요."

"감시하던 자의 보고에 따르면 다른 몬스터가 안으로 들어가진 않은 것 같다. 발견된 지 얼마 되지 않았으니까 그 전의 상황까진 모르지만 말이다."

"그건 어쩔 수 없겠죠. 기사 분들은 그때처럼 주변 경계입니까?"

"그래, 이번엔 나와 신 공, 유키 님, 셋이서 탐색할 거다. 상황을 보면 악마와 관련된 게 틀림없을 테지만 그렇다고 모든 전력을 여기에 집중할 수도 없겠지. 곤란한 상황이다."

어느 나라에서든 공표된 숫자 이상의 선정자를 보유하는 것이 보통이었다. 신은 시린과 파가르, 남사르 외에도 전력이 될 만한 자가 더 있을 거라고 생각하고 있었다.

그런 자들을 온존히 하기 위해 숨겨두고 있는 것일까? 아니면 파가르와 시린만큼 강하진 않은 것일까?

신은 엘쿤트 비장의 무기인 용사를 꽤나 자주 밖으로 출동시키는 것이 의아하다고 생각하고 있었다.

"불쾌한 기척이 느껴지는군."

시린이 그렇게 말하며 얼굴을 찡그렸다.

시린만큼은 아니지만 신과 슈니의 표정도 밝진 않았다. 지금까지는 아무렇지도 않다가 던전에 발을 들인 순간 형용하기 힘든 불쾌감이 감지되기 시작한 것이다.

"악마와 관련되었을 거라고 생각은 했지만 정확히 들어맞았나 보네요."

"그게 무슨 소리지?"

시린은 되묻자마자 신이 말한 의미를 스스로 깨닫고 아차 하는 표정을 지었다.

"설마……."

"십중팔구 있습니다. 아래층 어딘가에…… 악마가요."

게임 시절에도 그랬다. 악마가 있는 던전이나 필드는 플레이어에게 불쾌감을 불러일으켰던 것이다.

물론 그때는 지금 느껴지는 것만큼 강렬하진 않았다. 왠지 모를 불쾌감이 느껴지는 가벼운 수준이었다.

『룩스리아를 만났을 때 아무렇지도 않아서 잊고 있었어.』

『아마 그녀가 사람에게 우호적이기 때문이겠죠. 이 불쾌감은 악의와 살기로만 가득해요.』

신과 슈니는 입을 열지 않고 심화로만 대화했다.

룩스리아는 처음부터 사람들과 적대할 뜻이 없었다. 적대는커녕 공존을 원하지 않았던가.

그래서 주변을 불쾌하게 만드는 기운을 발산하지 않았던 것이라고 슈니는 추측하고 있었다.

"이번엔 충분히 긴장하는 게 좋을 것 같네요."

"이대로 나아갈 건가? 원군을 부르는 게 좋지 않겠나?"

"아니요, 여기라면 도시의 피해 없이 싸울 수 있습니다. 괜히 시간을 끌다 밖으로 내보내는 것보다는 여기서 쓰러뜨리는 편이 좋겠죠."

아와리티아가 사용하는 드레인은 광범위 공격이었다. 사람들이 많이 모인 곳에서 발동되기라도 하면 그 피해는 이루 말할 수 없을 것이다.

몬스터가 있다는 점을 감안해도 인적 피해를 억제할 수 있는 던전이야말로 최적의 전장인 셈이다.

"맞는 말이군. 그렇다면 나도 이의는 없지만 우리끼리 쓰러뜨릴 수 있는 건가?"

"걱정할 것 없습니다. 대악마용 장비는 항상 갖고 다니거든요."

신은 그렇게 말하며 장비를 변경했다.

신은 순식간에 휘황찬란한 기사의 모습으로 바뀌었다. 은청색으로 물든 전신 갑옷이었다.

세밀하면서도 섬세하게 장식된 그것은 의전용 갑옷으로도 손색없는 외관이었다.

머리를 완전히 덮은 투구에는 뒤로 뻗은 투명한 뿔 장식이 달려 있었다. 그것이 장식처럼만 보이는 갑옷에 강력한 인상을 주었다. 등 뒤에는 짙은 청색의 서코트를 두르고 있다. 거기에 허리에 찬 『디 아크』까지 더해지니 그야말로 성기사에 어울리는 풍모가 완성되었다.

"이건…… 놀랍군."

옆에 있던 사람이 갑자기 동화에나 나올 법한 기사의 모습으로 바뀌니 놀라지 않을 수 없었으리라.

"이게 바로 대악마, 대데몬용 특화 장비 『퇴마의 성갑』입니다. 이걸 장비한 사람의 근처에 있는 것만으로도 악마와 데몬이 발생시키는 모든 상태 이상과 디버프 효과를 감소시킬 수 있죠. 뭔가 달라진 느낌이 들지 않으세요?"

신의 질문에 시린은 퍼뜩 놀란 표정을 지었다.

"확실히 방금 전까지 느껴지던 불쾌감이 사라졌다. 옆에 있는 것만으로 이 정도라니, 비장의 수단인 건가."

"비장의 수단……이라고 하고 싶지만 상대도 이걸 입고 오리라는 걸 예상하고 있겠죠. 이걸 장비한 사람들이 악마를 수도 없이 토벌했으니까요."

"듣고 보니 그렇군. 악마에게 유효한 병기라면 당연히 사용했을 테니."

등급은 당연히 고대급이었다. 강력한 기본 성능에 특공 효과까지 더해졌기에 악마 입장에선 악몽이나 다름없었다.

신이 처음 룩스리아와 대면했을 때 장비했던 것도 이 갑옷이었다. 룩스리아는 가벼운 말투로 무섭다는 말을 했지만 속으로는 잔뜩 전전긍긍했으리라.

"시린 씨를 위한 대악마용 창도 준비했는데, 사용하시겠어요?"

조정만 해두고 아직 건네주기 전이었기에 신은 마침 잘됐다 싶어 제안했다.

"한번 사용해봐도 될까? 악마에게 강하다는 건 매력적이지만 이쪽이 워낙 손에 익어서 말이지."

시린은 그렇게 말하며 들고 있던 창을 바라보았다.

"괜찮습니다. 사용하기 어려울 것 같으면 예비 무기로만 갖고 있어도 될 테니까요."

강한 적과 싸우기 직전에 익숙하지 않은 무기로 바꾸려면 상당한 용기가 필요했다. 싸움 속에서 살아온 시린은 그것을 잘 알고 있는 것이리라.

시린은 신이 건네준 『성창(聖槍) 기르딘』을 들고 몇 번 휘둘러보았다.

하지만 신의 눈에는 그렇게 불편해 보이지 않았다.

"어떤가요?"

"놀랍군. 평소에 쓰던 것과 완전히 똑같다고 할 수는 없지만 꽤나 쓰기 편하다. 이 정도면 괜찮을 것 같다. 이번엔 이걸 써야겠군."

시린은 몬스터와 몇 번 싸우다 보면 적응할 거라고 판단한 듯했다.

"그러면 이것도 드리겠습니다. 여기 파란 게 방어용이고 빨간 건 투척용, 그리고 지금 시린 씨가 들고 있는 게 근접전용입니다."

"응?"

신이 내민 카드와 설명에 시린은 어리둥절한 얼굴이었다.

왜냐하면 신이 꺼낸 카드의 그림이 전부 『성창 기르딘』이었기 때문이다. 다른 점은 색깔뿐이고 파란색과 빨간색이 각각 열 장씩 있었다.

"신 공. 미안하지만 이건 전부 같은 무기인 건가?"

"같은 무기지만 부여해둔 마법이 다르거든요. 파란색은 방어용이라 지면에 세워두면 상태 이상과 접촉 대미지를 경감하는 필드를 발생합니다. 빨간색은 투척용으로 조준 보조와 관통력 증가 효과가 달려 있습니다. 이걸로 명중하면 지속 대미지를 줄 수 있죠. 먼저 건네드린 건 근접전용이라 신체 능력 상승과 체력 자동 회복 마법이 부여되었습니다. 빨간색과 파란색은 기본적으로 일회용이니까 전투 중에 재활용하는 건 자제하는 편이 좋을 겁니다."

색이 다른 것은 사용할 때 정확히 구분하기 위해서였다. 신을 포함한 게임 시절의 대장장이들은 이런 식의 조정을 해두는 경우가 흔했다. 플레이어들은 몬스터를 보다 효율적으로 쓰러뜨리기 위한 노력을 아끼지 않았던 것이다.

"여, 역시 신 공은 대단하군. 고맙게 쓰겠다."

시린의 얼굴이 잔뜩 굳어 있었다. 전설급 무기를 일회용으로 쓴다는 말이 충격적이었는지 시린은 어색하게 고개만 끄덕였다.

"저는 그 장비로 기습할까요?"

"그래, 상대도 경계는 하고 있을 테지만 성공하면 싸움이 꽤나 쉬워질 거야. 틈이 생기면 한 방을 노려줘."

슈니는 신에게 고개를 끄덕여 보이며 복장을 바꾸었다.

메이드복이 사라진 대신 대악마용 닌자복이 그녀의 몸을 감쌌다.

신의 장비와 마찬가지로 대악마 시리즈의 닌자 버전이었다. 이름은 『퇴마의 닌자복』이다.

"이건…… 음…… 경장비로군."

슈니의 모습을 본 시린은 무슨 말을 해야 할지 모르고 있었다.

그도 그럴 것이 슈니의 몸을 감싼 것은 전신에 착 달라붙는 라텍스 슈트 같은 옷이었기 때문이다.

손 덮개와 각반, 단도가 든 홀더와 주머니 등의 부속품, 허리와 어깨에 달린 일본식 갑옷 등 일반적인 닌자복과는 거리가 먼 디자인이었다.

슈니의 몸매가 최대한으로 강조되어 동성인 시린조차도 똑바로 쳐다보기 힘들 정도였다. 게임에서도 비키니 아머만큼이나 여성들이 부담스러워하는 복장이었다.

참고로 남녀 모두 동일한 디자인이지만 남성이 입은 모습이 언급되는 경우는 거의 없었다.

하지만 이질적인 겉모양과는 별개로 성능만큼은 발군이었다.

악마의 감지 능력을 완전히 피할 수 있는 은밀성에 악마의 공격에 한해 『퇴마의 성갑』도 능가하는 방어력까지. 외관과 성능이 정확히 반비례하는 경우의 좋은 예시였다.

디자인만 참고 입으면 악마와 싸울 때 엄청난 전력이 되는 것만은 분명했다.

"그러면 저는 악마가 나타날 때까지 숨어 있을게요."

"그래, 그때까지는 우리에게 맡겨줘."

악마의 눈앞에서 사라지는 것은 너무 뻔하니까 처음부터 숨어 있겠다는 슈니의 의견에 신도 동의했다.

어지간한 고레벨 몬스터가 나타나지 않는 이상 신과 시린만으로도 충분할 것이다.

"유키 님은 저런 옷을 입고도 부끄럽지 않은 건가?"

"지금은 보는 사람이 저와 시린 씨밖에 없으니까 말이죠. 다른 기사들이 있었으면 아마 보여주지 못했을 겁니다."

슈니는 신을 제외한 다른 사람들의 시선을 신경 쓰지 않지만 수치심이 없는 것은 아니었다. 악마가 던전 밖에서 날뛰기라도 하지 않는 이상 저런 모습을 보여주신 못할 거라고 신은 생각했다.

"그렇군. 아니, 그렇겠지. 미안하다. 너무나, 저기, 자극적인 복장이어서 말이다. 나도 모르게 쓸데없는 질문을 하고 말았군."

"아니요, 이미 여러 번 봤던 저도 다양한 생각이 들 정도니까 어쩔 수 없겠죠."

게임 시절에도 이미 본 적이 있었지만, 이쪽 세계에서 보는 슈니의 『퇴마의 닌자복』 자태는 꽤나 강렬했다.

신은 이러면 안 된다고 고개를 가로저으며 뇌리에 각인된 슈니의 모습을 떨쳐냈다.

지금부터 악마와 대치해야 하는 것이다. 아무리 대악마 장비를 입고 있다 해도 방심은 금물이었다.

"그러면 갈까요?"

시린은 고개를 끄덕여 보이며 걷기 시작했다. 방금 전까지 곤혹스러워하던 모습은 온데간데없었다. 싸움을 생업으로 삼은 사람답게 빠르게 집중하는 듯했다.

신이 【매직 소나】로 살펴보니, 던전은 7층이 끝이었다. 층수가 적은 대신 넓은 던전이었다.

어쩌면 우연히 발생한 인스턴트 던전을 거점으로 삼은 건지도 몰랐다.

각 지역에 무작위로 생성되는 인스턴트 던전은 한 파티로도 공략이 가능할 만큼 쉬우면서 층수도 많지 않았다.

"몬스터의 기척이 별로 느껴지지 않는군. 신 공은 어떤가?"

"저도 비슷합니다. 던전 전체를 봐도 몬스터의 숫자가 너무 적은 것 같네요."

던전 내를 배회하는 몬스터는 한 층에 10~20마리 정도였다. 신의 경험을 토대로 이야기하자면 지나치게 적은 수준이었다.

던전 안으로 나아가면서 보이는 것이라곤 아무 장애물도 없는 통로뿐이었다.

악마 토벌이 목적이었기에 최대한 전투를 피해서 갈 예정이었지만 제대로 된 함정조차 없는 것을 보자 일부러 유인하는 것처럼 느껴지기도 했다.

"흠, 확실히 그럴 수도 있겠군."

신이 자신의 생각을 이야기하자 시린도 동의했다. 이대로 가면 보스 공간으로 보이는 장소까지 전투 없이 도착할 수도 있을 것 같았다.

"혹시 모르니까 이걸 가져가세요."

신은 품속에 손을 넣는 척하며 아이템 박스에서 카드를 꺼내 시린에게 건넸다.

"이건……?"

"전송 마법이 담긴 결정석입니다. 만약 적이 던전을 붕괴시켜 우릴 생매장하려 할 때는 이걸 사용해서 탈출해주세요. 사용법은 실체화해서 『사용한다』고 생각하기만 하면 됩니다. 전송 장소는 던전 근처의 숲 속으로 설정되어 있습니다."

"……전송 마법……이라고?"

신이 빠르게 설명했지만 시린은 제대로 못 들었다는 듯이
되물었다.

"이상하군. 방금 전송 마법이란 말을 들은 것 같은 느낌이
드는데."

"전송 마법 맞다니까요. 귀중품이니까 되도록 사용하지 않
고 끝나면 좋겠지만요."

"진품……인 건가?"

시린의 얼굴이 긴장으로 딱딱하게 굳어 있었다. 무기를 건
네주었을 때도 그랬지만 이번엔 상태가 더욱 심했다.

결정석을 바라보는 표정이 제발 거짓말이기를 바라는 것처
럼 보였다.

"네, 같은 물건을 사용해본 적이 있거든요."

"……그렇군."

시린은 그 말을 끝으로 카드를 조심스럽게, 더할 나위 없이
조심스럽게 품에 간직했다.

그리고 신을 바라보며 두통이라도 생긴 것처럼 관자놀이를
누르더니 끝내 말을 잇지 못한 채 앞을 돌아보았다.

여기서 추궁할 만한 일이 아니라고 생각한 것일까, 아니면
생각하는 것 자체를 그만둔 것일까? 신은 어느 쪽인지 알 수
없었다.

"위험할 땐 사용하겠다."

그렇게 말하는 시린의 목소리에는 왠지 모르게 기운이 없었다.

"괜찮으십니까?"

"이게 누구 때문…… 아니, 안전을 생각하면 이만한 물건도 없을 테지. 내가 불평하는 건 이상하겠군. 미안하다. 잠깐 동요한 것 같다."

"역시 전송 마법이 충격적이었나요?"

"소실된 마법이 담긴 물건을 갑자기 건네받는 건 심장에 좋지 않은 것 같군."

시린은 딱딱하게 굳은 얼굴로 작게 한숨을 내쉬었다.

"정말 최후의 수단으로 준비한 거니까요."

"보험이 있어서 나쁠 건 없다. 위험할 상황이 오면 아깝다고 주저하지 않을 생각이다. 하지만 되도록 사용하는 일 없이 끝내고 싶군."

결정석은 한 번 사용하면 사라진다. 도구는 사용하기 위해 존재한다는 것을 시린도 잘 알았지만 가능하다면 연구를 위해 활용하고 싶은 마음이었다.

하지만 사용하지 않으면 신이 회수해 갈 테니 어느 쪽이든 연구에 활용될 일은 없을 것이다.

"배회 경로만 피하면 몬스터와 마주치지도 않을 테지만 함정이 있으니까 조심하세요."

"그래, 더 이상 넋을 놓고 있을 수는 없겠지."

시린은 다시금 마음을 가다듬었다.

신과 시린은 빈 공간에 지난번 같은 물자가 없는지 확인하면서 던전 아래층을 향해 계속 내려갔다. 발견된 물자는 신이 전부 회수했다.

"자, 여기까지는 꽤 편하게 왔지만 이 앞은 그렇지 않을 겁니다."

"물론 각오하고 있다."

두 사람 앞에는 묵직한 문이 있었다. 틀림없는 보스 공간의 문이었다.

신은 숨어 있던 슈니에게 빈틈이 생기면 바로 공격하라고 심화로 지시한 뒤에 문에 손을 댔다. 문은 작은 힘에도 열리며 내부의 모습을 드러내기 시작했다.

"흐······."

시린은 문을 열자마자 풍겨오는 냄새에 얼굴을 찌푸렸다.

『퇴마의 성갑』효과로 약간의 악취는 완화되는 신의 코에도 불쾌한 냄새가 닿았다. 그 정체는 당연히 시체가 썩는 죽음의 냄새였다.

보스 공간 안은 몬스터의 사체로 넘쳐나고 있었다.

"뭐야, 이건······."

"원인은 틀림없이 저거겠죠."

신이 가리킨 곳, 시체의 융단 너머에 그것이 있었다.

등을 돌린 채 서 있는 모습이었다. 몬스터의 시체 때문에 허리 밑으로는 보이지 않았지만 눈에 보이는 부분만 해도 3메르가 넘었다.

우람한 몸을 갑옷으로 감싼 그것은 사람의 형태를 하고 있었다.

하지만 사람이라 부를 수 있는 것은 몸—정확히는 머리를 제외한 부분뿐이었다.

목이 있어야 할 자리에 사자의 평평한 얼굴을 억지로 갖다 붙인 것 같은 형상이었고 크게 벌린 사자의 입에서 머리가 뻗어 나와 있었다.

신 일행에게는 정수리에서 목까지 돋아난 까만 털과 일그러진 양의 뿔 같은 것이 보일 뿐이었다.

"응? 추가분이냐아?"

거친 인상을 주는 남자의 목소리였다. 등을 보이던 상대가 뒤로 돌았다.

그러자 수산양의 얼굴이 드러났다. 그것도 수산양의 뼈로 된 얼굴이었다. 사자의 입에서 뻗어 나온 수산양 해골의 입에서 틀림없는 남자의 목소리가 흘러나오고 있었다.

해골의 눈구멍에서 반짝이는 탁한 안광은 보는 것만으로도 불쾌감을 불러일으켰다.

"사라암? 예정에 없었—."

─죄원의 악마 · 탐욕 레벨: 750

들려오는 목소리와 함께 【애널라이즈】가 몬스터의 정체를 알려주었다.

악마의 형상과 이름은 신이 알던 것과 동일했다.

"─너, 뭐냐?"

아와리티아가 눈을 가늘게 뜨며 목소리를 낮게 깔았다. 눈은 신을 똑바로 주시하고 있었다.

"시작하죠. 전 정면으로 뛰어들 테니 시린 씨는 빈틈을 노려서 공격해주세요. 공격 패턴은 미리 말씀드린 대로입니다. 예상 밖의 공격을 해올 수도 있으니까 긴장을 풀지 마세요."

"말하지 않아도 안다. 전력으로 싸우겠다."

신은 아와리티아의 질문에는 대답하지 않고 빠르게 돌진했다. 갑옷을 입었다는 것이 믿기지 않는 가벼운 몸놀림으로 사체의 산을 뛰어넘으며 단숨에 아와리티아와의 거리를 좁혔다.

"지이!"

아와리티아는 접근해온 신에게 주저 없이 주먹을 휘둘렀다. 몸을 비틀며 손등으로 후려친 것이다.

거대한 몸에서 뻗어 나온 주먹의 크기는 1메르가 넘었다. 신에게는 벽이 밀려드는 것처럼 보일 정도였다. 하지만 요란하게 바람을 가르며 뻗어오는 주먹을 신은 굳이 피하지 않았다.

"흡!!"

신은 땅을 단단히 밟고 작게 숨을 몰아쉬며『디 아크』를 휘둘렀다.

신의 동작에 맞춰『디 아크』의 검신이 하얀빛에 휩싸였다.

"신 공?!"

시린의 외침과 신이『디 아크』를 휘두른 것은 거의 동시였다.

하얀 잔상이 허공에 호를 그렸고 아와리티아의 주먹이 그것을 덧씌우려는 듯 격돌했다.

"무기……의 힘만이 아니로군……."

아와리티아의 주먹과 신이 교차했다. 신은 그 자리에서 움직이지 않았고 아와리티아의 주먹도 크게 허공을 갈랐다. 하지만 대미지를 입은 쪽은 아와리티아였다.

신이 휘두른『디 아크』는 아와리티아의 주먹을 베는 정도가 아니라 아예 소멸시켰다.

공격 범위 자체는 갑옷을 입은 신의 어깨너비 정도였지만 스킬 없이 무기의 능력만으로 이 정도의 위력을 낸다는 것은 파격적인 일이었다.

"악마 살해의 무기이."

"잘 아는데?"

신은 아와리티아가 팔을 거두기도 전에 추가 공격에 나섰다. 짧게 되물으면서도 움직임을 멈추지 않았던 것이다. 느긋하게 멈춰 서서 이야기할 생각은 없었다.

아와리티아를 향해 휘두른『디 아크』는 검신에서 백금색 빛을 뿜어내며 상대의 몸을 난도질했다.

상대가 악마일 때만 발생하는 백금색 검기는 아와리티아에겐 극약보다 위험했다.

"성가신 녀서억!"

아와리티아가 외쳤다. 그와 함께 아와리티아의 하반신이 순식간에 넓게 퍼졌다.

아와리티아의 상반신은 인간 형태였지만 하반신은 존재하지 않았다. 지면에 난 구멍에서 상반신만 위로 내민 것 같은 모습이었다.

물론 정말로 그럴 리는 없었다. 존재하지 않는 하반신은 슬라임처럼 일정한 형태가 없었던 것뿐이다.

포효에 호응하듯이 검게 물결치는 액체형 물질이 아와리티아를 중심으로 지면을 뒤덮었다.

몬스터의 사체가 닿자마자 녹아내리는 것을 보면 누가 봐도 위험하다는 걸 알 수 있었다.

아와리티아의 스킬 중 하나인 【흡생(吸生)의 진흙】이었다.

"시린 씨! 파란색을!"

"알고 있다!"

신의 말이 끝나기도 전에 시린은 파란색『기르딘』을 땅에 내리꽂았다.

그러자『기르딘』을 중심으로 지면에서 빛이 나기 시작했다.

직경은 약 5메르로 검은 물결에 휩쓸린 대지 안에서 그곳만 멀쩡했다.

【흡생의 진흙】에는 범위 내의 플레이어와 몬스터에 대한 드레인 효과가 있었다.

그것을 『기르딘』의 접촉 대미지 경감 효과가 막아냈다.

악마 상대로 특화된 경감 효과 덕분에 대미지는 거의 제로에 가까웠다. 여러 곳에 설치하면 어느 정도의 이동은 가능할 것이다.

"나도 가만히 보고만 있을 생각은 없다!"

발판을 확보한 시린이 붉은색 『기르딘』을 꺼내 들었다. 숫자에 제한이 있었지만 아와리티아처럼 거대한 몸체를 잘못 맞힐 걱정은 없었다.

"하아앗!!"

신과 싸우던 아와리티아의 머리를 향해 진홍색으로 빛나는 『기르딘』이 날아들었다.

시린이 발동한 것은 창술/화염 마법 복합 스킬 【미티어】였다.

창술 중에서도 투척에 적합한 스킬이며 착탄점의 1메르 범위로 화력이 집중되기 때문에 대형 몬스터를 상대할 때 적합했다.

하지만 아와리티아는 신과의 공방전 도중에 『기르딘』의 기척을 감지하고 어느새 재생시킨 왼팔로 【미티어】를 받아냈다.

"이쪽에서도오!!"

창의 화염이 사라지자 아와리티아의 왼팔은 맹수에게 물어 뜯긴 것처럼 만신창이가 되어 있었다. 그곳에 신이 공격을 가 하자 왼팔의 절반 정도가 잘려나갔다.

"위력이 이상하다고오!"

점점 줄어드는 HP를 자각한 것인지 아와리티아가 짜증을 냈다.

"악마용 특별 무기야! 고맙게 받아두라고!"

"웃기지 마라아! 망할 노옴! 엘쿤트의 플레이어는 전부 쓸 모없다고 했는데에!"

악마는 플레이어의 존재를 알고 있는 것 같았다.

신이 알기로 엘쿤트에 사는 플레이어는 히라미와 마사카도 뿐이었다. 그 두 사람의 힘만으로는 아와리티아를 막아낼 수 없으리라.

하지만 지금 아와리티아 앞에 있는 건 신과 시린이었다.

그런 이야기가 오가는 동안에도 신이 휘두른 『디 아크』가 아와리티아의 몸을 갑옷째로 박살 냈고 시린의 투척 공격이 그 상처를 더욱 헤집어놓았다.

지면을 뒤덮은 하반신도 공격해왔지만 신은 갑옷이, 시린 은 방어 필드가 그 침입을 막아냈다.

강력한 드레인 공격과 후방 지원 멤버에 대한 범위 공격 등 의 극악한 스킬을 가진 난적 아와리티아는 자신이 가진 장점을 완전히 봉쇄당한 셈이었다.

"동료를 부른 것이냐아. 대체 뭐냐, 너언! 정말로 사람인 거냐! 이 괴물 노옴!!"

"니가 할 소린 아니지!"

【흡생의 진흙】을 무시한 채 뛰어다니며 상대의 공격을 계속 상쇄하던 신에게 아와리티아가 외쳤다.

신은 【흡생의 진흙】이 아예 존재하지 않는 것처럼 움직이고 있었다. 게임 시절에 플레이어를 집요하게 괴롭혔던 드레인 필드는 신의 방어 필드에 가로막혀 대미지와 상태 이상을 전혀 일으키지 못했다.

게다가 신의 무기는 악마가 닿기만 해도 소멸하는 『디 아크』였다.

시린이 투척하는 『기르딘』도 무시할 수 없는 위력이었다.

만약 아와리티아가 플레이어였다면 '이런 망겜!'이라고 불평했을 것이다.

하지만 신 역시 쉽게 싸우고 있는 것은 아니었다.

"드레인은 시체에도 적용되는 건가. 설마 일부러 노린 건 아니겠지."

드레인이 신과 시린에게는 거의 통하지 않았지만 한편으로는 몬스터에게도 적용되는 기술이었다. 그리고 죽은 시체에서 HP를 흡수하는 것도 가능했다.

실내에 흩어진 시체 더미는 신이 깎아낸 아와리티아의 HP

를 빠르게 회복시키는 연료가 되었다.

바닥을 뒤덮은 까만 액체 위의 시체들은 아와리티아에겐 포션이나 다름없었던 것이다.

죄원의 악마들 중에선 꼴찌를 다투는 아와리티아의 HP도 인간과 비교하면 훨씬 높았다.

신의 공격으로 줄 수 있는 대미지가 더 컸지만 회복량이 너무 많다 보니 현재까지 입힌 대미지는 20퍼센트가량밖에 되지 않았다.

"……태워버릴까."

신은 아와리티아에게서 거리를 벌리며 『디 아크』를 어깨에 짊어지듯 치켜들었다.

검술/빛 마법 복합 스킬 【화이트 번】을 발동한 것이다.

검신을 뒤덮은 빛이 한층 강해지면서 신의 키의 세 배가 되는 거대한 검신이 형성되었다.

"바보 노옴!"

아와리티아는 그 틈을 놓치지 않았다. 땅을 뒤덮은 까만 하반신이 한곳에 모여들면서 신을 포위하듯 뒤덮었다. 일정한 형태가 없기에 가능한 공격이었다.

"그건 내가 할 말이야."

"크억?!"

하지만 아와리티아의 공격은 신에게 닿기도 전에 힘을 잃고 흩어졌다.

신과 시린에게만 정신이 팔린 아와리티아의 빈틈을 노리고 슈니가 일격을 가한 것이다.

아와리티아의 오른쪽 어깨부터 심장 부위까지 비스듬하게 칼날이 파고들었다. 악마에게 심장은 없지만 몸이 반쯤 절단되고도 무사할 수는 없었다.

"흡!!"

슈니의 일격으로 생겨난 약간의 틈.

신은 그 틈을 이용해 힘을 모아서 들고 있던『디 아크』를 내리쳤다.

내리친『디 아크』의 검신은 바닥을 베어냈을 뿐이다.

하지만『디 아크』에서 뻗어 나온 빛의 검신은 섬광처럼 거대한 검기로 변하더니, 형상이 무너진 하반신을 찢어발기며 아와리티아를 향해 돌진했다.

"구욱?!"

아와리티아의 상반신은 기동력이 낮았다. 그래서 아와리티아가 할 수 있는 행동이라곤 양팔을 교차해서 신의 공격을 방어하는 것 정도였다.

명중과 동시에 아와리티아의 중심에서 폭발적인 빛이 뻗어 나오며 그 형체를 순간적으로 지워버렸다.

아와리티아를 완전히 쓰러뜨리기엔 위력이 부족하지만 지금의 신에게 필요한 건 시간이었다. 내리친『디 아크』를 다시 들어 올리며 시린 쪽으로 달렸다.

"신 공?"

"잠깐 실례!"

"아닛?!"

신은 당황해하는 시린을 안아 들고 높이 도약했다.

최대 속도에 도달하자 높이 든 『디 아크』가 붉은색과 주황색이 뒤섞인 빛에 뒤덮였다.

"불타버려!"

신은 타오르는 듯한 빛에 휩싸인 『디 아크』를 아와리티아의 바로 앞쪽에 던졌다.

『디 아크』는 한 줄기 섬광이 되어 날아가 바닥에 꽂혔다.

검술/화염 마법 복합 스킬 【플레어 크라이시스】였다.

피아 구분 없이 모든 것을 태우는 화염이 던전 바닥을 집어삼켰다.

아와리티아에게는 큰 타격을 줄 수 없는 스킬이지만 신의 목적을 달성하기에는 안성맞춤이었다. 검게 물든 바닥이 원래의 색으로 돌아왔고 몬스터들의 사체는 잿더미조차 남기지 않고 소멸되었다.

"네노옴!"

회복할 연료를 잃은 아와리티아가 다급히 소리쳤다.

이미 신의 공격으로 양팔을 잃었고, 남은 몸체도 【플레어 크라이시스】의 효과로 곳곳이 그을려 있었다. HP가 회복될 기미마저 보이지 않았다.

"무기 투척으로 엄호를 부탁합니다."

신은 시린을 내려주자마자 다시 아와리티아를 향해 돌격했다.

그 짧은 시간 동안에도 팔이 절반까지 재생되고 있었다. 다만 이것은 아와리티아가 가진 고유 능력이었기에 HP의 변화는 없었다.

"흥!!"

"어딜!"

힘껏 내뻗은 주먹을 향해 신도 주먹을 내질렀다.

아와리티아의 주먹에 비해 신의 주먹은 훨씬 작았다. 하지만 튕겨 나간 것은 아와리티아 쪽이었다.

신의 주먹을 감싼 건틀렛도 『퇴마의 성갑』에 포함된다. 그러니 당연히 악마에 대한 대미지를 증가시키는 효과가 있었다.

신의 완력과 건틀렛의 능력이 합쳐지면 압도적인 질량 차이마저 극복할 수 있었다.

아와리티아는 주먹이 튕겨 나간 반동으로 자세가 무너지며 몸이 뒤로 크게 젖혀졌다.

슈니가 주먹을 잃은 팔에 【아크 바인드】를 감아 신에 대한 반응을 지연시켰다.

"좋았어!"

신은 슈니가 만들어준 빈틈을 놓치지 않고 땅에 꽂힌 『디 아크』를 양손으로 뽑아내며 스킬을 발동했다.

"사라져라!"

높이 올려치는 칼날의 궤적을 따라 빛이 뿜어져 나왔다.

검술/신성 마법 복합 스킬【스텔라 게이저】였다.

그것은 그 자리에 존재하는 모든 것을 날려버리는 동시에 던전의 바닥부터 천장까지 은빛에 휩싸이게 했다.

"우오오오오오오오옷!!"

빛의 기둥이 아와리티아의 비명마저 지워 없애며 솟구쳤다. 남은 몸뚱이마저 빛으로 바꾸려는 듯이 더욱 기세가 강렬해지고 있었다.

스킬의 지속 시간은 5초였다. 점점 가늘어지다 사라지는 빛 속에서 모습을 드러낸 아와리티아는 양팔이 소멸하고 몸 곳곳이 도려낸 것처럼 손상되어 있었다. 머리도 반쯤 날아간 상태였다.

하지만 그 정도의 대미지를 입고서도 아와리티아는 살아 있었다.

"뭐, 뭐냐아…… 네노옴."

절반만 남은 얼굴의 해골 안쪽에서 이해할 수 없다는 눈빛이 일렁였다.

"알 필요 없어."

신은 아와리티아의 앞에 서서 『디 아크』를 높이 쳐들며 그렇게 말했다.

빛의 기둥으로 뚫린 천장에서는【스텔라 게이저】와 별개로 황금으로 반짝이는 빛이 십자 형태를 이루고 있었다.

"끝이야."

아와리티아를 향해 빛이 떨어졌다. 강하게 반짝이면서도 눈부시지 않은 빛이 대미지로 움직이지 못하는 아와리티아를 직격했다.

신성 마법 스킬【크로스 저지먼트】였다.

황금의 빛이 아와리티아를 감쌌다. 그리고 그 형체의 끄트머리부터 허공에 녹아드는 것처럼 서서히 사라지기 시작했다.

빛이 사라질 무렵에는 아와리티아의 모습이 완전히 소멸되어 있었다. 남은 것이라고는 아와리티아를 토벌한 증거품인 『탐욕의 결정(피스 오브 아발리스)』뿐이었다.

"이걸로…… 끝난 건가?"

신은 『탐욕의 결정』을 카드화하며 중얼거렸다.

"글쎄요. 룩스리아 씨는 아와리티아가 이 정도로 접근하지 않았다고 했을 텐데요."

아와리티아가 가까이 오면 룩스리아가 분명 연락했을 거라고 슈니는 말했다. 신도 같은 생각이었다.

"흠, 어떻게 해야 하나."

신은 그렇게 말하며 손에 든 카드를 바라보았다.

아직도 석연치 않은 부분은 많았다. 이것으로 모든 것이 해결되었다고 할 수는 없으리라.

하지만 악마가 하나 사라진 것은 분명 좋은 일이라고 생각하면서 신은 일단 머릿속을 비웠다. 악마를 쓰러뜨리는 것 외에 그가 현재 할 수 있는 일이 많지 않았던 것이다.

"어쨌든 지금은 이게 문제로군."

신은 머리를 최대한 굴려서 어떻게 하면 『탐욕의 결정』을 자신이 차지할 수 있을지 고민했다.

멍청하게도 드롭 아이템 배분에 대해 명확히 합의해놓지 않았음을 이제 와서 깨달은 것이다.

침투하는 어둠 | Chapter 3

"악마를 쓰러뜨린 신 공이 아이템의 소유권을 주장하는 건 당연할 테지."

어떻게 해야 좋을지 고민하던 신이 엘쿤트로 귀환하자 시린은 즉시 왕성에 가줄 것을 요청했다.

워낙 중대한 사안인 만큼 직접 왕에게 보고하게 된 것이다.

알현실에서 거창하게 보고할 줄 알았지만 이번에 안내된 곳도 그 응접실이었다.

아와리티아 토벌 소식을 들은 크룬지드 왕은 그 자리에서 신의 드롭 아이템 소유권을 인정했다. 너무나 당연하다는 듯한 대답이 나오자 신은 오히려 맥이 빠질 정도였다.

"괜찮으시겠습니까? 이건 매우 귀중한 물건인데요."

"그렇기 때문이기도 하다. 악마에게 얻은 아이템이 유용하다는 게 알려지면 다음은 룩스리아 님을 노리는 자들이 나타날 테지. 하지만 아무리 대악마용 무기를 사용하더라도 죄원의 악마를 쉽게 사냥할 수 있을 리 없다. 신 공도 룩스리아 님을 사냥하려는 자들에게 협력하진 않겠지. 시린, 그대들만으로 악마를 사냥할 수 있는가?"

"솔직히 말씀드려서 신 공과 유키 님의 힘 없이는 이번 같은 전과를 올릴 수 없을 겁니다. 만약 저와 파가르만 던전으로 향했다면 잘해야 도주, 아니면 사망이었겠죠. 직접 눈으로 보고 나서야 제 생각이 얼마나 안일했는지 깨달았습니다."

다른 이의 보고도 올라왔던 것이리라. 시린의 이야기를 들은 크룬지드 왕은 천천히 고개를 끄덕였다.

"으음, 실제로 전투에 참여한 시린이 하는 말이니 의심할 이유는 없을 테지. 신 공은 우리나라와 백성을 구한 은인이다. 신 공이 다음 악마 사냥을 위해 아이템을 가져갔다고 설명하면 누가 불만을 가지겠는가?"

국왕은 대대적으로 표창하고 싶어 했지만 신이 사양하면서 실현되진 못했다. 그 대신 아이템 융통과 보상금을 통해 보답하는 방향으로 흘러가는 듯했다.

이야기를 들어보면 왕과 측근들끼리 이미 논의를 마친 것 같았다.

"토지와 작위를 내리자는 이야기도 나왔지만 그대들은 받지 않을 테지?"

"받아봐야 크게 쓸모가 없으니까요. 그리고 작위를 받는 건 엘쿤트에 소속된다는 의미이기도 하고요."

신은 그럴 수 없다는 뜻을 우회적으로 드러냈다.

아이템과 돈이라면 받아도 문제는 없었다. 하지만 작위나 토지는 받는 것으로 끝이 아니었다. 속박의 근원이 되기 때문이다.

여기서 그렇게 될 바에는 진작 다른 나라에 소속되었을 것이다.

"아깝지만 어쩔 수 없군. 귀족 중에도 그대들을 자기편으로 끌어들이려는 자들이 있을 것이다. 내 이름으로 금지할 테지만 어떻게든 접촉해오는 사람이 있으면 내게 연락하기 바란다. 알아서 처리하겠다."

"감사합니다."

크룬지드 왕의 제안은 신에게 더할 나위 없었다. 왕이 막아준다면 어지간한 바보가 아닌 이상 귀찮게 권유하는 사람은 없을 것이다. 게다가 드롭 아이템도 얻어내지 않았던가.

일이 너무 술술 풀리다 보니 오히려 불안하기도 했지만 권력자와의 인맥과 재앙의 소멸, 그리고 제작 재료의 대량 입수 등 결과적으로는 긍정적인 부분이 많았다.

"음, 그래서 신 공은 앞으로 어떻게 할 생각인가? 바로 떠나려는 건가?"

"아니요, 동료들과 합류할 예정이니까 그때까지는 이곳에 머물 생각입니다."

"그렇군. 그렇다면 시간이 허락할 때만이라도 좋으니 병사들의 훈련에 힘을 빌려주지 않겠는가? 유키 님의 훈련을 받은 병사들이 다른 병사들보다 확실히 강해졌다는 훈련 담당자의 보고가 있었다. 이번 같은 사태가 나중에 또 발생하지 않는다는 보장이 없으니까 말이다."

"엘쿤트를 떠날 때까지, 그리고 저희 시간이 비어 있을 때만 도와드리는 것으로 하죠. 이 두 가지 조건만 받아들여 주시면 최선을 다해 돕겠습니다."

신은 슈니와 눈빛을 교환한 뒤에 대답했다. 지금까지도 해온 일이기에 이 정도는 괜찮을 거라는 생각이었다.

보수를 수령할 때와 엘쿤트를 떠날 때는 꼭 연락해달라는 이야기를 끝으로 신과 슈니는 왕성을 나왔다.

"이제 어떻게 하시겠어요?"

"학교에 들렀다 가자. 아와리티아와 관련해서 꼭 확인해두고 싶은 게 있어."

신은 룩스리아가 말한 기적에 대해 꼭 짚고 넘어가야만 할 것 같은 느낌이 들었다. 소설이나 만화에서 흔히 나오는 '그때 확인만 했더라면……' 같은 사태가 발생해선 안 되기 때문이다.

날이 저물려면 시간이 조금 남아 있었다. 갑작스러운 방문이지만 용서해줄 거라 생각하며 신과 슈니는 학교로 향했다.

학교 문지기와는 렉스 일행을 훈련시킬 무렵부터 자주 마주쳤기에 즉시 히라미에게 연락해주었다.

잠시 기다리자 출입 허가가 나왔고 두 사람은 바로 보건실로 향했다. 평소엔 학장실이나 응접실을 찾았을 테지만 오늘 볼일이 있는 곳은 보건실이다.

"안녕~. 이런 시간에 찾아오다니, 무슨 일이야?"

문을 노크하고 보건실로 들어가자 룩스리아는 둥근 의자를 회전시켜 두 사람을 돌아보았다. 여전히 스웨터와 타이트스 커트에 흰 가운을 걸친 모습이었다.

　다리를 꼬고 있는 탓인지 치마가 더욱 짧아 보였다. 그런 자태가 남학생들에겐 무척이나 자극적일 거라고 신은 생각했다.

　"아와리티아 일로 확인해두고 싶은 게 있어서 왔어. 그냥 넘어가면 안 될 것 같아서 말이지."

　아와리티아라는 이름이 나오자 룩스리아는 눈을 가늘게 뜨며 꼬고 있던 다리를 풀더니 자세를 바로 했다.

　"무슨 일이 있을 거라 예상은 했지만 그 녀석이 또 뭔가 수작을 벌인 거야? 여기까지 오려면 좀 더 있어야 될 텐데."

　시치미를 떼는 것 같지는 않았다. 룩스리아의 감각으로는 정말로 멀리 느껴지는 것이리라.

　"좀 더 있어야 된다고……. 그렇다면 우리가 싸운 녀석은 본체가 아닐 수도 있겠네."

　"무슨 소리야?"

　"아와리티아와 싸웠어. 그것도 오늘."

　"뭐?! 대체 어떻게 된 건데?!"

　룩스리아는 자리에서 일어나 신을 다그쳤다. 신은 그녀를 진정시키며 의자에 앉혔다.

　그리고 때마침 노크와 함께 히라미의 목소리가 들렸다.

"실례할게요. 밖에서 목소리가 들리던데, 무슨 일이라도 있었나요?"

"마침 잘 왔어. 히라미의 의견도 들어보고 싶었거든."

"네에……?"

사정을 모르는 히라미는 고개를 갸웃거릴 뿐이었지만 신이 자세한 이야기를 전하자 심각한 표정을 지었다.

"드롭 아이템도 나왔던 거죠? 그렇다면 아예 가짜일 리는 없을 텐데요."

"맞아. 이상해. 아까도 말했지만 아와리티아는 아직 여기까지 오지 못했을 거거든. 던전 안까지는 내 감각이 닿지 못하니까 모를 수도 있지만, 그렇다면 내가 지금 느끼는 건 뭐냔 말이지."

실제로 기척을 추적해 다른 악마와 만난 적도 있었기에 자신의 감각은 틀림없다고 룩스리아는 말했다.

"다른 녀석과 착각했을 가능성은?"

"악마의 기척은 독특해. 그리고 적어도 지금까지 기척의 느낌이 바뀐 적은 없었어."

"탐욕의 악마가 두 마리 있을 가능성은 없나요? 아와리티아의 레벨이 750이었던 걸 보면 다른 악마를 흡수한 게 틀림없어요."

게임 시절의 지식을 총동원해서 이번 사태에 관해 추측하는 신에게 슈니가 한 가지 가능성을 제시했다. 동화, 흡수한

다른 악마의 능력을 사용했을 수도 있다는 가능성이었다.

"태만의 악마에겐 분열 능력이 있었지."

"네. 몇 가지 미심쩍은 부분도 있지만 아와리티아의 기척이 둘로 나뉜 이유를 설명하려면 그게 가장 타당한 것 같네요."

신이 태만이라는 이름을 언급한 것은 얼마 전 태만의 혼편(魂片)과 싸웠고 그 능력에 관해서도 잘 알기 때문이었다.

태만의 악마가 가진 기본적인 전투력은 모든 악마들 중 가장 약했다. 하지만 상대하기 까다롭기로 따지면 상위권에 속했다. 자신과 동일한 능력을 가진 분신을 만들어내기 때문이다.

악마들 중에서만 가장 약할 뿐이지, 웬만한 보스에 버금가는 강한 존재가 항상 여러 개체로 존재하는 셈이다. 상대하는 입장에선 충분히 위협적이었다.

게다가 태만을 없애려면 일정 시간 내에 본체와 분신을 전부 쓰러뜨려야만 했다.

각각의 HP를 똑같이 줄여나가다가 기회를 노려서 단숨에 섬멸하는 것이 태만틀 토벌하는 공략법이라는 이야기를 들은 적도 있었다.

"태만의 능력을 흡수한 것뿐이라면 동시에 격파할 필요는 없을 거야."

신의 직감 같은 것이 그것은 태만의 본체가 아니었음을 알려주고 있었다.

"확실해?"

"아니, 솔직히 말하면 근거는 없어. 하지만 그런 곳에 숨어 몰래 활동하던 녀석이 본체일 리는 없지 않겠어?"

"그야 뭐, 그렇긴 하지만."

"뭐, 내 직감이 맞든 틀리든 간에 아와리티아의 위협이 사라지지 않은 것만은 확실하군."

"아마 맞을 거야. 너 같은 플레이어의 직감은 이 세계에서 제법 잘 들어맞거든."

그것도 스킬의 효과일 거라고 룩스리아는 말했다. 직감이나 그에 준하는 스킬을 가진 플레이어 중에는 직감이 매우 날카로운 경우가 많다고 한다.

"왕궁에서 아와리티아 토벌에 관한 소식을 들었을 때 분명 신 씨가 한 건 하셨다고 생각했는데, 설마 하루도 지나지 않아서 아직 끝나지 않았다는 말을 듣게 될 줄이야……."

"나도 그걸로 끝나길 바랐어. 하지만 너무 간단하게 해치웠다는 생각도 들었거든."

한숨을 쉬는 히라미에게 신은 자신이 싸울 때의 상황을 떠올리며 말했다.

최종 형태의 아와리티아와 싸우는 건 처음이었지만 상당히 일방적으로 끝난 전투였다. 신 일행의 레벨과 장비를 고려하더라도 상대가 너무 약했던 것이다.

"슈니는 어떻게 생각했어?"

"개인적으로는 너무 허무했어요. 하지만 신이 만든 장비가 너무 강력하고 제 능력도 발전했으니까 그렇게 느낀 건지도 모르죠."

"대악마 장비를 전보다 강화했으니까 말이지. 쉽게 느껴질 만도 한 건가."

마음만 먹으면 혼자서 이길 수도 있겠다 싶을 정도로 너무 쉬웠다고 슈니는 말했다. 장비가 너무 강력한 것도 무조건 좋은 일만은 아닌 듯했다.

"아와리티아가 어떻게 나올지는 모르겠지만 전보다 싸움이 수월해진 게 나쁜 일은 아니겠죠."

"맞아. 문제는 분신의 숫자와 부하들의 전력이겠지."

신은 슈니의 긍정적인 발언에 고개를 끄덕이며 남은 문제들을 언급했다.

게임 시절의 분신은 최대 두 마리였다. 태만의 분열 능력에는 미치지 못하므로 분신의 능력은 원래보다 10퍼센트 정도 떨어질 것이다. 이번에 신 일행이 한 마리 쓰러뜨렸으니 본체와 분신 하나만 남은 셈이다.

"몬스터를 한 곳에 모아두고 있었다고 했죠? 고레벨 몬스터를 이끌고 온다면 우리의 현재 전력으로 상대할 수 있을지 모르겠네요."

엘쿤트에는 히라미를 포함해서 전투에 뛰어난 선정자가 제법 많다는 이야기를 들은 적이 있었다. 다만 고레벨, 특히 500

레벨이 넘는 몬스터들을 상대할 수 있는 사람은 극소수였다.

아와리티아는 신과 슈니가 상대하면 될 테지만 용사와 근위대장을 포함한 나머지 전력으로 상대의 군세를 막아낼 수 있을지는 미지수였다.

"이제 곧 마사카도가 돌아오니까 전력이 조금은 강화될 거예요."

"아와리티아가 없을 땐 나도 도울 수 있어. 악마의 모습으로 변하면 다들 혼란에 빠질 테니까 전력을 다할 수는 없겠지만 말이지."

"그것만으로도 큰 도움이 될 거예요."

히라미와 룩스리아는 몬스터가 무장했을 가능성까진 생각하지 못하는 듯했다. 정부에서도 정보의 유출을 제한하고 있는 것이리라.

신은 만약을 위해 그 사실까지 알려주기로 했다.

"다음은…… 그래. 차오바트에게 부탁해서 다른 동료들을 데려와 달라고 해야겠어."

"그게 가장 확실한 방법일지도 모르겠네요."

메시지 카드를 사용하면 에인션트 드래곤 차오바트에게도 연락할 수 있었다. 한 번 정도는 부탁을 들어줄 것 같았기에 신은 자신의 아이디어를 이야기한 것이다.

물론 상대의 사정에 따라 거절당할 수도 있을 테지만 고려해볼 만한 가치는 충분했다.

"신의 동료들이 안 오더라도 『은월의 사신』만 협력해주면 일방적으로 이길 텐데."

"맞아요. 하늘에서 즉사 공격 급의 브레스를 퍼부으면 당하는 쪽에선 악몽이겠죠."

차오바트의 강함을 잘 아는 룩스리아와 히라미는 몬스터가 불쌍하다는 듯이 먼 곳을 바라보았다.

서로 협력하기로 한 뒤부터 꽤나 사이가 좋아진 것 같았다. 호흡도 척척 맞았다.

"어쨌든 아와리티아가 근처까지 오면 바로 연락해줘. 우리가 대처할 테니까. 그리고 아와리티아를 아직 완전히 쓰러뜨리지 못했다는 걸 히라미가 왕성에 전해줬으면 해. 우리는 성에 갈 일이 별로 없으니까 말이지."

슈니가 병사들을 훈련시키거나 신이 부대에 원군으로 참가하기도 했지만 정기적인 일은 아니었다.

따라서 모든 군인이 신의 이름과 얼굴을 아는 것은 아니었다.

신이 국왕을 도와 용사와 함께 일한다는 사실을 증명할 수단이 없었기에 왕성 앞에서 문전박대를 당할 수도 있었다. 그럴 바엔 정기적으로 성에 가는 히라미가 알려주는 편이 확실했다.

"신 씨라면 몰래 들어갈 수 있을 테지만 그런 짓을 하면 안 되는 곳이니까요. 알았어요. 제가 전달할게요."

"우리가 온 볼일은 이걸로 끝났어. 아, 일단 이걸 건네줄게. 대악마용 무기야."

신은 이왕 마주친 김에 히라미를 위해 조정한 무기의 카드를 건넸다.

"대악마 능력을 제외해도 제 장비보다 기본 성능이 높네요……."

"특별 제작이니까 말이지. 그래서인지 같은 등급의 장비보다 좋더라고."

"드워프분들이 이걸 보면 분석하게 해달라고 너도나도 몰려들겠네요."

미지의 무기와 방어구를 분석하는 일은 드워프를 따라갈 종족이 없었다. 그래서인지 플레이어가 아닌 NPC 드워프들은 자신이 모르는 기술에 대한 지적 호기심이 남달랐다.

바르간과 바르는 그나마 얌전한 편에 속했다.

"내 앞에서 그런 거 꺼내지 말아줘~."

히라미가 실체화한 장비의 능력을 확인하자 룩스리아는 눈부시다는 듯이 손으로 얼굴을 가리며 뒤로 물러났다.

"그렇게 힘들어?"

"대미지를 받는 건 아니지만 피부가 타들어 가는 것처럼 따끔따끔해. 만지면 화상 입을 것 같아."

무기 자체가 자신에게 적의를 드러내는 것 같다고 룩스리아는 말했다. 자연스럽게 신의 뒤로 숨는 것을 보면 진짜로 힘든 듯했다.

"구속용 밧줄 같은 걸 만들면 인간 형태일 때 제압할 수 있을 것 같은데."

"너라면 정말 만들 것 같아서 무서워. 날 속박하고 싶으면 평범한 밧줄로 해줘. 아이템 시험은 저 애한테 하면 안 돼?"

룩스리아는 슈니를 바라보며 그렇게 말했다.

"시험하겠다고 한 적은—아니, 효과를 확인하려면 너를 묶어보는 게 제일 빠르긴 하려나……. 그건 그렇고 날 뭘로 보고 그런 소릴 하냐?!"

"특수한 플레이를 하려는 거 아냐?"

"내가 왜?! 이상한 쪽으로 이야기를 끌고 가지 마! 아와리티아가 진짜 모습으로 변신하기 전에 제압하면 피해가 최소화될 거라 생각한 것뿐이라고."

악마는 데몬과 달리 인간 형태일 때 쓰러뜨려도 전투가 종료된다. 공략 사이트에 따르면 인간 형태일 때 쓰러뜨린 사례가 딱 한 번 있었다.

자세한 상황까진 알려지지 않았고 다른 사례는 없었기에 모든 악마에게 똑같이 적용되는지는 불확실하다고 적혀 있었다.

아와리티아가 인간 형태로 성벽 안에 들어온 뒤 악마의 모습으로 돌아간다면 주변에 큰 영향을 끼칠 수 있었다. 그래서 신은 상대가 인간의 형상을 하고 있을 때 제압한 뒤 해치울 수 있다면 좋겠다고 생각했다.

"그럴 수만 있다면 더 바랄 게 없겠지만 아무리 너희들이라도 힘들 거야. 처음부터 악마의 형상으로 쳐들어올 테니까."

"나도 그렇게 잘될 거란 생각은 안 해. 그냥 바람이 그렇다는 거지. 어쨌든 몸집이 아무리 커도 움직임만 제한하면 우리에게 유리해질 테니까 일단 밧줄과 사슬 제작을 시도해봐야겠어."

"그리고 완성된 밧줄로 날 묶어서 효과를 확인하려는 거구나! 날 움직이지 못하게 해서 무슨 짓을 하려는 거야?"

룩스리아는 티가 나는 연기로 부끄러운 척 몸을 꼬았다. 그렇게 말하는 본인이 오히려 기대하는 것처럼 들렸기에 신은 어이가 없었다.

"아까부터 자꾸 사람을 이상하게 몰아가네. 내가 대체 뭘 했다고 그래?"

"하지만 남을 묶거나 묶이는 걸 좋아하는 사람도 있잖아. 난 당해본 적이 없지만 기분 좋은 거 아냐?"

"이상한 분야에 관심 가지지 말라고……."

"내 본업은 음욕인걸. {그런 일}에 흥미를 갖는 게 당연하지 않겠어?"

그렇게 말하는 룩스리아의 표정은 정말 요염했다. 정신 스킬 없이도 사람들의 욕망을 자극하는 표정은 그야말로 악마적이라 할 수 있었다.

정신 영향에 강한 내성을 가진 신조차도 소름이 돋을 정도였다.

슈니는 경계하며 뒤로 물러났고 히라미는 얼굴을 새빨갛게 붉혔다.

"어디 가서 그런 표정 짓지 마. 틀림없이 난리가 날 테니까. 악마에게 누가 당했다는 소문이라도 퍼지면 여기서 바로 쫓겨날걸."

"나도 알아. 내가 아무한테나 보여줄까 봐?"

룩스리아는 그렇게 말하며 슬며시 신의 손을 잡았다. 극히 자연스러우면서도 적의나 악의가 전혀 없는 동작이었다.

슈니와 히라미가 서 있는 곳에서는 각도 때문에 아무것도 보이지 않았다.

강하게 힘을 주는 것도 아니었기에 신은 룩스리아가 하는 대로 내버려 두었다. 경계심을 거둔 것은 아니었기에 조금의 적의라도 느껴지는 순간 룩스리아의 한쪽 팔이 바로 날아갈 것이다.

"경계하지 않아도 돼."

룩스리아는 그렇게 말하며 신 쪽으로 한 걸음 더 다가섰다. 조금만 더 가까이 가면 몸이 밀착될 만한 거리였다.

"아무한테나 이러진 않는다고 했잖아."

룩스리아는 이성을 유혹하는 미소를 지으며 신의 손을 잡아당겼다. 스웨터 안에서 터질 듯한 가슴을 향해서였다.

룩스리아는 설마 진짜 그러겠느냐는 신의 생각을 비웃듯이 자신의 가슴과 손 사이에 신의 손을 꼭 끼우고 말았다.

그 감촉과 당황스러움……뿐만 아니라 등 뒤에서 느껴지는 싸늘한 기운에 신은 즉시 손을 빼며 룩스리아에게서 떨어졌다.

"뭐 하자는 거야?"

"너한텐 스킬이 안 통하니까 분위기만으로 어디까지 갈 수 있나 궁금했거든. 어때? 스웨터 너머로도 제법 감촉이 좋지 않았어?"

"너 말이야…….."

신은 이럴 때 어떻게 반응해야 좋을지 몰라 한숨만 푹 쉬었다.

등 뒤를 돌아보지 않은 것은 싸늘한 기운이 누구 때문인지 이미 알고 있기 때문이었다. 현재 신의 위기 감지 능력은 최대급의 경보를 울리고 있다.

"신. 뭘…… 하는 거죠?"

"……?!"

그런 신의 등에 누군가의 손이 닿았다. 이어서 들려온 것은 룩스리아 못지않은 요염함과 차가움이 공존하는 목소리였다.

그런 목소리가 귓가에 울리자 신의 등이 꼿꼿하게 펴졌다.

"그런 짓은 하면 안 되……는 거 알죠?"

"미, 미아…… 아니, 주의하겠습니다!"

신이 쭈뼛거리며 얼굴을 돌리자 슈니가 극한의 미소를 띠며 신을 바라보고 있었다.

지금 신이 느끼는 건 오한뿐이었다. 말투도 자연스레 공손해졌다.

"룩스리아 씨도 장난이 지나친 것 같은데요?"

"그, 그래……. 주의하겠습니다."

룩스리아도 같은 느낌을 받았는지 신과 동일한 대답을 했다.

"알면 됐어요. 자, 할 말은 다 전했으니까 슬슬 가볼게요. 히라미 씨, 아까 말씀드린 일을 잘 부탁드려요."

"네, 네. 저희도 빨리 알려주셔서 감사했어요. 마침 내일 성에 가야 하니까 그때 정보를 전달할게요."

히라미도 분위기에 휩쓸려 자세를 꼿꼿이 펴고 있었다.

"그, 그러면 우린 이만."

"응…… 무슨 일이 생기면 이쪽에서도 연락할게."

신과 슈니는 히라미, 룩스리아와 작별한 뒤 학교에서 나왔다. 석양은 이미 지고 여기저기서 마법 조명이 반짝이고 있었다.

"어…… 저기…… 슈니…… 씨?"

"……."

어색한 분위기를 바꿔보려고 신이 말을 건넸지만 슈니는 말없이 걷기만 할 뿐이었다.

신은 이대로 가면 위험하다는 생각에 식은땀이 멈추지 않았다. 하지만 초조해한다고 사태가 호전되는 건 아니었고 결국 여관에 도착할 때까지 슈니는 한 마디도 하지 않았다.

"소파에 앉아주세요."

"알겠습니다!"

객실로 돌아오자 슈니는 문을 잠그며 그렇게 말했다. 무언의 압력을 견뎌내던 신은 그녀가 시키는 대로 소파에 앉았다.

몇 초 뒤에 다가온 슈니는 긴장으로 굳어버린 신 앞에 서더니 천천히 그의 무릎 위에 앉았다. 서로의 몸을 마주 볼 수 있는 방향이었다.

"저기, 슈니…… 씨?"

끌어안는 것만큼 몸이 밀착되자 신은 당황했다. 무릎 위에 앉은 탓에 슈니의 가슴이 정확히 신의 눈앞에 있었던 것이다.

신이 상반신을 앞으로 조금만 구부려도 슈니의 가슴에 얼굴이 파묻힐 정도였다. 물론 지금의 신은 그런 짓을 벌일 만한 배짱이 없었다.

"……"

슈니는 말없이 신을 응시했다. 슈니가 더 높은 눈높이에서 화난 표정으로 내려다보자 신은 잔뜩 움츠러들었다.

그런 신의 마음을 아는지 모르는지, 슈니는 천천히 신의 얼굴을 양손으로 감싸더니 그대로 자신의 품에 끌어안았다.

신은 순간적으로 또 천국(가슴의 감촉)과 지옥(호흡 곤란)을 동시에 맛보게 될 거라 생각했지만, 예상과 달리 슈니는 팔에 강한 힘을 주지 않았다.

얼굴에 닿아 눌린 부드러운 감촉을 느끼며 호흡까지 할 수 있을 정도였다. 안긴 입장에서는 매우 기쁜 상태였다. 하지만 아직까지도 그녀의 의도를 모르는 신은 품에 안긴 채로 갈 곳 잃은 양손을 허둥댈 뿐이었다.

"어떤……가요?"

슈니가 신의 머리를 끌어안은 지 약 5초가 지났을 때였다. 귀 기울이기 스킬 없이는 들릴락 말락 한 음성으로 슈니가 물었다.

하지만 그것만큼 대답하기 곤란한 질문도 없었다.

신은 슈니의 의도를 전혀 파악할 수 없었다. 단순하게 부드럽다거나 기분 좋다는 말을 하면 안 될 것 같아 한참을 고민해야 했다.

"대답해주세요."

슈니의 팔에 조금 더 힘이 들어갔다. 신의 얼굴이 슈니의 가슴에 더욱 깊이 파묻혔다. 만화였다면 몰캉몰캉 하는 효과음이 나왔을 만한 상황이었다.

"어…… 그게…… 정말, 행복합니다."

괜찮다면 좀 더 이러고 있어달라는 말을 꾹 삼키며 신은 간신히 대답했다.

몇 초 전에 고민하면서 떠올렸던 말과 크게 다르지 않은 대답이었다. 슈니의 심기가 불편하다는 유일하면서도 가장 큰 문제를 제외하면 신이 지금 매우 행복한 상황에 처해 있는 것도 사실이었다. 슈니를 안는 것도 좋지만 안기는 것 역시 좋았다.

"룩스리아 씨……보다도요?"

"당연하잖아."

다음 질문에는 즉시 대답할 수 있었다. 그리고 신은 슈니의 의도를 어렴풋이나마 이해했다.

"최고의 여성이 바로 내 옆에 있는걸. 그런데 왜 악마에게 손을 대겠어. 아까는 나도 놀랐다고."

신은 슈니의 등에 팔을 둘러 마주 안으며 말했다.

신의 대답을 듣고 몇 초가 지나자 슈니는 포옹을 풀었다.

"정말이죠?"

"정말이야."

신이 당연하다는 듯이 말했다. 룩스리아의 행동은 나름대로 분위기를 풀기 위한 장난이었는지도 모르지만, 그것이 결과적으로는 슈니의 질투심만 부추긴 셈이었다.

"하지만 슈니가 이렇게 대담한 행동을 할 줄은 몰랐어. 나야 슈니의 새로운 모습을 볼 수 있어서 기뻤지만 말이야."

신은 슈니의 허리에 자연스레 팔을 두르며 말했다.

"슈니는 의외로 질투가 꽤 심한가 보네?"

"……?!"

신이 그렇게 말하고 몇 초가 지나서야 의미를 이해한 슈니의 얼굴이 빠르게 달아올랐다.

그렇다. 그녀가 일으킨 일련의 행동은 룩스리아의 유혹에 신이 동요한 것에 대한 질투심 때문이었던 것이다.

슈니는 민망한 듯이 시선을 피하다가 몇 초 뒤에 자신이 놓인 상황을 이해하며 뒤로 물러서려 했다.

그런 그녀를 신이 붙잡았다. 허리를 꽉 잡힌 슈니는 하반신을 더 이상 움직이지 못했다. 두 사람은 아주 가까운 거리에서 서로를 마주 보게 되었다.

"놔, 놔주세요!"

슈니는 신의 말을 듣고 나서야 자신이 냉정하지 못했음을 깨달은 모양이었다.

"안 돼. 모처럼 질투에 불타는 슈니의 모습을 봤는걸. 그 보답으로 난 부끄러워하는 슈니의 모습을 감상해야겠어!"

"그게 무슨 소리예요?!"

슈니는 신의 팔을 붙잡아 떼어내려 했다. 하지만 완력을 비롯한 모든 능력치는 신이 압도적으로 위였다. 이렇게 된 이상 주변에 피해를 입힐 정도의 능력을 사용하지 않는 한 신에게서 벗어날 수 없었다.

참고로 지금의 신은 원래 힘의 절반도 내고 있지 않았다.

"으으…… 그렇게 빤히 바라보지…… 말아줘요."

슈니는 물끄러미 바라보는 신의 시선으로부터 조금이라도

도망치려는 듯이 양손으로 신의 얼굴을 감쌌다. 하지만 그것도 신의【투시】스킬 앞에서는 무의미했다.

사람들의 시선에 민감한 슈니는 신의 시선을 전혀 피할 수 없다는 사실을 깨달았다. 가뜩이나 달아올랐던 얼굴이 이제는 삶은 문어처럼 새빨개졌다.

"아무도 모르는 슈니의 일면이 하나 더 밝혀졌군."

"굳이 이야기하지 말아요! 그럴 수도 있잖아요! 저도 질투 정도는 하는걸요!"

"하지만 이 정도로 노골적인 태도로 나온 건 처음 아냐?"

"그, 그건……."

슈니의 목소리가 작게 기어 들어갔다. 그리고 신의 얼굴을 덮고 있던 손을 떼더니 자신의 가슴 앞에서 꼼지락거렸다.

마지막 말은 입만 뻥긋거리는 수준이었다. 하지만 신의 귀는 슈니가 "마음을 억누를 수 없었는걸요"라고 말하는 것을 놓치지 않았다.

'……지금까지 꾹꾹 참아왔던 게 터져 나오는 건가.'

하멜른의 개입으로 그녀가 기억을 잃지 않았다면 신은 아직 이 세계에 남을 결심을 하지 못했을지도 모른다. 슈니는 갈팡질팡하는 신의 마음을 배려해서 무의식중에 자신의 부정적인 감정을 마음속에 묻어두기만 했던 것이리라.

신의 애정이 정확히 슈니를 향하면서부터 그런 속박이 사라졌고, 원래의 성격과 감정의 변화가 밖으로 드러나기 시작한 건지도 모른다.

그렇게 생각하자 신은 자신도 모르게 웃음이 나왔다.

"웃을 것까진 없잖아요."

"미안, 미안. 놀리려는 건 아니야. 슈니가 이런 식으로 점점 감정적으로 변하는 모습을 볼 수 있다고 생각하니까 기뻐서 그래."

지금의 슈니는 신의 종자가 아닌 인생의 동반자였다. 그런 만큼 인간미 넘치는 슈니를 보는 것도 신의 가장 큰 행복 중 하나였다.

"이런 모습을 보면서 기뻐해도 곤란해요! 왠지 평소의 저 자신이 아닌 것 같아서 얼마나 부끄럽다고요, 정말……."

그렇게 말하며 시선을 피하는 모습마저도 사랑스러웠다. 하지만 더 이상 놀리면 진심으로 화를 낼 것 같았기에 그만두기로 했다.

방금 전까지의 긴장감은 온데간데없이, 끝나고 보니 애정 행각을 벌이고 있던 두 사람이었다.

†

"저기, 이제 그만 내려가고 싶으니까 손을 놔주세요."

"한 번 더 안아주면 생각해볼게."

"신……?"

"아니, 농담이야."

슈니가 정색하자 신은 장난이 심했나 싶어서 허리를 잡은 손을 놔주었다.

아직도 얼굴을 붉힌 슈니는 식사 준비를 하겠다며 부엌으로 향했다. 그리고 식사가 완성될 무렵에는 이미 평소의 슈니로 돌아와 있었다.

식사가 끝나자 신은 장비를 점검해두기로 했다. 큰 문제는 없을 테지만 상대는 악마였다. 만전을 기해서 나쁠 것은 없다.

신은 카드화한 『디 아크』와 『퇴마의 성갑』을 꺼내고 슈니에게는 대악마용 소태도(小太刀) 『효암(曉闇)』과 『퇴마의 닌자복』을 꺼내달라고 말했다.

"이렇다 할 대미지는 거의 입지 않았지만 역시 팔다리 쪽이 조금 상했군."

【흡생의 진흙】 위를 힘껏 달린 각반과 주먹을 맞부딪친 건틀렛은 내구도가 약간 줄어들어 있었다. 하지만 악마에게 특화된 장비였기에 그 정도로 그친 것이다. 악마에 대한 대비가 전혀 되어 있지 않았다면 심하게 손상되었으리라.

『퇴마의 성갑』은 크게 손상되지 않은 상태였기에 고정구와 장식처럼 망가지기 쉬운 부분만 재료를 덧씌워서 보수하면 되었다.

『디 아크』의 내구도는 『퇴마의 성갑』보다 많이 줄어들었지만 계속 사용해도 문제는 없는 정도였다. 혹시 몰라서 면밀히 분석해보았지만 괜찮다는 결론이 났다.

"그러면 부탁드릴게요."

"그래."

신은 슈니에게서 카드를 받아 들고 실체화했다. 일단은 『효암』부터였다. 공격 횟수가 적었기에 내구도는 거의 줄어들지 않은 상태였다. 분석해봐도 특별한 문제는 없었다.

신은 『효암』을 다시 카드화하고 나서 『퇴마의 닌자복』으로 넘어갔다.

"응? 왜 그래?"

지금까지의 장비들처럼 전체를 꼼꼼히 살피던 신은 문득 슈니가 부끄러워하는 것을 발견했다.

"아뇨, 저기, 아무것도 아니에요."

슈니는 그렇게 말했지만 시선을 피하는 것을 보면 틀림없이 뭔가가 있는 것 같았다.

"신경 쓰이는 게 있으면 말해줘. 조정할게."

"저기…… 성능에 불만이 있는 건 아니에요. 피부에 쓸리는 느낌도 없고, 오히려 움직이기 편하다고 할 수 있어요. 다만, 저기…… 신이 그렇게 꼼꼼히 살피니까 마치 제 온몸을 관찰당하는 것 같아서 부끄럽다고 해야 할지, 안절부절못하겠다고 해야 할지……."

"아, 아…… 그랬구나."

신은 뺨을 붉히는 슈니를 보며 고개를 끄덕였다.

『퇴마의 닌자복』의 내구도는 전혀 줄어들지 않은 상태였다. 슈니의 말처럼 성능 면에서는 전혀 문제가 없다고 봐도 될 것이다.

다만 지금 신이 들고 있는 『퇴마의 닌자복』은 슈니의 몸매를 그대로 본떠서 만들어진 옷이었다. 일반적인 의복처럼 신축성이 있는 게 아니라 사이즈 조정 기능으로 몸에 딱 맞도록 맞추어진 것이다.

그래서 가슴과 엉덩이, 팔뚝, 허벅지 등 여성이 특히 신경 쓰는 부위의 사이즈도 슈니의 체형과 동일했다. 『퇴마의 닌자복』의 각 부위를 측정해보면 슈니의 쓰리 사이즈를 포함한 상세한 수치를 알아낼 수 있을 정도였다.

그녀의 몸을 직접 보는 것이 아니라 해도 충분히 부끄러워할 만했다.

"하지만 이제 와서 그런 걸 부끄러워하는 것도 이상한 것 같은데."

혼인 신고서를 제출한 건 아니지만 두 사람은 누가 뭐라 해도 어엿한 부부였다. 그런 남녀가 한 지붕 아래 살면서 룩스리아가 지적한 것 같은 정사가 없다는 게 더 이상하지 않은가.

몸매가 어떻고 할 단계는 이미 지나버렸기에 신은 왜 부끄러워하는지 의아한 느낌도 들었다.

"그거하고 이건 이야기가 다르죠! 대체 무슨 소릴 하는 거예요?!"

"그, 그렇구나."

슈니의 기세에 눌린 신은 쩔쩔맬 수밖에 없었다. 그리고 더 이상 지금 대화를 이어가면 안 될 것 같아 화제를 전환하기로 했다.

"어쨌든『퇴마의 닌자복』도 문제는 없어. 그런 전투를 벌인 뒤라면 당연한 일일 테지만 말이지."

신은 슈니에게 카드화한 장비를 돌려주면서 아와리티아와의 싸움을 상기시켰다.

"다음번에도 그 정도로 쉬우면 얼마나 좋을까."

"도시 안에 들어오지 못하게 해야 할 텐데요."

인간 형태로 숨어든다면 제아무리 신이라도 막아낼 도리가 없었다.

"히라미에게 물어보고 룩스리아 주변에 손을 써둘까?"

상대의 목표는 룩스리아였다. 신도 설마 악마를 지키게 될 상황이 올 줄은 몰랐지만 이 세계에서는 늘 비상식적인 일과 맞닥뜨렸던 것도 사실이었다.

"후훗, 룩스리아 씨는 싫어할 것 같네요."

"악마용 아이템이니까 말이야. 룩스리아에게도 위협적이겠지."

신은 진지하게 이야기하면서도 재미있을 것 같다는 생각을 지울 수 없었다.

✝

다음 날 신과 슈니는 히라미의 의견을 들어보기 위해 학교로 향했다.

"왠지 평소보다 소란스러운 것 같은데."

신은 상점가를 걸어가면서 왠지 모르게 그런 느낌을 받았다. 평소에 바르간의 공방에 갈 때도 자주 지나던 길이었기 때문이다.

"가격 흥정이 대부분이네요. 흔히 보는 광경이지만 다들 평소보다 험악한 분위기 같아요."

평소에 시장에서 가격을 흥정하는 것은 슈니의 몫이었다. 신은 짐을 들어주러 동행할 때마다 다른 손님들이 흥정하는 모습을 자주 보곤 했다. 하지만 평소엔 좀 더 편하고 좋은 분위기였다. 일종의 사교 활동이기도 했기 때문이다.

하지만 오늘은 그런 분위기가 아니었다.

"잠깐 보고 올게요."

슈니가 자주 이용하는 가게에 다가가 상품을 한차례 둘러본 뒤 주인에게 말을 건넸다. 신도 방해되지 않도록 다가가서 인사했다.

곤란하다는 듯이 말하는 가게 주인에게 슈니는 계속 온화한 태도를 취했다. 그 덕분인지 주인에게서 다양한 이야기를 들을 수 있었다.

"물자 유통이 원활하지 않은 건가."

신은 평소보다 비싸진 과일을 손에 들고 중얼거렸다. 다른 가게도 상황은 비슷해서 주민들의 지갑 사정이 위협받는 모양이었다.

물자를 운반해 오는 상인 집단 대부분이 시기가 지나도 도착하지 않았기 때문이었다.

엘쿤트와 교역하는 도시가 한 곳은 아니었기에 이런 일은 흔치 않았다. 즉 교역 상대인 모든 도시 혹은 교역로에 무슨 일이 발생한 셈이다.

"정부에서도 이미 원인 규명을 위해 움직이고 있다나 봐요. 몇몇 교역로에 기사들을 파견했다네요."

"교역로 차단이라. 아와리티아나 그 협력자들이 벌인 짓이겠지."

신은 동굴에서 발견했던 무기와 몬스터를 이용한 상단 습격을 떠올렸다.

고레벨 몬스터를 무장시키면 적은 숫자로도 상단 정도는 쉽게 괴멸할 수 있을 것이다.

신이 무너뜨린 동굴은 단 하나였다. 비슷한 동굴이 얼마나 더 존재하는지는 알 수 없지만 하나만 남아 있어도 피해를 주기엔 충분했다.

모든 상단에 강력한 선정자를 붙일 수는 없었다. 호위를 붙이더라도 파가르나 시린 정도의 선정자가 아닌 이상 살아남기도 힘들 것이다.

"저 가게는 더 싸잖아! 왜 여기만 이렇게 비싼 거야?!"

"당신도 끈질기다고! 우리도 최대한 싸게 파는 거라니까!"

앞에 있는 가게에서 손님과 점원이 말다툼을 벌이고 있었다. 두 사람 모두 험악한 분위기를 연출하자 행인들도 멀리 피해서 걸어가고 있었다.

당장이라도 주먹이 오고 갈 만한 상황이었다. 신은 위병도 아닌 자신이 나설 상황은 아닌 것 같아서, 말다툼으로 끝나면 가만있고 싸움이 벌어지면 그때 말려야겠다고 마음먹었다.

"응? 저건……."

그때 그런 두 사람 사이에 누군가가 끼어들었다.

말다툼하던 이들보다 머리 하나 정도는 높은 장신의 남자로, 등에 짊어진 거대한 대검만 봐도 평범한 청년이 아님을 알 수 있었다.

청년은 붙임성 좋은 미소를 띠며 두 사람의 사정을 들어주었다.

"가격이 올라간 건 어디든 마찬가지야. 상단이 습격받고 있다는 건 당신도 잘 알잖아. 당신이 말한 가게에서도 앞으로 같은 가격이 유지되긴 힘들 텐데."

상단이 도착하지 못하고 있다는 사실은 주민들에게도 이미 알려진 듯했다. 이런 상황이 계속된다면 모든 가게에서 가격이 오르는 것은 시간문제였다.

"정부에서도 손을 놓고 있는 건 아냐. 그리고 더 이상 소란을 피우면 위병들이 올 거라고. 당신도 그 정도로 일을 크게 벌이고 싶진 않을 거 아냐."

손님으로 온 남자는 위병이라는 말에 몸을 움찔했다.

남자도 완전히 이성을 잃진 않았는지 점원에게 미안하다고 사과한 후 그 자리를 떠났다.

"왠지 저 녀석답군."

신은 옛 추억에 잠기며 오랜만에 만난 청년에게 다가갔다.

청년도 신을 발견하고 잠시 놀라더니 미소를 지었다.

"신 씨! 정말 와 있었네! 아, 슈니 씨도!"

"안녕. 오랜만이야."

뜀박질하며 다가오는 청년의 이름은 마사카도였다. 데스게임에서 히라미와 함께 목숨을 잃었던 전 플레이어다.

신은 손을 들어 인사했고 슈니는 가볍게 목례를 했다.

"와~ 가까이서 봐도 신 씨다."

"이봐, 이봐, 그건 당연하잖아."

감탄하는 마사카도에게 신이 어이없다는 듯 말했다. 게임시절과 똑같은 갈색 머리카락과 붉은 눈동자였다. 마사카도의 종족은 드래그닐이지만 겉모습은 휴먼과 동일했기에 팔과다리에 비늘이 조금 붙어 있는 정도였다. 머리에 뿔도 없어서

옷을 입으면 휴먼과 구분이 불가능했다.

신이 마지막으로 봤을 때만 해도 레벨 211의 성기사였지만 지금은 231까지 성장한 모습이었다.

"방금 돌아온 거야?"

"응, 임무를 확실히 끝내고 왔어."

상단을 습격하던 새도우 하운드 무리를 토벌하러 다녀왔다고 마사카도는 말했다.

새도우 하운드는 그림자에 숨는 능력을 가진 늑대형 몬스터로 레벨은 250~300이었다. 평소보다 무리의 개체수가 많아서 토벌에 시간이 걸렸다고 한다.

"그런데 돌아와 보니 다른 곳에서도 상단이 습격받았다고 하잖아. 어떻게 된 건지 다른 사람들과 이야기하던 참이었어."

모처럼 교역로의 안전을 확보하고 왔더니 다른 곳에서도 유통이 막혔다는 말을 듣고 심상치 않은 일이 생겼다 싶어 히라미에게 가는 도중이었다고 한다.

"사정을 이야기하는 거면 심화로 해도 되지 않나?"

"아니, 뭐, 그건 직접 해야…… 확실하잖아."

"호오?"

신은 마사카도의 태도에서 닭살 돋는 분위기를 느끼며 히죽 웃었다. 아무래도 마사카도와 히라미는 연인 관계인 것 같았다.

신이 알던 마사카도는 15세의 소년이었다. 지금은 꽤나 나이를 먹었을 테지만 신에게는 그때와 크게 다르지 않은 것처럼 느껴졌다.

"우리도 히라미에게 가볼 생각이었는데, 방해가 되려나?"

"아니, 아니, 그럴 리가 없잖아. 신 씨와 슈니 씨가 직접 가는 걸 보면 악마와 관련된 일이겠지? 나 때문에 돌아갔다는 걸 알면 히라미가 뭐라고 할지 몰라."

"여전히 히라미에게 꽉 잡혀 사나 보군."

"그, 그야 히라미가 나보다 더 높은 자리에 있으니까……."

마사카도는 그럴듯한 핑계를 댔다.

신의 뇌리에는 무작정 돌격하려는 마사카도의 목을 히라미가 지팡이에 걸어 끌어당기던 첫인상이 선명히 남아 있었다.

현실 세계에서도 히라미가 연상이라는 이야기를 들은 적이 있었다.

하지만 마사카도의 나이가 많았다고 해도 두 사람의 관계가 크게 달라지진 않았을 것이다.

"흐음, 흐음. 자세한 이야기는 나중에 들을게. 지금은 히라미에게 가는 게 먼저니까."

"으엑, 좀 봐줘……."

히죽거리는 신 앞에서 마사카도는 쩔쩔매고 있었다. 어쩌면 다른 동료들에게도 자주 놀림거리가 되었던 건지도 모른다.

슈니는 줄곧 말이 없었지만 미소를 띤 것을 보면 신과 똑같은 생각인 것 같았다.

학교에 도착하자 마사카도를 본 문지기가 바로 통과시켜주었다. 선정자를 담당하는 훈련 교원이기도 했기에 문지기와는 직장 동료라고 할 수 있었다.

세 사람은 바로 학장실로 향했다. 문을 노크하고 마사카도가 들어가도 되느냐고 묻자 안에서 들어오라는 목소리가 들렸다.

"섀도우 하운드 토벌을 완료했습니다. 여기 토벌 증명품입니다."

"네, 확인했습니다. 서류는 저희 쪽에서 처리해두겠습니다."

학교 업무의 일환이기 때문에 보고는 진지하게 이루어졌다. 마사카도가 내민 재료 카드를 확인한 히라미는 서류를 한 장 꺼내 서명했다.

"마사카도."

"응?"

"잘 돌아왔어. 무사해서 다행이야."

히라미는 신이나 교원들을 대할 때와는 다른 헤벌쭉한 미소를 지으며 말했다.

"그, 그래. 다녀왔어. 아…… 다른 사람 앞이라 그런지 이런 대화가 쑥스럽네."

"어? 무슨 소리야?"

"아니, 그야 신 씨도 함께 와 있으니까 그렇지."

"어, 어어?! 와 있었어?!"

"뭘 놀라고 그래. 내 뒤에……."

마사카도는 영문을 모르겠다는 듯이 뒤를 돌아보았다. 하지만 신과 슈니의 모습은 보이지 않았다.

"……신 씨, 날 속였어?!"

"아니, 나도 모르게 말이지."

"풋풋하네요."

신과 슈니는 그렇게 말하며 【은폐】를 풀고 모습을 드러냈다.

"어, 어어어……."

상황을 빠르게 이해하지 못한 히라미는 제대로 말을 잇지 못했다. 하지만 연인과 있을 때의 모습을 남에게 보여준 것이 부끄러웠는지 순식간에 얼굴이 새빨갛게 달아올랐다.

"내가 괜한 걱정을 했나 보네. 잠깐 룩스리아를 불러올 테니까 하던 거 계속해."

"저도 같이 갈게요."

신은 만족스럽게 고개를 끄덕거리더니 자연스럽게 문 쪽으로 걸어갔다. 슈니도 태연하게 뒤를 따랐다.

"시인 씨이~!!"

"히라미, 진정해! 잠깐, 신 씨. 이대로 두고 가기야?!"

신은 닫힌 문 안에서 들려오는 목소리를 들으며 장난이 너무 심했나 생각했다.

†

학장실에 룩스리아를 데려올 때까지도 히라미의 얼굴은 붉게 달아올라 있었다. 룩스리아는 이런 기회를 놓칠 수 없다는 듯이 놀려댔다.

"후후, 얼굴이 새빨갛잖아. 학장님?"

"그만하세요."

히라미는 즉시 대답했다. 참고로 잠시 뒤에 신은 히라미에게 엄청난 잔소리를 듣게 될 예정이었다.

"그래서 오늘은 무슨 일로 오셨나요? 어제 이야기한 용무와는 다른 일이죠?"

"그래. 룩스리아 주변에 악마용 함정을 설치하는 게 좋을 것 같아서 말이야."

상대 몰래 함정을 설치해두면 직접적인 전투가 벌어지더라도 전황을 유리하게 이끌어갈 수 있다고 신은 말했다.

"저기, 혹시나 해서 물어보는 건데 나도 그 함정에 걸릴 수 있는 거 아냐?"

"맞아. 그러니까 함정의 위치를 정확히 기억해둬."

악마용 함정은 모든 악마에게 반응한다. 룩스리아에게만

반응하지 않도록 설정해두는 것은 지금의 신에게는 불가능했다.

"휴우, 귀찮아지겠네."

룩스리아는 뺨에 손을 갖다 대며 한숨을 쉬었다.

"이것도 저것도 전부 아와리티아 때문이야. 이렇게 된 이상한 방에 큰 대미지를 줄 만한 엄청난 걸로 설치해줘."

"괜찮겠어? 네가 걸려도 대미지가 클 텐데."

"그야 안 걸리면 되지."

본때를 보여주겠다며 전의를 불태우는 룩스리아를 신이 걱정스럽게 바라보았다. 하지만 강력한 회복 능력을 가진 아와리티아에게 어중간한 함정은 효과가 없는 것도 사실이었다.

신은 결심을 굳히고 어제 준비해둔 최고 품질의 함정을 꺼냈다.

"그건……?"

"전에 이야기했던 구속용 함정하고 악마에게만 대미지를 주는 함정이야. 왼쪽 카드가 구속 함정, 그리고 오른쪽이 대미지 함정."

인간 형태일 때를 대비한 함정은 아직 완성되지 않았기에 전부 악마 형태를 상정해서 만들어진 물건들이었다.

"아와리티아의 하반신은 형체가 없으니까 물 마법으로 얼려서 구속하는 방식으로 만들었어. 이거라면 학교 내에서 발동하더라도 건물이 부서질 염려는 없을 거야. 하지만 범위 내

에 있으면 사람도 함께 얼어붙으니까 주의해줘. 대미지를 주
는 함정은 평범하게 빛 마법을 발사하는 타입과, 효과 범위
안이라면 어디 있든 대미지를 주는 타입이 있어. 이쪽은 악마
에게만 효과가 있으니까 범위 내에 사람이 있어도 괜찮아."

"말려든 사람이 죽진 않겠지?"

"구속 효과에 중점을 둔 거라 대미지는 거의 없어. 대미지
타입은 악마에게 상당히 위협적이니까 네가 걸리는 일이 절
대 없도록 해."

신은 아와리티아가 방어 없이 정통으로 맞을 경우 HP의 1할
정도는 깎을 수 있을 거라 예상하고 있었다. 적어도 【흡생의
진흙】 정도는 깨끗이 사라질 것이다.

"나한테…… 시험해 볼래?"

룩스리아는 전에 악마용 아이템을 자신에게 시험해 보라고
한 것이 진심이었는지 그런 말을 꺼냈다. 하지만 표정은 누가
봐도 좋지 않았다.

"무사하진 못할 테니까 그만두자. 마력을 한계치까지 담아
두었거든."

"그래. 나도 너무 격렬한 건 좀 그래."

룩스리아는 살짝 안도하는 표정이었다. 진지한 대화였지만
룩스리아의 마지막 말이 이상한 의미로 들리는 것을 보면 역
시 음욕의 악마다웠다.

"바로 설치하고 싶은데, 허가를 받을 수 있을까?"

"혹시나 해서 묻는 거지만 학생들이 위험하진 않은 거죠?"

"그래, 괜찮아. 이 함정은 악마에게만 반응하니까 말이지. 만약 학생들이 건드리더라도 발동되진 않을 거야."

악마라면 가차 없이 공격할 테지만 다른 종족에게는 아무 반응도 보이지 않는 것이 이번 함정의 가장 큰 특징이었다.

"그렇다면 다행이네요. 혹시라도 오폭으로 다치는 사람이 나오면 큰일이니까요."

학생들의 안전까지 책임져야 하는 히라미는 신의 말을 듣고 가슴을 쓸어내렸다.

그 뒤로는 룩스리아와 동행해서 함께 함정을 설치해나갔다. 적측에 함정을 감지할 수 있는 인물이 있을 것에 대비해서 쉽게 알아볼 수 없도록 위장 공작까지 해두었다.

"나에겐 아무것도 없는 것처럼 보여. 정말로 조심해야겠네."

신이 함정을 설치하는 모습을 진지하게 구경하던 룩스리아가 긴장된 표정으로 말했다. 적에게 들키면 의미가 없으므로 설치된 함정의 배치도 같은 것은 만들지 않았던 것이다.

모든 함정의 위치를 정확히 파악한 사람은 직접 설치한 신 외에 슈니, 히라미, 룩스리아까지 세 명이었다.

"에잇! 이것도 전부 아와리티아 때문이야!"

룩스리아가 원망스럽게 소리쳤다. 마음에서 진정으로 우러나온 말이라는 것이 다른 사람들에게도 전해질 정도였다.

†

　신 일행이 대악마용 함정을 설치하고 있을 때 히라미는 학교를 나와 왕성으로 향했다. 신이 부탁한 정보를 정부 고위층에게 전달하기 위해서였다.

　원래는 아침 일찍 다녀올 예정이었지만 아와리티아를 토벌했다는 소식에 성안이 시끌벅적해서인지 면회를 요청하고도 한참을 기다려야 했다.

　"아와리티아 본체는 아직 이곳에 오지 않았는데요."

　그 말을 최대한 빨리 전하고 싶었다. 신이 직접 왔다면 바로 국왕을 알현할 수 있었을지 모르지만 그를 좋게 보지 않는 귀족도 많았다.

　악마의 무서움을 무시한 채 자신의 사리사욕만 채우려드는 인간들이었다. 신과 슈니가 알현을 신청해도 중간에서 방해할 가능성이 농후했다.

　히라미는 신이 그런 점까지 고려해서 자신에게 전언을 부탁했을지도 모른다고 생각했다.

　"신 씨와 슈니 씨라면 악의가 담긴 시선 정도는 바로 알아채겠죠."

　자신도 아는 것을 신이 알아채지 못할 리가 없었다. 게임 시절에도 그런 시선이 성가시다는 이야기를 히라미에게 한 적이 있었다.

그런 생각에 잠겨 있던 히라미의 귀에 문을 노크하는 소리가 들렸다.

"많이 기다리셨습니다. 폐하께선 한동안 움직이기 힘드셔서 제가 대신 왔습니다."

노크 뒤에 문을 열고 들어온 사람은 왕도의 수호자이자 용자 중 한 사람인 시린이었다.

처음에 학교를 설립할 때 왕성에 자주 출입했던 히라미는 어느새 시린과 제법 친한 관계가 되어 있었다.

"바쁜 와중에 시간을 내주셔서 감사합니다."

서로의 직책이 있는 만큼 처음엔 형식적인 인사를 해야만 했다. 하지만 두 사람은 이내 표정을 풀며 마주 웃었다. 주변에 아무도 없을 때 조금 편하게 이야기한다고 해서 그들을 탓할 사람은 없다.

"최대한 빨리 전달해야 할 사항이 있다고 들었다. 혹시 악마에 대한 일인가?"

"응. 신 씨가 룩스리아 씨를 통해 확인했는데 아와리티아는 아직 토벌되지 않은 것 같아. 룩스리아 씨는 아와리티아가 이곳에 도착하려면 며칠 더 있어야 한다고 했어."

"그럴 리가⋯⋯?! 그건 분명 신 공이 쓰러뜨렸을 텐데⋯⋯. 내 눈으로도 분명히 확인했다."

히라미의 말에 시린도 평소의 냉정함을 잃고 흥분하며 말했다.

"다른 악마를 흡수하면 흡수한 악마의 능력을 비슷하게 사용할 수 있게 돼. 아마 태만을 흡수했을 거라고 신 씨가 말했어. 그 악마는 분신을 만들어내는 능력이 있거든. 다음에 공격해올 아와리티아의 본체는 시린이 싸웠던 녀석보다도 더욱 강할 거야."

"이럴 수가……. 그게 진짜 힘이 아니었던 건가."

신은 싸움 내내 상대를 압도했지만 신이기 때문에 가능한 일이었다. 시린이라면 대악마용 무기 없이는 제대로 싸우지도 못할 것이다.

"현재 성내는 아와리티아 토벌 소식으로 들끓고 있다. 하필이면 이럴 때……."

시린은 머리를 감싸 쥐었다. 악마에 대한 지식을 어느 정도 갖춘 국왕과 측근들은 그럴 수도 있다고 납득할 것이다.

하지만 병사들의 사기 저하는 막을 수 없었다. 자칫 잘못하면 신의 잘못이 아니냐고 비난하는 목소리가 나올지도 몰랐다.

"신 공이 아니라 정부의 조사를 통해 판명된 사실이라고 밝히는 편이 좋겠군. 무기 준비도 아직 완전히 이뤄지지 않았는데……."

"그래. 그러는 편이 동요가 적을 거야. 지난번 싸움에선 병사들의 피해가 없었으니까 이번에야말로 그들이 나라를 지켜야 한다는 식으로 시린이 잘 격려하면 사기도 많이 떨어지지는…… 않으면 좋겠어."

"그건 나와 파가르가 생각할 일이다. 아와리티아가 이쪽으로 오고 있다면 가장 위험한 건 학교겠지. 괜찮은 건가?"

룩스리아가 있는 곳은 학교의 보건실이었다. 아와리티아가 룩스리아를 노리는 이상 제일 먼저 그곳으로 향할 가능성이 높았다.

"그건 여러모로 생각 중이야. 위험할 땐 긴급 탈출 기능을 사용할 거고."

"긴급 탈출? 처음 듣는군."

"학교 안에 있는 모든 인원을 전송 마법으로 지하 대피소에 피난시킬 수 있거든. 딱 한 번만 사용할 수 있는 거라 정말 급박할 때 써야 하는 건데, 지금이 바로 그런 상황이겠지."

학교 안에 아와리티아가 침입하거나 그에 준하는 사태가 벌어진다면 히라미는 주저 없이 그것을 사용할 작정이었다.

악마끼리 진짜 모습으로 싸운다면 주변은 폐허가 되고 만다. 그런 괴수 대결전 속에서 제대로 된 피난이 이뤄질 리가 없었다.

"또 전송 마법인가……."

"또?"

"신 공도 긴급 시의 탈출 수단이라며 전송 마법의 결정석을 내게 건네줬었다. 아와리티아와의 싸움이 끝난 뒤에 돌려주었는데, 이미 소실된 줄 알았던 마법이 이렇게 자주 언급되니까 나도 모르는 사이에 부활했나 싶은 생각이 드는군."

전송 마법은 현재로서는 재현이 불가능한 기술로 전 플레이어와 선정자, 극소수의 계승자 정도만 사용할 수 있었다. 게다가 선정자 중에서도 쓸 줄 아는 사람이 거의 없었고 전 플레이어라고 해서 모두 쓸 수 있는 것도 아니었기에 제대로 된 연구가 이뤄지기 힘들었다.

"나도 길드하우스의 기능을 그대로 가져온 것뿐이라 전송 마법은 쓸 줄 몰라. 게다가 사용 방법에 따라서는 위험한 무기가 될 수도 있으니까 아무나 쓸 수 있게 되면 오히려 곤란할 거고."

나쁜 마음을 먹는다면 암살이나 침략에 효과적으로 활용할 수 있는 기술이었다. 편리하긴 해도 그만큼 위험할 수 있다고 히라미는 말했다.

시린도 히라미의 의견을 이해하지 못하는 건 아니었다.

"아, 이야기가 엇나갔지만 원래 전달하려던 건 악마에 대한 정보뿐이었어."

"괜찮다. 그 이야기는 폐하께 반드시 전해드리마."

"잘 부탁해."

무슨 일이 생기면 또 연락하겠다고 말하며 히라미는 대화를 끝냈다. 그리고 시린의 배웅을 받으며 마차를 타고 학교로 돌아왔다. 학장으로서 해야 할 일이 잔뜩 있었던 것이다.

"그것보다 강한 악마가 오는 건가. 다음 싸움에선 각오해야 할지도 모르겠군.”

히라미를 보낸 시린은 국왕의 집무실로 향했다.

신과 함께 싸우면서 느꼈던 아와리티아의 중압감을 떠올리자 주먹 쥔 손에 힘이 들어갔다. 신과 슈니의 실력은 아와리티아도 경계하고 있을 것이다. 따라서 직접적인 싸움은 피할지도 모른다. 하지만 자신에게도 과연 그러할지는 자문해볼 수밖에 없었다.

신이 건네준 무기가 있으니 일방적으로 당하지는 않을 테지만 장소에 따라서는 그 무기의 능력을 제대로 활용하지 못할 수도 있었다.

아와리티아의 능력을 잘 아는 시린은 신 일행이 도와주러 올 때까지 최대한 시간을 끄는 수밖에 없겠다는 결론을 내리며 낙담하는 표정을 지었다.

그녀는 자신의 나라를 지키기 위해 다른 사람에게 의지할 수밖에 없다는 것이 분했다.

“시린 공. 이야기는 끝났습니까?”

“남사르 공? 지금은 병사들의 훈련을 보고 계셔야 하지 않습니까?”

국왕의 집무실로 이어지는 길에서 남사르가 시린을 불러 세웠다. 여전히 음침한 표정과 분위기였지만 시린에겐 이미 익숙했다.

“신 공과 친분이 있는 히라미 님에게서 급한 연락이 왔다고

들었거든요. 중요한 정보인가 싶어 잠깐 빠져나왔지요. 뒷일
은 부장에게 맡겨뒀으니 괜찮을 겁니다."

"그러셨군요. 확실히 폐하께 급히 알려야만 하는 정보였습
니다. 이번에 토벌된 아와리티아는 분신이었고 본체는 아직
건재하다고 합니다."

시린은 주변에 인기척이 없는 것을 확인하고 작은 소리로
말했다. 이야기를 전해 들은 남사르는 눈썹을 꿈틀거릴 뿐이
었다.

"흐음, 역시 쓰러진 게 아니었군요."

"별로 놀라시지 않는 것 같은데, 혹시 예상하신 겁니까?"

남사르가 이미 알고 있었다는 듯이 말하자 시린은 놀라며
물었다.

"……."

"남사르 공? 대체 무슨―으윽?!"

남사르가 질문에 대답하지 않자 수상하게 여기던 시린의
목을 무언가가 휘감았다. 기척이 전혀 느껴지지 않았던 공격
이 시린의 목을 강하게 압박하고 있었다.

능력치가 높아 단순히 목을 졸린 정도로는 꿈쩍도 하지 않
을 시린의 호흡이 갑자기 멈추었다.

"……!!"

불가사의한 사태였지만 시린은 의식의 끈을 순순히 놓지
않았다. 평소의 훈련 덕분에 공격받았다고 인식하는 동시에

『기르딘』을 실체화할 수 있었다.

하지만 목에 감긴 무언가를 공격하기도 전에 남사르의 등에서 뻗어온 검은 그림자가 『기르딘』을 튕겨냈다.

생각지 못한 사태에 시린은 더욱 다급해졌다. 하필 숨을 뱉자마자 호흡이 멈춘 탓에 의식이 몽롱해지고 있었다.

다른 무기를 꺼내도 상대가 전부 튕겨낼 거란 생각에 목에 감긴 무언가를 맨손으로 떼어내려 했지만 단단하게 달라붙어서 도저히 불가능했다.

시린의 완력으로도 꿈쩍도 하지 않을 만큼 튼튼해서 뜯어낼 수조차 없었다.

"마지막까지 포기하지 않을 줄이야. 역시 용사라고 해야 하려나아."

어디선가 남자의 목소리가 들렸다. 젊은 남자로 보이는 그 목소리가 시린에게 강한 불쾌감을 일으켰다.

시린은 지금의 상황을 전혀 이해할 수 없었다. 하지만 몽롱해지는 의식 가운데서도 남사르를 이대로 두면 위험하다는 것만은 정확히 인식했다.

"아무것도 못 해. 얌전히 있으라고."

자폭까지 불사하며 마법을 사용하려던 시린의 몸이 다시 충격을 받았다. 이미 의식이 위태위태하던 시린은 그 공격에 저항하지 못했다.

✝

"음, 이건……?"

시린은 그렇게 중얼거리며 발을 멈추었다. 주변을 둘러보
자 그녀는 익숙한 왕성 통로를 지나고 있었다.

"시린 공? 왜 그러세요?"

"어, 아아, 아무것도 아닙니다."

시린은 앞에서 돌아보는 남사르에게 괜찮다고 대답했다.
그녀는 자신이 선 채로 졸았나 싶어 고개를 갸웃거리며 다시
걸어가기 시작했다.

"성 전체가 아와리티아 토벌 소식에 너무 들뜬 것 같지 않
습니까?"

시린은 지나쳐 가는 귀족들의 대화를 얼핏 듣고 한숨을 쉬
며 말했다.

"동감입니다. 나라 주변의 몬스터 분포도 아직 확실하게 판
명되지 않았고 고레벨 몬스터를 목격했다는 증언도 있어요.
게다가 상인들이 몬스터에 습격당해 물자 유통이 정지됐죠.
이렇게 들떠 있을 때가 아닐 텐데요."

남사르의 말마따나 해결되지 않은 문제가 아직 산더미처럼
남아 있었다.

"하지만 {아와리티아 토벌}은 몇 안 되는 좋은 소식이니까
말이죠. 어느 정도는 이해해야겠네요."

"그럴지도 모르죠. 그러면 저는 이만. 시린 공도 건강에 유의하십시오."

남사르는 전혀 걱정하는 것 같지 않은 표정으로 그렇게 말하며 사라졌다.

그와 헤어진 시린은 {기사단의 집합소}로 이동하기 시작했다. 지금부터 또 몬스터 조사와 토벌이 그녀를 기다리기 때문이다.

"자, 일하러 가자."

시린은 깨닫지 못했다. 목에 희미하게 남은 압박 당한 자국을. 통로에서 정신을 차리기 전의 기억이 전혀 없다는 사실을.

아와리티아는 아직 죽지 않았고 왕국의 위기는 코앞까지 다가와 있었다.

✝

"얼마 안 남았군."

히라미가 왕성에 정보를 전달하러 간 지 사흘이 지났을 때였다. 신 일행은 룩스리아로부터 이대로라면 며칠 내로 아와리티아가 도착할 거라는 연락을 받았다.

"정부의 대응이 조금 굼뜨게 느껴지는 게 걱정이네요."

슈니가 창밖 너머로 궁성을 돌아보며 말했다.

왕국에서는 행방불명된 상단에 대한 조사를 진행하고 있었지만 정작 악마에 대해서는 손을 놓고 있는 것처럼 느껴졌다.

슈니는 히라미가 정보를 알리러 간 다음 날에 훈련을 위해 왕성을 방문한 적이 있었다. 하지만 병사들 사이에서는 왠지 모르게 느슨한 분위기가 흘렀다고 한다.

그때까지만 해도 아직 정보가 전파되지 않아서 그럴 거라고만 생각했다.

"병사들의 동요를 우려해서 아직 발표하기 이르다고 판단한 걸까?"

"그러다간 실제로 나타났을 때 큰 혼란이 벌어질 거예요. 사기가 떨어지는 것을 감안해도 지금은 말단 병사들에게까지 정확한 정보를 알려주는 게 좋을 텐데요."

"그렇겠지."

신 일행은 요 며칠 동안 교역로에서 상단을 습격하는 몬스터를 퇴치해왔다. 길드에서도 토벌 의뢰가 쇄도하고 있었기에 신의 참전은 크게 환영받았다.

신이 나선 지 사흘이 지나자 몬스터들 사이에도 그에 대한 소문이 퍼졌는지 상단 습격을 자제하기 시작했다. 토벌을 통해 습득한 재료는 일부만 매각하고 나머지는 그대로 보존해 두었다.

"아저씨라면 뭔가 알고 있을지도 모르겠군. 가서 물어봐야겠어."

바르간은 기사단의 장비도 담당하고 있었다. 무기 주문 상황을 통해 군의 움직임을 파악할 수 있을지도 몰랐다.

별다른 일정이 없었기에 신과 슈니는 바로 공방을 찾았다.

신은 가게가 열린 것을 확인하고 공방 안으로 들어섰다. 계산대에는 언제나처럼 바르가 서 있었다.

"신 씨. 아, 유키 씨도 오셨네요. 화약상은 잘 들었어요."

바르에게도 신의 요란한 무용담이 전해진 것 같았다.

몇 메르나 되는 멧돼지형 몬스터를 축구공처럼 차서 날려버렸다거나 조류 몬스터 무리를 한꺼번에 추락시켰다는 식의 허무맹랑한 내용이었지만 바르는 전혀 의심하지 않는 듯했다.

몇 달이나 알고 지내면서 신이 얼마나 상식 밖의 존재인지 잘 알게 된 탓이었다.

"어떤 화약상을 들었는지는 이야기하지 않아도 돼. 아저씨와 할 이야기가 있는데, 안에 계셔?"

"네. 오늘은 왠지 평소와 다르신 것 같네요. 무슨 일이라도 있으세요?"

전에 동굴에서 얻은 무기를 가져왔을 때도 그랬지만 바르는 사람에 대한 관찰력이 좋았다. 신이 평소처럼 기술 단련을 위해 오지 않았다는 것을 처음 보자마자 알아본 듯했다.

"신경 쓰이는 부분이 있는데 쉽게 확인할 방법이 없어서 말이야. 엘쿤트의 안전과도 직결되는 부분이라 최대한 빨리 확실히 해두고 싶거든."

"이 나라의 안전……이라고요? 혹시 그건가……."

신의 대답을 들은 바르는 생각에 잠기는듯 눈을 내리깔았다.

"뭐 짚이는 거라도 있어?"

"할아버—사장님과 병사분의 대화를 잠깐 들은 것뿐이지만 말이죠. 제가 이야기해도 되는 건지 잘 모르겠으니까 죄송하지만 할아버지께 직접 물어보세요."

정부와의 거래 내용을 쉽게 이야기할 수는 없었기에 신은 고개를 끄덕이며 공방 안쪽으로 들어갔다. 이번에는 슈니도 함께였다.

공방에서는 쇠를 두드리는 소리가 들리지 않았다. 신이 공방에 들어가자 바르간은 팔짱을 낀 채 생각에 잠겨 있었다.

"무슨 일 있어? 공방에서 아무것도 하지 않고 가만히 있는 건 처음 보는데."

"……너로군. 쇠를 두드리기만 한다고 대장장이인 건 아니다. 뭐, 이번 일은 대장장이 기술과 아무 상관도 없지만 말이지."

바르간은 납득이 안 간다는 듯이 얼굴을 찡그리고 있었다.

"무슨 일인지 물어봐도 돼? 병사와 이야기했다는 걸 바르에게 들었거든. 아, 무슨 내용인지는 아직 몰라."

"괜찮다. 너하고도 상관이 있는 일이니."

"나하고? 그렇다면 역시 악마와 관련된 건가⋯⋯."

역시 무슨 일이 있었나 보다고 신은 생각했다. 엘쿤트와 대장장이, 그리고 신까지 엮일 만한 일은 그것뿐이었다.

"정부 녀석들은 악마가 토벌됐으니 이제 대악마용 무기를 만들지 않아도 된다고 하더군. 나도 위기가 지나가서 신이 난 사람들에게 찬물을 끼얹으려는 건 아니다. 하지만 악마가 그렇게 쉽게 죽는 존재더냐? 그렇게 쉽게 포기할 리가 있느냔 말이다. 난 그게 아무래도 마음에 걸리는구나."

대악마용 무기를 만드는 과정에서 악마에 관한 자세한 정보를 알게 된 바르간은 정부의 대응에 납득이 가지 않는 듯했다.

"아저씨, 그 병사가 언제 왔다 간 거야?"

"언제고 뭐고, 바로 오늘이었다. 높으신 분들은 내가 모르는 무언가를―."

"이상해."

바르간의 말이 끝나기도 전에 신의 목소리가 끼어들었다.

"뭐가 이상하다는 게냐?"

"악마는 아직 죽지 않았거든. 고위층들도 이미 알고 있을 텐데⋯⋯."

"뭐?"

신의 말을 듣자 바르간의 찡그리던 표정이 경악으로 물들었다.

"그럴 리가……. 그렇다면 대체 왜 대악마용 무기의 주문을 취소한단 말이냐?"

"보고가 어딘가에서 차단되었거나 고위층들의 정신이 나간 걸 수도 있겠지. 어찌 됐든 제대로 돌아가고 있진 않다는 얘기야."

히라미는 분명히 전했다고 했다. 히라미가 무슨 일을 당한 것 같지는 않았기에, 수상한 것은 전달 받은 상대나 그 상관일 거라고 신은 생각했다.

시간이 다소 지났다지만 전에 국왕을 만나고 왔을 때만 해도 이상한 점은 없었다. 그 직후 고위층이 누군가에게 장악당한 것인지도 모른다.

"악마의 짓……일까요?"

"글쎄. 하지만 악마 숭배자들도 있다고 했잖아. 그런 녀석들이 움직였을 수도 있어."

"그런 놈들이 있는 게냐?"

신과 슈니의 대화에 바르간이 끼어들었다. 악마에 협력하는 자들이 있다는 것 자체를 이해하지 못하는 것 같았다.

"원래 악마의 먹잇감은 사람들의 욕심이라고 하잖아. 거기에 사로잡힌 사람들도 있는 거겠지."

"머리가 아파오는군. 하지만 부정할 수 없는 것도 사실이다."

바르간은 머리에 손을 올리며 눈을 감았다.

"어쨌든 고위층이 어떻게 되었는지 확인해보는 게 좋을 것 같아."

"확인할 방법이 있는 거냐?"

"그야 뭐, 나름대로."

신은 말끝을 흐리며 어깨를 으쓱해 보였다.

"우리도 나름대로 방법을 찾아볼 테니 소란은 피우지 말거라. 그리고 무기는 원래 예정대로 만드는 편이 나을 것 같으냐?"

"시끄럽게 행동할 생각은 없어. 무기는 되도록 만드는 게 좋을 거야. 나중에 분명 필요할 테니까."

아와리티아가 이제 곧 온다는 말은 하지 않았다. 하지만 신의 눈을 가만히 들여다보던 바르간은 서두르겠다는 말과 함께 망치를 집어 들었다.

신도 고개를 끄덕이며 공방을 나왔다.

"왕성으로 갈까요?"

"그래. 지금은 시간을 들어서 정공법으로 나갈 만한 여유가 없을 것 같아."

신은 숨어들 거라는 뜻을 넌지시 드러냈다. 악마에 관한 중요한 보고가 차단될 정도라면 정식으로 면회를 요청해도 받아들여질 가능성이 낮을 것이다.

신은 인기척이 드문 골목길로 들어가서 【은폐】로 모습을 감춘 뒤 높이 뛰어올랐다. 공방 지붕 위로 내려선 신은 슈니가 따라오는 것을 확인하고 왕성으로 달리기 시작했다.

하지만 두 사람이 움직이기 시작한 바로 그 순간에 생각지도 못한 일이 발생했다.

"뭐야?!"

폭발음과 비슷한 굉음이 울려 퍼졌다. 신은 놀라며 소리가 난 쪽을 돌아보았다.

"저건 설마……."

같은 곳을 바라본 슈니도 놀라움을 감추지 못했다.

그도 그럴 것이 며칠 뒤에야 나타날 거라고 여겼던 아와리티아의 거대한 몸이 도시의 외벽을 파괴하고 있었던 것이다.

던전에서 신 일행이 쓰러뜨렸던 개체의 두 배가 넘는 7~8 메르의 거구였다. 그런 몸으로 내뻗는 주먹이 도시를 둘러싼 성벽을 차례차례 무너뜨렸다.

흙먼지가 피어오르고 벽이 무너지는 소리가 신과 슈니의 귀에도 들려오고 있었다.

"가자. 무슨 상황인지 모르지만 아와리티아가 왔어!"

"네!"

아와리티아 뒤로는 몬스터 다수의 반응이 접근하고 있었다. 질서 있게 대열을 갖춘 몬스터 군단을 보며 신은 동굴에서 본 몬스터들을 떠올랐다. 아마 무장까지 하고 있을 것이다.

반면 아와리티아 앞에서는 사람들의 반응이 사방으로 흩어지고 있었다.

움직이지 않는 몇몇 반응은 아와리티아를 보고 그대로 굳어버렸거나 무너진 성벽에 부상이라도 입은 것이리라.

"위험해. 저 녀석이 안으로 들어오면 보통 일이―."

"신?"

슈니가 갑자기 말을 끊는 신을 돌아보자 그의 손에는 메시지 카드가 들려 있었다.

"룩스리아도 무슨 일이 벌어진 건지 모르겠다나 봐. 감지 능력을 빠져나가듯 이동했다면…… 설마 전송 마법이라도 사용한 건가?"

"결정석만 있다면 이론상으로 가능하겠죠."

전송 마법은 플레이어만 사용할 수 있는 스킬이라는 것이 신이 아는 상식이었다.

몬스터는 전송 스킬을 습득할 수 없고 애초에 순간 이동을 할 필요성도 없었다.

기본적으로 정해진 범위 안을 배회하거나 한 곳에 머무르는 것이 몬스터이기 때문이다.

플레이어처럼 다른 도시로 이동하거나 길드 홈과 필드를 바쁘게 돌아다니지는 않는다.

"제길, 맞는 말이야. 룩스리아를 보면 아와리티아도 지성을 갖췄을 게 뻔한데. 전송 마법으로 기습해오다니, 싸우는 법을 잘 아는군!"

신은 한 방 먹은 분노를 담아서 외쳤다.

아와리티아는 성문 대신 동문과 서문의 중간 정도 지점을 파괴하고 있었다. 도시 주변의 숲에서 가장 가까운 위치였다. 몬스터의 존재를 끝까지 숨기기에는 안성맞춤인 장소다.

"슈니, 밖에서 오는 몬스터들을 부탁할게. 도망치지 못한 사람들을 구해줘."

"아와리티아와 혼자 싸울 생각이세요?"

"걱정 마. 저 녀석이 원래의 힘을 가졌다 해도 질 것 같진 않으니까. 일단은 저 녀석을 있는 힘껏 쥐어패서 성벽 밖으로 날려버려야겠어."

신과 슈니는 폭발적인 속도로 지붕 위를 달렸다. 아와리티아는 외벽 파괴를 우선하고 있는지, 내부로 진입해서 난동을 피울 기미는 아직 없었다.

이런 상황이라면 아직 수습할 수 있겠다고 생각하는 신을 비웃듯이, 그가 현장에 도착하기 직전에 아와리티아의 거구가 눈앞에서 사라졌다.

"제길. 저 녀석, 사람 형태가 된 건가."

미니맵에 큼지막하게 표시되던 반응도 아와리티아가 변신하면서 작게 바뀌었다. 게다가 허둥대는 사람들 틈에 섞이자 구분조차 힘들었다.

그러나 몬스터의 반응은 사람과 달랐다. 모든 장소가 사람들로 가득한 건 아니기 때문이다.

무너진 외벽 틈새로 몬스터들이 아직 진입하지 않은 지금이라면 놓칠 리는 없었다.

하지만 그런 신의 생각은 이번에도 어긋나고 말았다.

"이봐, 이봐. 도시 안에 몬스터 반응이 나타났어."

"이건 대체……."

슈니마저 당황하고 있었다. 도시 밖의 몬스터 반응은 아직 멀리 떨어져 있었기 때문이다.

갑자기 나타난 몬스터 반응은 전혀 새로운 것이었다.

그 결과 몬스터에 섞인 아와리티아를 구분할 수 없는 최악의 사태를 맞이하고 말았다. 바로 룩스리아에게 가는 대신 몬스터 사이에 숨는 방법을 택한 듯했다.

"아와리티아의 반응을 놓쳤어요……."

"나도 마찬가지야……."

처음에는 몬스터의 숫자가 적어 따라갈 수 있었지만 몬스터가 밀집한 곳으로 진입하는 순간부터는 무엇이 아와리티아의 반응인지 알 수 없게 되었다.

"안 좋은데. 왕성 쪽에서도 몬스터 반응이 있어. 대체 어떻게 된 거지?"

직접 보이는 범위 내에서도 다양한 몬스터들이 도시 안에서 날뛰고 있었다.

대열을 갖춰 침공하는 다른 몬스터와 달리 특별한 목적이 없는 움직임이었다. 제멋대로 난동을 피우는 것에 가까웠다.

"도시를 혼란시키기 위한 선발대로군. 하지만 사람들에겐 충분히 위협적이라는 게 문제야."

모험가가 많은 길드나 위병 집합소 주변이라면 몬스터가 출현하더라도 맞서 싸울 수 있었다.

몬스터의 레벨은 높아봐야 200이었고 대부분이 단독 행동을 하고 있었기 때문이다.

"어떻게 할까요?"

걸음을 멈춘 신을 똑바로 응시하며 슈니가 물었다.

몬스터만 골라서 날려버리는 편리한 스킬은 없었다. 지금 이곳에는 신과 슈니뿐이다. 무엇을 취하고 무엇을 버릴지 선택해야만 했다.

"아까 말한 것처럼 슈니는 도시 밖의 몬스터들을 맡아줘. 도시 안에 나타난 몬스터보다 훨씬 강하니까 맞서 싸울 수 있는 사람이 많지 않을 거야."

도시 쪽으로 진군하는 몬스터들은 전에 신이 동굴에서 본 것과 비슷한 레벨일 것이다. 도시 안에 나타난 몬스터와는 비교도 되지 않게 강한 것이다.

"신은 어디로……?"

"난 룩스리아에게 가볼게. 아와리티아가 나타난다면 그곳일 확률이 가장 높아."

아와리티아가 쳐들어온 목적은 확실했고 달리 생각나는 장소도 없었다. 신이라면 혼자서 쓰러뜨리는 것도 불가능은 아니었기에 가장 가능성이 높은 곳에 가보기로 한 것이다.

"밖이 정리되면 도시 안의 몬스터들도 처리해줘. 엘쿤트의 군대로는 대처하기 힘들 거야."

슈바이드를 비롯한 다른 동료들이 있었다면 얼마나 좋았을까.

차오바트에게 사정을 이야기해서 데려와 달라고 부탁하려 했지만 필마, 세티는 데몬에게 점거된 도시를 탈환하느라, 슈바이드, 티에라는 시들어가는 세계수를 부활시키느라 올 수 없다는 연락이 왔다.

양쪽 모두 중요한 일이었고 원군을 기대하기는 힘들었다.

"알겠어요. 최대한 서두를게요."

서로 고개를 끄덕여 보인 뒤에 신은 학교로, 슈니는 무너진 성벽 밖으로 달리기 시작했다.

엘쿤트의 위기는 아무도 예상하지 못한 타이밍에 시작되고 있었다.

악마의 고치 | Chapter 4

외벽이 바깥에서 무너진 것은 엘쿤트 주민들을 공황 상태
에 빠뜨리기 충분했다.

　하필 외벽 근처에 있던 사람들과 마차들은 떨어지는 잔해
에 파묻혔고 진동과 여파만으로도 많은 부상자가 나왔다.

　하지만 악몽은 그것으로 끝나지 않았다. 무너진 외벽 너머
에서 이 재앙의 장본인이 모습을 드러냈기 때문이다.

　"뭐야…… 저거…….."

　상반신만으로 이루어진 몸의 높이가 외벽과 비슷했다. 우
람한 몸통 위에 사자의 얼굴을 깔아뭉갠 것 같은 형상이 있었
고, 그 입에서 해골을 뒤집어쓴 수산양의 얼굴이 뻗어 나와
있다. 비뚤게 휜 뿔은 검고 섬뜩했다.

　사람들이 아는 몬스터와 크게 동떨어진 모습이었고 모험가
들조차 얼굴이 하얗게 질릴 정도였다.

　"윽, 왠지 기분이……."

　겁에 질려 움직이지 못하던 주민들이 악마의 힘에 노출되
었다. 아와리티아의 상태 이상 공격은 저항력이 전무한 일반
인에게 특히 효과적이었다.

　신과 시린만큼 강하다면 불쾌감 정도로 끝날 테지만 저레

벨의 주민들에겐 버틸 힘이 없었다. 멈춰서 있던 주민들뿐만 아니라 큰 부상을 입고 비명을 지르던 사람들까지 움직임을 멈춘 채 고통에 몸부림쳤다.

모험가와 위병도 예외가 아니었다. 일반 주민보다는 훨씬 강한 그들조차 아와리티아의 힘 앞에서는 제대로 서 있기도 힘들어 보였다.

레벨 750. 선정자 중에서도 극히 일부만이 싸울 수 있는 수준이었다.

레벨 상한선이 정해진 인간은 거의 도달할 수 없는 경지이기에 『싸움』 자체를 성립시키기기도 쉽지 않았다.

특출하게 강하지 못하다면 『싸움』이 아닌 단순한 『유린』이 되어버리니까 말이다.

"어떻게 된 거야? 악마는 쓰러졌다고 하지 않았어?"

잘못된 정보를 굳게 믿고 있던 위병이 몸을 일으키려 악을 쓰며 중얼거렸다.

용사와 악마 사냥꾼 일족의 힘으로 엘쿤트를 노리던 악마는 토벌되었다고 했다.

국가 고위층이 발표한 내용이니 믿지 않을 수 없었다.

하지만 그렇다면 지금 눈앞에 있는 존재는 뭐란 말인가. 저 무시무시한 모습과 힘은 악마의 것이 아니란 말인가.

악마라는 적을 계속 의식해온 위병들은 외벽을 무너뜨린 상대를 보자 그런 생각을 가질 수밖에 없었다.

"누가 좀 살려줘……."

"움직일 수 있는 녀석은 없는 거냐?"

"제길…… 몸이 무거워……."

곳곳에서 도움을 요청하는 목소리가 들려왔다.

모험가와 위병 중에 간신히 버티고 선 사람들도 있었지만 그뿐이었다. 자기 몸 하나 건사하기도 힘든 상황에서 남을 도울 수 있을 리 없다.

지금 이곳만 해도 상당한 숫자의 부상자, 그리고 사망자가 있었다. 외벽을 무너뜨린 몬스터가 언제 안으로 들어올지 모르는 상황에서 사람들을 피난시키는 것은 무리였다.

하지만 병사들이 모르는 곳에서 상황이 바뀌었다. 그곳에 있는 모든 이를 괴롭히던 불쾌감이 갑작스레 사라진 것이다.

"뭐……지?"

"머리가 어지럽군."

"이봐! 밖에 있던 녀석이 사라졌어!"

나른한 몸을 일으키던 위병들 중에서 회복력이 빠른 한 명이 외벽 쪽을 보며 외쳤다.

다른 위병들이 황급히 외벽을 올려다보자 무너진 외벽의 잔해가 산더미처럼 쌓여 있을 뿐, 파괴를 일삼던 몬스터는 어디에도 없었다. 그 대신 휑하니 뚫린 외벽의 공백 부분이 눈에 들어왔다.

그리고 그 위로 모래 먼지가 피어오르고 있었다.

"뭔가…… 오고 있다."

"몬스터야! 하지만 이상하군. 저 녀석들, 무장하고 있다고!"

시력이 좋은 병사 하나가 믿기지 않는다는 듯이 소리쳤다. 대열을 이뤄 돌격해오는 몬스터는 모두가 갑옷을 걸치고 손이 있으면 무기를, 없으면 뿔이나 이빨을 강화하는 장비를 착용하고 있었다.

"제길. 길드와 군에 긴급 연락이다! 움직일 수 있는 녀석들은 무기를 들어! 여기서 막지 못하면 도시 안으로 쏟아져 들어올 거다!"

"저 숫자 안 보여?! 게다가 전부 한 번도 본 적 없는 몬스터들이야. 이런 상황에서 막아낼 수 있을 것 같냐고. 일단 물러나는 것도 방법이야."

"안 돼. 저것들이 벽을 넘으면 피해가 얼마나 클지 몰라!"

큰 소리로 다투는 병사들의 손이 하나같이 떨리고 있었다.

치안 유지를 위해 전투 훈련을 받아온 그들은 눈앞의 몬스터들이 얼마나 위험한지 잘 알고 있었다.

싸우면 전멸할 것이 뻔하다. 후퇴하자고 주장하는 병사의 말도 틀린 것은 아니었다.

하지만 뒷일을 생각하면 쉽게 물러날 수도 없었다. 도시 안에 거주하는 사람 대부분은 싸우는 법을 몰랐다.

몬스터와 마주칠 경우 운이 좋아야 바로 죽고 운이 나쁘면 산 채로 잡아먹힐 것이다. 한 나라의 군인으로서 그것을 용납

할 수는 없었다.

"아아, 제기랄! 나도 할 수만 있으면 지키고 싶다고!"

"그러면 다 함께 지혜를 모아보자. 여기서 무작정 막으려 해도 틀림없이 뚫릴 거다."

"쳇, 알았어. 거의 통하진 않겠지만 활과 마법으로 조금이라도 시간을 번다! 도망칠 놈들은 빨리 꺼져!"

후퇴를 주장하던 병사는 이야기할 시간도 아깝다는 듯이 큰 소리로 외쳤다. 그 역시 엘쿤트를 지키는 군인이다. 결코 일신의 안전을 위한 주장은 아니었던 것이다.

"쳇, 아무도 안 가잖아. 나만 이상한 사람 된 거 같네."

"그렇지도 않아. 우리가 이렇게 싸운 덕에 결심을 굳힌 녀석들도 있는 것 같으니까."

"나보다 이상한 놈들도 많구먼. 너 때문에 휘말렸으니까 나중에 한턱 쏴!"

"살아남는다면 말이지!"

두 사람은 각오를 굳힌 용감한 미소로 몬스터를 주시했다. 다른 위병들과 근처에 있던 일부 모험가들도 무기를 들고 있었다. 그들 역시 전부 엘쿤트 출신이었다.

다들 웃고는 있지만 간신히 용기를 쥐어 짜내고 있는 것도 사실이었다.

"온다……."

활을 든 사람, 원거리 공격 마법을 사용하는 사람들이 공격을 시작했지만 몬스터는 한 마리도 쓰러지지 않았다. 명중하더라도 갑옷에 가로막혔기 때문이다.

땅울림과 함께 몬스터들이 가까워지고 있었다.

하지만 외벽 틈새를 통해 도시로 들어오지는 못했다. 수많은 번개 화살이 위병들의 머리 위를 지나 적에게 쏟아졌기 때문이다.

번개 화살은 단단한 갑옷과 몬스터의 피부를 순식간에 꿰뚫었고 앞쪽에서 몰려오던 몬스터들을 행동 불능 상태로 몰아넣었다.

아직 숨이 붙은 몬스터도 있었지만 대미지와 마비 때문에 제대로 움직이지 못했다. 뒤따르던 몬스터들은 쓰러진 동료들을 밟아 죽이기도 했고, 반대로 발이 걸려 넘어지면서 대열이 흐트러지기도 했다.

"맙소사…… 저게 뭐야."

"또 오는데?!"

번개 다음으로 날아든 것은 얼음 화살이었다. 다만 위병들이 알던 것보다 백 배는 컸다.

화살이라기보다 거대한 얼음 기둥에 가까운 그것은 몬스터 무리 위에서 폭발하더니 가느다란 화살비가 되어 땅에 쏟아졌다. 번개 화살의 범위 밖에 있던 적을 노린 공격이었다.

얼음 화살비는 번개 화살과 마찬가지로 몬스터의 갑옷과 피부를 쉽게 꿰뚫었다.

몬스터의 종류에 따라 얼음이 아예 관통하기도 했고 몸에 박혀 있는 경우도 있었지만 적들의 기세를 막아내기엔 충분했다.

"엄청나네."

몬스터들이 차례차례 쓰러지는 가운데 누군가가 중얼거렸다.

만약 이곳에 전 플레이어가 있었다면 처음의 번개 화살은 번개 마법 스킬【선더 스플릿】, 이어진 얼음 화살은 물 마법 스킬【아이스 애스트】라는 것을 알아보았으리라.

몬스터는 아직 많이 남아 있었지만 눈앞에서 작렬한 마법 앞에서는 대단한 숫자가 아닐 거라고 병사들은 생각했다.

이 정도의 마법사라면 매우 유명한 인물일 것이다.

번개와 얼음. 위력도 아츠가 아닌 스킬이었다. 거기까지 생각이 미치자 해당하는 인물이 아무도 떠오르지 않아 그 자리에 있던 모두가 고개를 갸웃거렸다.

그때 마법을 사용한 장본인이 땅에 내려섰다.

붉은 롱코트와 핫팬츠에 까만 롱부츠, 바람에 휘날리는 금발.

가냘픈 체격과 머리카락 사이로 드러난 긴 귀, 그리고 방금 사용한 마법의 위력을 통해 병사들은 그녀가 하이 엘프일 거라 생각했다.

그와 동시에 그녀가 양손에 붉은색과 파란색 단검을 들고 있는 것에 위화감을 느꼈다.

압도적인 몬스터 무리를 날려버릴 정도의 마법사라면 강력한 지팡이를 들고 있을 거라 예상했던 것이다.

당황하는 병사들 앞에서 하이 엘프는 왼손에 든 붉은 단검을 나머지 몬스터 쪽으로 뻗었다. 그러자 잠시 뒤 칼끝에서 진홍색 빛이 솟구쳤다.

화염 마법 스킬 【크림슨 레이】였다.

마력에 의해 고밀도로 응축된 열선이 몬스터 사이를 가로질렀고 열선이 지나간 곳을 따라 지면에서 화염이 꽃을 피웠다.

남은 몬스터들이 화염에 타올랐다. 앞서 사용했던 마법과 비교조차 되지 않는 위력이었다.

열선을 정통으로 맞은 몬스터는 얼음처럼 녹아버렸고 다른 몬스터들도 갑옷 유무와 관계없이 폭발의 충격과 열선의 여파로 산산조각 나거나 불타올랐다.

열선이 지나간 뒤에는 처참하게 그을린 자국과 사체만이 남아 있었다.

"우리는 뭘 위해 그런 결의를 했던 거지?"

"마음을 재확인하려고…… 그랬을 수도."

사태가 급변에 급변을 거듭한 탓에 위병들도 혼란에 빠졌다. 하지만 그와 동시에 가슴을 쓸어내린 것도 사실이었다. 일시적인 것인지는 모르지만 위험은 지나간 것 같았다.

하지만 그런 생각은 오래가지 못했다.

"이봐! 도시 안에서 몬스터가 난동을 피우고 있어! 싸울 수 있는 놈들은 도우러 가!"

"뭐라고?!"

하이 엘프의 압도적인 존재감과 마법 스킬의 위력에 넋을 잃고 있던 병사들은 들려온 말의 의미를 이해하고 퍼뜩 정신을 차렸다.

목소리가 외벽 안쪽에서 들려온 것을 보면 몬스터가 이미 도시 안으로 진입한 셈이었다.

그들은 제일 먼저 성문이 돌파 당했을 가능성에 대해 생각했다.

성문을 잘 닫아걸면 어느 정도는 버텼을 테지만 배후에서 대량의 몬스터가 출현할 경우 성문 주변은 공황에 빠질 것이다. 닫기도 전에 돌파 당했을 가능성은 충분했다.

"다른 곳의 외벽과 문은 돌파 당하지 않았어요. 이유는 모르겠지만 도시 안에 갑자기 몬스터가 출현한 것 같아요. 레벨은 낮지만 숫자가 많아서 도시 전체에서 비슷한 일이 벌어지고 있어요. 여기는 제가 막을 테니 가까운 곳부터 진압해주세요."

얼마 남지 않은 적들을 개별적으로 처치하던 하이 엘프가 선명한 목소리로 병사들에게 말했다.

외벽에 도착할 때까지 확인한 몬스터의 레벨은 기껏해야

100을 조금 넘기는 정도였다.

숫자가 많긴 했지만 그 정도라면 위병과 모험가도 충분히 상대할 수 있었다.

"뭐가 뭔지 모르겠군."

"그런 소리 마. 저 여성 분의 말이 맞다면 우리도 대처할 수 있어. 여기는 일단 맡겨두고 다른 곳으로 간다."

"어쩔 수 없군!"

몬스터의 레벨을 듣고 안도하거나 힘들다고 투덜대는 등 다양한 반응을 보이면서도 병사들은 다들 무기를 쥔 채 싸우기 위해 달려갔다.

"자, 저도 서둘러야겠네요."

하이 엘프는 병사들이 이동하는 것을 확인하고 무너진 외벽 쪽을 바라보며 중얼거렸다.

위병들은 몬스터나 마법의 위력에 정신이 팔려 알아채지 못했지만 그녀의 정체는 바로 변장한 슈니였다. 변장 상태였기에 장비도 활동성을 중시한 경장비였다.

외벽은 돌파된 곳을 제외하면 멀쩡해 보였지만 충격의 여파가 어디까지 미쳤는지는 알 수 없었다.

슈니가 몬스터를 섬멸할 때 일단 【선더 스플릿】과 【아이스 애스트]로 가까운 적을 처리한 후 멀리 떨어진 잔당을 【크림슨 레이】로 날려버린 것도 그 때문이었다.

처음부터 【크림슨 레이】를 연사했다면 좀 더 빨리 정리되었으리라.

하지만 무너지기 시작한 외벽 근처에서 폭발형 마법을 사용한다면 추가 붕괴를 일으킬 위험이 있었다.

"혹시 모르니까 강도를 보충해둬야겠어요."

외벽을 이대로 방치해두면 다른 몬스터들이 들어올 수 있었다.

슈니는 일단 흙 마법으로 흙을 생성한 뒤 단단하게 압축한 흙의 그물을 만들었다. 그리고 그것을 뼈대 삼아 거대한 얼음 장벽을 구축했다.

슈니의 마력 덕분에 그 강도는 원래의 외벽 못지않았다. 얼음이므로 시간이 지나면 녹을 테지만 어디까지나 응급 조치였기에 문제 될 것은 없었다. 그대로 놔두더라도 1주일은 버틸 것이다.

"몬스터는 저걸로 끝이었던 걸까요?"

슈니는 외벽 위로 뛰어 올라가서 몬스터가 숨어 있던 숲을 바라보았다.

슈니의 감지 범위는 신만큼 넓지 못했지만 시야가 미치는 곳까지는 충분히 커버할 수 있었다. 숲 속을 비롯한 어디에서도 방금 전 같은 움직임은 보이지 않았다.

몬스터의 반응은 있었지만 기껏해야 두세 마리가 모여 다니는 정도였다. 반응의 방향과 움직임도 제각각이었고 이번 침공과는 전혀 무관한 듯했다.

"남은 건 도시 안의 몬스터뿐이네요."

바로 가까운 곳에서 시작해도 될 테지만 슈니는 일단 느껴지는 반응과 자신의 미니맵을 가만히 응시했다.

단순히 몬스터를 쓰러뜨리는 것만으로는 근본적인 해결이 될 수 없다. 슈니는 독특하게 움직이는 개체나 빽빽하게 밀집된 곳 등이 없는지를 꼼꼼히 살펴보았다.

아와리티아가 쓰러질 때까지 몬스터들이 계속 출몰하는 거라면 신이 해치우기를 기다리면 된다.

하지만 그게 아니라면 슈니가 직접 원인을 찾아내는 수밖에 없었다.

"······! 이건······."

그렇게 몇 분 정도가 지났을 때였다. 미니맵과 눈싸움을 하던 슈니의 시선이 한 곳에 집중되었다.

그곳에는 불과 몇 초 전까지 몬스터가 멈춰서 있었다. 그런데 사냥감을 찾아 움직인 뒤에 놀라운 일이 벌어졌다.

아무것도 없던 곳에서 갑자기 몬스터의 반응이 출현한 것이다.

"그렇군요. 다른 곳에서 몬스터가 전송되고 있는 거였어요. 도시 곳곳에 이런 포인트를 만들어둔 거네요."

조련사의 【종마 소환】을 사용했거나 전송 포인트를 설정해 둔 것이리라. 슈니는 몬스터가 나타난 지점을 향해 달리기 시작했다.

지붕을 타고 달려 도착한 곳에서는 몬스터들이 여기저기서 날뛰고 있었다. 몬스터 출현 포인트 근처였기에 숫자가 꽤 많았다.

"비키세요."

슈니는 거리를 점령한 몬스터들을 향해 주저 없이 돌진했다.

오른손에 든 『유리염(瑠璃焔)』에서는 희푸른 불꽃이, 왼손에 든 『비염(緋炎)』에서는 진홍색 불꽃이 뿜어져 나왔다.

공격 당한 몬스터들은 검신에서 옮겨 붙은 화염이 온몸으로 번지며 순식간에 잿더미로 변했다.

스쳐 지나가는 몬스터들을 빠르게 베어내며 불꽃을 일으키는 모습은 춤 동작처럼 아름다웠다.

도시 안에 출현한 몬스터들은 레벨이 낮고 무장도 없었기에 당연한 결과였다.

몬스터를 무시한 채 지붕 위로 이동할 수도 있었지만 주민들과 궁지에 몰린 모험가들을 구하기 위해서는 어쩔 수 없는 일이었다.

발생 원인을 제거하는 것이 피해를 막는 가장 빠른 방법이다. 하지만 눈앞에서 위험에 빠진 사람들을 못 본 체하고 넘어갈 수는 없었다.

신이라면 분명 이렇게 행동했을 것이다.

"이건⋯⋯."

도착한 곳은 흔한 상점이었다. 다만 입구는 무참히 파괴되고 몬스터가 가게 주변을 배회하고 있었다.

슈니는 몬스터를 일격에 해치우고 안으로 들어갔다.

폐허가 된 가게 안에 몬스터를 불러내는 원흉이 있었다. 하지만 슈니가 예상한 것과는 조금 다른 모습이었다.

5메르 정도 넓이의 창고 같은 공간이 펼쳐져 있었고, 바닥 가득 펼쳐진 마법진 앞에서 마법사 복장의 남자가 지팡이를 높이 쳐들고 있었다.

그리고 슈니의 눈앞에서 마법진이 빛나며 몬스터가 나타났다. 남자의 괴로워하는 목소리와 함께였다.

"살⋯⋯줘⋯⋯."

남자는 몬스터가 잿더미로 변하는 것을 보더니 쉰 목소리로 말했다.

슈니를 바라보는 남자의 얼굴은 뺨이 움푹 패이고 피부도 거무죽죽해서 죽어가는 사람 같았다. 로브 밑으로 희미하게 보이는 머리카락도 부자연스럽게 새하얀 데다 지팡이를 든 손은 미라 같았다.

강력한 드레인에 당했을 때와 유사한 증상이었다.

"무슨 짓을⋯⋯."

슈니는 남자의 현재 상태를 간파했다. 그녀는 신을 기다리던 500년 동안 많은 것들을 목격해왔다. 그중에는 차마 형용하기 힘들 만큼 잔혹한 것들도 많았다.

상대가 사람일 때가 있는가 하면 몬스터일 때도 있었다. 남자의 증상은 희귀한 것이 아니었다.

그는 몬스터를 소환하기 위한 마력을 강제로 빼앗기는 마력 탱크가 되어 있었다. 모든 증상이 그것과 일치했다.

"……."

슈니는 말없이 『유리염』을 휘둘렀다. 공중에서 푸른 검기가 일어나며 남자의 목이 바닥에 떨어졌다. 남자의 시체는 지면에 쓰러지기도 전에 푸른 화염에 잿더미가 되었다.

남자가 완전히 사망하자 마법진이 침묵했다. 남자의 목숨과 연결되어 있었던 것이다. 마법진은 사람의 목숨을 마력으로 바꾸어 죽기 직전까지 마력을 흡수한다.

슈니가 발견한 시점에 남자의 HP와 MP는 모두 0이었다. 남은 생명력을 쥐어 짜내기 위해 목숨이 유지되고 있었을 뿐이다.

이렇게 되면 더 이상 살릴 방법은 없었다. 목숨을 끊어주는 것이 최선의 자비였다.

"다른 곳도 이런 걸까요……."

슈니는 만약을 위해 신에게 배운 스크린샷으로 마법진을 기록해두었다.

만약 다른 곳의 상황도 동일하다면 시술자가 사망하는 순간 소환이 완전히 멈추게 된다.

몬스터의 출현 포인트를 전부 없애지 않더라도 시간이 경과하면 정지될 가능성도 없지는 않았다.

물론 확실하지는 않았다. 다른 방법으로 몬스터를 소환하는 곳이 있을지도 몰랐고 출현하는 몬스터가 점점 강력해질 수도 있었다.

슈니는 섣부른 판단을 자제하고 다른 포인트도 처리하기로 했다. 소환용 마법진의 규모를 고려해 어느 정도 넓은 가게나 창고 등으로 범위를 좁혀서 지도를 확인했다.

"이건 조금 이상하군요."

몬스터 반응은 도시 전체에 넘쳐나고 있다.

전부 세어본 것은 아니므로 얼마나 빨리 늘어나고 있는지는 알 수 없지만, 슈니의 경험에 비추어 보면 마법진을 통한 소환은 몇 분에 한 마리 정도였다. 한 시간에 20~30마리가 고작이다.

외벽이 무너진 뒤로 아직 30분도 지나지 않았지만 몬스터가 너무 빨리 늘어나고 있었다.

그렇다면 발생원인 마법진이 엄청나게 많다는 결론이 나온다.

다만 미니맵으로 몬스터의 출현 포인트를 확인하던 슈니는 그 숫자뿐 아니라 설치된 장소에서도 위화감을 느꼈다.

처음에는 넓이와 위치에만 한정해서 주시하느라 깨닫지 못했지만 자세히 관찰해보자 이상한 곳에서 몬스터들이 출현하고 있음을 알 수 있었다.

"큰길에도 출현 포인트가 있다니? 그렇다면 주민이나 병사들도 분명히 발견할 텐데……."

발견되기 쉬운 것은 물론이고 설치 자체도 어려울 것이다. 슈니가 보기에 마법진에 은폐 공작이 되어 있는 것 같진 않았다.

"이 반응은 길이 없는 곳을 이동하고 있네요?"

슈니는 상점으로 오는 도중에 건물을 부수며 나아가는 개체를 발견했다. 하지만 그런 것치고는 이동 속도가 너무 빨랐다. 장애물 따윈 없는 것처럼 나아가고 있었다.

거기까지 생각이 미치자 슈니는 깨달았다. 즉시 미니맵을 조작해서 지하까지 포함한 입체 표시 방식으로 변경했다.

"역시, 지하 수로가 있었네요."

어느 정도의 규모를 갖춘 나라와 도시라면 지하에 용수로를 만들어둔다. 현실 세계의 하수도처럼 구석구석까지 복잡하게 이어진 그곳에 마법진이 설치된 것이다.

"상황이 안 좋군요."

슈니가 혼자 처리하기에는 숫자가 너무 많았다. 내벽 안쪽의 왕성 근처에서 움직이는 몬스터 반응이 있을 정도였다.

"유키 씨!"

일손이 너무 부족했다. 좋은 방법이 없나 고민하며 가까운 포인트부터 처리하던 슈니를 누군가가 큰 소리로 불렀다.

소리가 난 쪽을 돌아보자 모험가 몇 명과 동행한 마사카도가 자신의 애검을 높이 들고 있었다.

"급한 와중에 죄송하지만 지금 사태를 해결할 만한 좋은 방법이 없을까요? 눈에 띄는 몬스터를 쓰러뜨리며 오긴 했지만 숫자가 도무지 줄어드는 것 같지 않아서요."

오랜만의 재회였지만 마사카도는 바로 본론부터 꺼냈다.

슈니도 재빨리 자신이 알아낸 정보를 공유했다.

"사람을 이용한 소환에 지하 수로라고요……."

"지상도 그렇지만 지하에도 꽤나 많아요. 그 모든 곳에 몬스터를 불러내는 마법진이 설치되어 있고요. 시간이 지날수록 몬스터 소환이 줄어들 수도 있겠지만 상대가 악마라는 걸 고려하면 그렇게 간단하진 않을지도 몰라요."

"아까 그 녀석이라면 저도 봤습니다. 꽤나 교활하게 생겼던데요."

많은 사람들이 성벽을 파괴하는 모습을 목격했다고 마사카도는 말했다.

마사카도는 악마 토벌에 참가해본 적이 없지만 공략 사이트 등에서 악마의 모습을 봤다고 한다. 덕분에 외벽을 파괴한 몬스터를 봤을 때 바로 알아볼 수 있었다.

"위험할 수도 있어서 내키진 않지만 지금은 일손이 너무 부족해요. 마력 탱크로 쓰이는 사람들이 죽는 것을 가만히 기다리는 것보다는 우리가 직접 찾아내서 없애야 피해도 줄어들 거예요. 지도만 있으면 대략적인 위치를 알려드릴 수 있을 테니까 최대한 많은 사람의 협력이 필요해요."

"알겠습니다. 그 일이라면 저도 도와드릴 수 있겠네요!"

마사카도는 상황을 지켜보던 동료 모험가들을 돌아보았다. 선정자가 아니라도 활약할 수 있다는 것을 이미 알고 있는 듯했다.

"이야기는 들었겠지? 최대한 많은 사람의 도움이 필요해. 몬스터들이 나타나는 장소를 제압해나가면 상황은 충분히 개선될 거야. 언제까지고 당하고 있을 순 없어! 하지만 위험한 녀석이 나타나면 바로 도망쳐야 해."

마사카도의 호령에 모두가 힘차게 대답했다.

몬스터가 돌아다니는 도시 내부에서 싸우는 것도 위험하기는 마찬가지였다. 마사카도와 동행하던 자들은 누구 하나 주눅 들지 않고 고개를 끄덕거렸다.

몇 명은 길드와 병사들에게 연락하기 위해 즉시 달려갔다.

슈니는 마사카도가 가진 지도에 마법진의 위치를 기록한 뒤에 스킬로 복제해서 다른 모험가들에게 나눠주었다. 지도를 받아 든 모험가들은 3인 1조로 흩어졌다.

"마사카도는 어떻게 할 건가요?"

"전 지상을 돌아다니면서 대처하기 힘든 몬스터나 적이 밀집한 곳을 해결하겠습니다."

"알았어요. 전 지하로 갈게요. 그리고 혹시 모르니 이걸 받
으세요."

슈니는 그렇게 말하며 카드 다발을 마사카도에게 건넸다.
신이 직접 만든 포션이었다. 일반적인 포션보다 효과가 좋으
면서도 회복 속도가 빨랐다.

"방심하지 마세요. 히라미가 슬퍼할 테니까요."

"네, 압니다. 솔직히 말하면 학교에 있을 히라미가 더 걱정
이지만요."

룩스리아는 학교에 있었다. 그러니 아와리티아도 그곳으로
향할 것이 뻔했다.

"학교에는 신이 가기로 했어요. 악마용 함정도 설치해두었
으니까 괜찮을 거예요."

"그렇겠죠. 좋아, 정신 똑바로 차리고 다녀오겠습니다!"

마사카도는 의욕에 가득 찬 얼굴로 몬스터를 향해 달려갔
다.

분명 불안할 텐데도 그것을 태도나 표정으로 드러내진 않
았다. 지금 무엇을 해야 하는지 정확히 알고 있는 것이다.

"저도 질 수 없겠네요."

슈니도 즉시 이동을 시작했다.

목적지는 지하 수로 입구였다. 1초라도 빨리 몬스터를 섬멸
해야 하는 것이다.

✝

엘쿤트를 지키는 외벽이 무너지고 몬스터가 도시에 출현하기 얼마 전의 시점으로 돌아가 보자.

왕성에서도 이변이 시작되고 있었다.

훈련장에는 많은 병사들이 부대마다 집합해서 무장을 확인하고 있었다.

병사들은 하나같이 긴장된 얼굴이었고 그중에는 당황한 표정으로 갑옷을 입은 자도 있었다.

"설마 다른 악마가 있었다니……."

"학교에서 악마의 존재를 은폐했던 건가? 그렇다면 교원들은 이미……."

준비하던 병사들이 불안하게 중얼거렸다.

아와리티아가 토벌되었다는 정보가 확산되면서 성에서 일하는 자들 사이에 안도감이 자리 잡았을 때 전해진 소식이었다. 성에서 근무하는 사람들 중에서도 병사들이 특히 동요하고 있었다.

혼자서 도시를 괴멸할 만한 괴물을 상대로 평범한 철검과 철창으로 맞서 싸워야만 하는 것이다. 숫자가 아무리 많아도 저항할 수 있을 리 없다.

대악마용 무기는 모든 병사에게 지급될 만큼 많지 않았다.

"악마 사냥꾼 일족이 악마에게 조종 당했다는 이야기도 들었어."

"악마와 한편이라면 그쪽도 함께 토벌해야 하는 거잖아. 우리가 이길 수 있겠어?"

수많은 정보가 어지럽게 난무했다.

말단 병사들에게도 다양한 정보가 전해지는 이상 사태였다. 누구랄 것도 없이 진위를 알 수 없는 정보를 떠들어댔고, 그것을 곧이곧대로 믿어버렸다.

"이봐, 이봐. 대체 어떻게 된 거야?!"

그런 가운데 아직 제정신을 유지하는 자들도 있었다. 엘쿤트 용사의 일익인 파가르와 그 직속 기사들이었다.

파가르 일행이 엘쿤트 외곽을 조사하고 돌아오자 병사들이 심상치 않은 분위기로 전투를 준비하고 있었던 것이다.

당황한 파가르가 근처를 지나던 병사에게 묻자 학교에 숨은 악마를 토벌하라는 근위대장의 명령이 떨어졌다고 대답했다.

"이럴 수가……."

룩스리아에 대한 정보는 고위층에서 철저히 관리하고 있었다. 일개 부대원들이 알아낼 수 있을 만한 내용이 아니었다.

게다가 근위대장인 남사르는 룩스리아가 사람들을 해치지 않으며 아와리티아와는 적대하고 있다는 사실을 이미 알고 있지 않은가.

그런 그가 토벌 명령을 내렸다면 그만한 이유가 있을 것이기에 파가르는 악마와 관련되어 무슨 일이라도 있었느냐고 거듭 병사에게 질문했다.

하지만 잘 모르겠다는 대답과 함께 신과 유키가 악마 편에 붙었다느니 학교가 악마의 지배하에 놓였다느니 하는 이상한 정보를 늘어놓을 뿐이었다.

"정말이지, 대체 뭐가 어떻게 돌아가는 거야?"

"아무래도 정신 스킬에 당한 것 같습니다. 육체는 단련할 수 있어도 정신은 또 다르니까요."

파가르의 부하 중에서 마법 지원과 회복이 특기인 기사가 말했다.

파가르의 두 부장 중 하나로 나크리라는 이름의 여성 선정자였다.

"형용하기 힘든 이 불쾌감의 정체가 그거였던 건가. 그렇다면 급박한 사태인지도 모르겠군. 난 폐하께 어떻게 된 일인지 여쭤보러 가겠다. 워낙 중대한 사안이니까 움직이려면 폐하의 승인이 필요할 테지. 카슈하고 나크리는 기사들을 이끌고 시린 공에게 물어보고 와라. 만약 다른 부대가 지원을 요청하면 내가 돌아올 때까지 대기하라는 명령을 받았다고 해. 책임은 내가 지겠다. 그리고―."

"무장은 풀지 말라는 거겠죠?"

카슈라 불린 우락부락한 남자가 파가르가 하려던 말을 대신해주었다. 그 또한 선정자였다.

"맞아. 나크리는 모두에게 방어 스킬을 걸어줘. 지금보다 위화감이 강해지면 성에서 피난하고. 우리까지 홀려버리면 이 나라를 지킬 사람이 아무도 없어."

"……알겠습니다. 조심하십시오."

두 사람이 동시에 대답했지만 카슈는 불만스러운, 나크리는 걱정스러운 목소리였다.

카슈는 아무것도 할 수 없는 무력함에 화를 냈고, 나크리는 위험 속으로 혼자 들어가는 파가르를 걱정하고 있었다.

"흠, 뭐라도 알아낼 수 있다면 다행일 텐데."

파가르는 우왕좌왕하는 병사들 사이를 빠져나와 서둘러서 국왕의 거처로 향했다.

"여기는 조용한데."

국왕은 원래 지금 집무실에 있을 시간이었다. 그곳으로 향하던 파가르는 집무실이 가까워질수록 소란스러움도 멀어지는 것을 깨달았다.

장소가 장소인 만큼 무장한 병사가 쉽게 들어올 수는 없는 곳이었다. 하지만 만약 다른 이유로 사람이 없는 거라면 예삿일이 아니었다.

파가르는 초조한 마음을 억누르며 빨리 걸어갔다. 집무실이 보이는 곳까지 도착하자 문 옆에 서 있는 두 경비병이 보였다. 둘 다 파가르가 잘 아는 얼굴이었다.

"폐하는 여기 계시나?"

"그렇다만 무슨 일이지? 그렇게 급한 얼굴로."

"성안의 낌새가 이상하다. 병사들이 악마 토벌을 준비하고 있던데, 명령이 확실한지 폐하께 확인하러 왔다."

명령을 내린 근위대장 남사르는 어디 있는지 알 수 없었다. 카슈에게 말한 것처럼 국왕이 사정을 모를 리는 없을 테니 안전을 확보하는 동시에 명령의 진위도 확인할 생각이었다.

"그런 명령이 내려졌다는 이야기는 처음 듣는다. 귀공의 정보야말로 잘못된 게 아닌가?"

"그렇게 생각하는 것도 무리는 아니다. 하지만 이 아래에서는 지금도 병사들이 전쟁을 준비하고 있다. 잘못된 정보가 난무하는 것 같은데 내가 듣기로는 학교에 악마가 있다고 한다."

경비병들도 성에 도착한 직후의 파가르처럼 당황한 표정이었다. 파가르는 그것을 보고 이 두 사람은 이상해지지 않은 것 같다고 생각했다.

"폐하께 직접 말씀드리고 싶다."

"잠시만 기다려라."

경비병 중 하나가 파가르에게 등을 돌리며 문을 노크했다.

대답을 기다리는 동안 나머지 경비병은 무기에 손을 댄 채 파가르를 주시하고 있었다.

당황하더라도 방심은 하지 않는 것이다. 상대가 누구든, 자신과 친분이 있든 상관없었다. 그것이 그들의 임무였다.

몇 초 동안 이야기한 끝에 경비병이 문손잡이를 잡았다. 들어오라는 허락을 받은 듯했다.

그러자 나머지 한 명도 손잡이를 잡고 말없이 문을 열었다.

"그대가 연락도 없이 갑자기 올 줄이야. 무슨 일인가?"

크룬지드는 파가르의 얼굴을 보자마자 심상치 않은 일이 벌어졌음을 바로 알아챘다. 파가르의 설명이 이어지자 왕의 미간에 주름이 잡혔다.

"그런 이야기는 처음 듣는다. 남사르라면 먼저 내게 정보를 알려줬을 터인데."

"모르겠습니다. 근위대장이 어디 있는지도 알 수 없어서 일단 폐하의 안전부터 확보하고자 여기로 왔습니다."

"으음, 수고가 많다. 하지만 대체 무슨 일이 ― 뭔가?"

크룬지드의 이야기를 가로막듯이 두 사람의 귀에 굉음이 울려 퍼졌다.

소리가 난 방향은 창문 쪽이었다. 파가르가 창밖을 내다보자 무너진 외벽과 그 너머의 거대한 몬스터가 보였다.

"아니……."

파가르는 순간적으로 할 말을 잃었다. 대형 골렘의 공격에도 꿈쩍하지 않는 외벽이 무너졌고 그 틈 너머로 몬스터의 대군이 보였던 것이다.

"왜 그러는가? 무슨 일이지?"

"외벽이 파괴되었습니다. 거대한 몬스터의 공격에 견디지 못한 것 같습니다."

파가르는 왕의 말을 듣고서야 정신을 차렸다. 그리고 거대 몬스터를 보며 생각에 잠겼다.

그러자 이내 깨달을 수 있었다. 인간과 가까운 외형, 사자 얼굴을 평평하게 깔아뭉갠 것 같은 몸통, 사자의 입에서 뻗은 수산양의 머리까지.

그 모습은 시린의 보고에서도 언급된 아와리티아의 특징과 일치했다.

"이럴 수가. 악마가 왜 이곳에……."

"시린과 신 공이 쓰러뜨렸다고 하지 않았는가?"

"그렇습니다. 조사하러 갔던 병사들도 격렬한 전투의 흔적이 선명히 남아 있었다고 했을 텐데요."

그렇다면 어째서? 파가르의 머릿속에 의문이 이어졌다.

죽은 척을 했던 것일까? 아니면 몰래 도망쳤던 것일까? 이유는 알 수 없지만 악마가 공격해온다는 사실만큼은 분명했다.

"모습이 사라지다니? 룩스리아 공 쪽으로 간 것인가?"

선명히 보이던 거대한 몸이 순식간에 사라졌다. 작은 인간의 형상이 보였기에 사람 형태로 변신해서 도시에 들어왔을 거라고 파가르는 예상했다.

현재 가진 정보를 종합해 생각해보면 목적지는 학교일 것이다.

무너진 외벽으로 갈 것인가? 학교로 가서 악마와 싸울 것인가? 아니면 국왕을 지키기 위해 이곳에 남을 것인가? 파가르의 머릿속에서 몇 가지 선택지가 떠올랐다.

악마가 날뛰면 도시의 피해가 커질 것은 분명했다. 하지만 무너진 외벽 너머에서 접근해오는 몬스터도 무시할 수 없었다. 어느 쪽을 우선시하든 반드시 다른 곳에서 피해가 나올 수밖에 없었다.

파가르가 판단을 내리지 못하는 사이에 하나의 선택지가 줄어들었다. 외벽 밖의 몬스터가 마법으로 일소되고 파괴된 외벽도 얼음으로 메워진 것이다.

"저건 신 공이나 유키 님이겠군."

"네. 저 정도면 외부에서 몬스터가 들어오진 못할 겁니다."

"그렇다면 남은 건 악마로군. 남사르가 이걸 예상했는지는 모르겠지만 마침 잘됐도다. 대악마용 무기를 가진 자들만 선발해서 토벌에 나서도록. 아마 신 공도 움직이고 있을 것이다. 가능하다면 합류해서 악마를 토벌해주기 바란다."

"넷!!"

걱정스러운 점이 많지만 지금은 악마 토벌이 최우선이었다. 파가르는 국왕의 명을 받아 집무실을 나가려 했다.

"음?!"

문을 열려던 파가르가 튕겨 나가듯 뒤로 물러났다. 그는 즉시 검을 뽑으며 문 바깥쪽을 경계했다.

"……병사들을 혼란시킨 원흉이 있을 거라 생각은 했지만, 직접 이곳을 노릴 줄이야."

"도망치십시오. 이 섬뜩한 기척을 보면 보통 놈이 아닙니다."

문 밖에는 경비병도 있었다. 파가르에게 들키지 않고 문에 접근한 것만 봐도 보이지 않는 자객의 기량을 짐작할 수 있었다.

상대가 모르긴 몰라도 제법 강할 거라 예상한 파가르는 즉시 크룬지드에게 도망치라고 진언했다. 파가르가 전력을 다해 싸우면 휘말릴 수 있기 때문이었다.

"이런, 이런. 이 녀석이 겨우 해결됐나 했더니 또 방해꾼이 나타날 줄이야."

크룬지드가 숨은 통로로 몸을 날리는 것과 거의 동시에 문이 열렸다.

열린 문 너머에서 익숙한 목소리가 들렸다. 하지만 그 말투는 무척이나 가벼웠다. 파가르가 알던 사람이라면 절대로 사용하지 않을 말투였다.

"제발 내 예상이 벗어나길 바랐는데 말이지."

집무실에 들어온 인물을 보며 파가르가 중얼거렸다.

"그런 말 마. 우리 사이에."

"미안하지만 난 처음 보는데. 네 녀석은 대체 누구냐? 남사르 공에게 무슨 짓을 한 거지?!"

목소리와 체격은 물론이고 【애널라이즈】로 표시되는 내용까지 남사르가 맞았다. 하지만 섬뜩한 검은색 갑옷과 얼굴 절반을 감춘 {수산양 해골} 가면만 봐도 그가 제정신이 아니라는 것은 분명했다.

방금 아와리티아의 모습을 봤기 때문인지 남사르의 몸을 차지한 자의 정체가 파가르의 뇌리를 스쳤다.

"내 분신은 이름을 밝히기도 전에 당한 것 같으니까 자기소개는 내가 대신 해야 할 것 같군. 죄원의 악마 중 하나인 탐욕, 아와리티아다. 던전에 있던 녀석을 쓰러뜨린 건…… 네가 아닌 것 같은데."

파가르의 실력을 가늠한 아와리티아가 눈을 가늘게 뜨며 말했다.

파가르는 그 말을 통해 아와리티아가 여럿 있다는 것을 이해했다. 다만 얼마나 많은 분신이 존재하는지는 알 수 없었다.

"분신이라. 그러면 널 쓰러뜨리면 끝나는 거냐?"

파가르는 태연한 척하면서도 제발 그러길 바라며 물었다.

"유감이지만 나도 본체는 아냐. 하지만 날 쓰러뜨리면 확실히 편해지긴 하겠지."

아와리티아가 검을 뽑았다. 남사르의 애검이었다. 검신은 빛을 잃은 대신 까만 혈관 같은 것에 잠식되어 있었다.

"난 네 적이지만 네 동료의 몸을 쓰고 있어. 공격한다는 게 무슨 의미인지는 알겠지?"

"그래, 물론 알고말고!"

파가르는 검을 휘둘러서 아와리티아의 협박에 답했다. 목표는 얼굴이었다. 그것도 가면에 가려지지 않은 노출된 부분을 노렸다.

아와리티아는 파가르의 주저 없는 공격을 검으로 튕겨냈다.

파가르의 진지한 공격을 쉽게 막아내는 것을 보면 남사르의 몸을 사용하면서도 그 이상의 능력을 발휘하는 것이 분명했다.

"워, 워. 동료에게 가차 없군."

"이럴 때 주저하면 남사르 공에게 혼날 거라서 말이지."

파가르는 가늠할 수 없는 상대에 대한 불안감을 숨기며 가볍게 대답했다.

겉모습과 분위기 탓에 오해를 받기 쉽지만 국왕에 대한 남사르의 충성심은 따라갈 사람이 없었다. 강한 전투력과 충성심을 겸비했기에 근위대장으로 발탁된 것이다.

만약 남사르의 의식이 남아 있었다면 자신이 왕에게 검을 들이대는 순간 자해를 시도했으리라.

그러니 파가르는 물러설 수 없었다. 남사르를 죽이는 것도 불사할 각오로 검을 쥔 손에 힘을 주었다.

"그러냐. 그렇다면 어디 힘껏 발버둥쳐 봐!!"

아와리티아의 검과 파가르의 검이 격돌했다.

동작 자체는 파가르가 알던 남사르와 동일했다. 그러나 묵직함의 차원이 달랐다.

"얼마든지 해주마. 여기서 쓸모없는 놈이 될 수는 없으니까 말이지."

용사로서의 자존심이 걸린 문제였다. 함께 죽는 것까지 선택지에 넣어둘 수밖에 없었다.

두 사람의 검이 다시 한번 교차했다.

파가르의 각오를 나타내듯이 한층 격렬한 불꽃이 튀었다.

†

대지를 뒤흔든 굉음은 왕성 정문과 훈련장 같은 곳까지 울려 퍼졌다. 그리고 그에 호응하듯이 왕성 각지에서 이변이 발생하기 시작했다.

사방에서 몬스터가 출현하고 있었다. 레벨은 낮았지만 워낙 예상 밖의 사태라 병사들의 혼란도 확산되었다. 병사들의 귀를 때린 굉음은 마치 무언가를 알리는 신호 같았다.

"대체 무슨 일이 일어난 거지……?"

몬스터가 출현했을 때 시린은 룩스리아 토벌 명령 소식을 듣고 집합소에서 자세한 이야기를 물어보고 있었다. 시린이 집합소에서 뛰쳐나가자 훈련장은 몬스터에게서 도망치려는 병사와 맞서 싸우는 병사들로 아비규환에 빠져 있었다.

"이게 뭐지?!"

몬스터의 출현이 갑작스러웠던 점을 감안하더라도 병사들의 대응은 평소의 훈련이 무색할 만큼 형편없었다.

"겁먹지 마라! 방패병들은 앞으로 나가 공격을 막아! 창병들은 거리를 두고 견제하라! 몬스터의 숫자는 많지 않다. 몬스터 하나에 여럿이서 맞서라!"

시린은 아군을 고무하는 보조 스킬 【열갈(烈喝)】을 사용하면서 큰 소리로 지시를 내렸다. 부대장까지 혼란에 빠진 상황이었기에 지휘 계통을 신경 쓸 때가 아니었다.

시린의 일갈을 들은 병사들은 지금까지의 혼란이 거짓말처럼 느껴질 만큼 정확히 움직였다. 그것을 본 시린은 병사들에게 무언가가 작용하고 있었음을 깨달았다.

"병사들 사이에서 잘못된 정보가 난무했던 것도 그 때문이었나?"

"정확히 그런 상황이었던 것 같군요."

시린의 혼잣말에 대답하는 목소리가 있었다.

"카슈 공."

"넷, 나크리와 함께 시린 공에게 이야기를 듣고 오라는 파가르 공의 명령으로 왔습니다."

카슈는 성내의 이상했던 상황과, 파가르가 국왕에게 달려갔다는 사실을 시린에게 전했다.

"시린 공은 멀쩡하신 것 같아 다행입니다."

"아니, 나도 문제가 있다는 걸 전혀 알아채지 못했으니까 아무 영향도 받지 않았다고는 할 수 없다. 룩스리아 공을 토벌하라는 명령에 병사들이 동요하는데 아무것도 못 느꼈다는 것도 이상하다. 애초에 악마 토벌이 그렇게 쉬운 일도 아닌데 말이지."

시린은 아와리티아와의 싸움을 떠올리며 눈썹을 찡그렸다. 그리고 당시를 생각하며 창 한 자루를 실체화했다. 신에게서 빌린 성창『기르딘』이었다.

"처음 보는 창이군요. 장식이 꽤나 세밀하네요."

"……."

"시린 공?"

『기르딘』을 실체화한 순간, 시린은 눈을 크게 뜬 채 움직임을 멈췄다. 의아하게 여긴 카슈가 말을 걸자 퍼뜩 정신을 차린 시린이 소리쳤다.

"안 돼!! 내가 무슨 실수를 저지른 거지?!"

『기르딘』은 대악마용 성창이었다. 따라서 사용자에 대한 악마의 영향을 방어, 무효화하는 효과가 있었다.

악마의 능력이 강할 경우는 효과를 약화하는 데 그치기도 하지만 신이 직접 강화한『기르딘』은 기본 상태보다 몇 단계는 위였다.

그렇게 강화된 능력 덕분에 아와리티아의 분신이 걸었던

기억 조작이 해제된 것이다.

시린의 머릿속에서 히라미와 나누었던 대화가 재생되었다.

아직 토벌되지 못한 아와리티아. 남아 있는 분신. 그리고 남사르를 조종하는 존재까지.

"카슈 공, 나크리 공. 그대들은 내 부하들과 함께 몬스터를 상대해다오. 아마 혼란은 계속될 거다. 그리고 남사르 공의 명령에는 따르지 말도록."

남사르는 근위대장이었다. 성안에서 그의 출입이 제한된 곳은 거의 없었다. 따라서 몬스터가 나타난 것도 남사르, 아니 남사르를 조종한 자의 짓이라고 시린은 생각했다.

그러나 그런 것을 지금 일일이 설명할 시간은 없었다. 지금까지 철저히 숨어 있던 존재가 이제 와서 움직이기 시작한 것이다. 방금 전의 굉음도 신경이 쓰였지만 그보다 우선해야 하는 일이 있었다.

그것은 바로 국왕의 안전이었다. 근위대장이 조종 당하고 왕이 사망했다는 것이 알려지면 나라 전체가 혼란에 빠질 것이다. 수습 자체가 불가능할지도 모른다.

가뜩이나 몬스터가 성안에 출현해서 혼란스러운 상황이었다. 악마에게는 절호의 기회였기에 아와리티아는 이 틈에 룩스리아를 노릴 것이다.

"만약 그 녀석이 도시 안에서 나타나면 아무리 신 공이라도……."

시린은 실제로 분신과 싸워보았기에 현재 상황이 얼마나 심각한지 알 수 있었다.

"시린 님. 혹시 무슨 일이 벌어지고 있는지 아시는 겁니까?"

"그래, 하지만 미안하다. 지금은 설명할 시간이 없어. 한시라도 빨리 이 상황을 수습하고 주민들을 피난시켜야 한다. 이건 내 예상이지만 이미 도시 안에 악마가 들어왔을 거다. 나와 신 공이 쓰러뜨린 건 분신이었다. 이 성 안에 다른 한 마리가 더 있겠지."

"그게 정말입니까?!"

"그럴 수가……."

두 사람은 시린의 말에 놀라움을 감추지 못했다.

"그 악마는 주변에 사람이 많을수록 상대하기 껄끄러워진다. 왕성과 학교 주변에서 최대한 빨리 사람들, 아니 살아 있는 모든 자들을 피난시켜야 한다."

시린은 그렇게 말하면서도 내심 불가능할 거라고 생각했다. 현재 엘쿤트에는 그럴 만한 시간도 인력도 없었다.

"난 폐하께 가겠다. 아마 파가르 공도 싸우고 있겠지. 미안하지만 여긴 맡기겠다. 최대한 많은 주민들을 피난시켜다오."

시린은 연달아 지시를 내린 뒤 성내로 달려갔다. 목적지는 국왕의 집무실이었다.

✝

왕성에서 용사들이 움직이기 시작했을 때 학교에서도 이변을 알아챈 자가 있었다.

아와리티아와 같은 죄원의 악마 룩스리아였다.

"……?! 말도 안 돼……."

도착하려면 아직 여유가 있었던 아와리티아의 본체가 갑자기 코앞에 나타나 있었다. 엘쿤트 외벽 바로 옆으로 기척이 순식간에 이동한 것이다.

"룩스리아 씨? 왜 그러세요?"

갑자기 일어서서 어딘가를 바라보는 룩스리아에게 히라미가 말했다. 하지만 룩스리아는 그 말에 대답할 여유조차 없었다.

한시라도 빨리 신에게 알려야 한다는 생각에 메시지 카드를 꺼내 글자를 써 내려갔다.

"송신! 히라미, 아마 이제 곧 여기에 아와리티아가 올 거야. 학생들을 피난시켜!"

룩스리아는 메시지를 보내자마자 당황하는 히라미에게 현재의 상황을 아는 대로 전했다. 이야기 도중에 들려온 굉음이 룩스리아의 말을 뒷받침해주었다.

"아무리 그래도 너무 빠르지 않나요? 며칠이나 걸릴 거리를 순식간에 이동하다니, 전송 마법이라도 사용하지 않으면……. 앗, 설마…….”

아와리티아의 이상한 이동 방법을 추측하던 히라미는 신,
슈니와 같은 결론에 도달했다. 한때 전송 마법을 일상적으로
사용하던 플레이어이기에 가능한 일이었다.

“악마가 플레이어의 기술을 사용하는 건가……. 뭐, 나도
비슷한 일을 하고 있긴 하지만.”

히라미의 이야기를 듣고 룩스리아는 복잡한 표정을 지었
다.

학교에는 신이 직접 만든 대악마용 함정이 곳곳에 설치되
어 있었다. 상대에게만 피해를 입힐 수 있는 대악마용 아이템
도 함께 받아두었기에 룩스리아도 비슷한 경우라고 이야기할
수 있었다.

“자, 놀라고 있지만 말고 빨리 학생들에게 가봐. 아마 아와
리티아는 이곳으로 올 거야. 난 남아서 미끼가 될게.”

룩스리아는 아와리티아가 갑자기 나타난 것에 놀라면서도
그 기척을 계속 감지하고 있었다.

이쪽으로 바로 향하진 않고 있다. 그러나 먼 쪽으로 길을
돌아가면서도 조금씩 가까워지는 기척은 틀림없는 아와리티
아였다.

“미끼라는 말은 하지 마세요.”

“어머, 감동적인 말이네.”

어두운 분위기를 풍기지 않으려는 룩스리아에게 히라미가

진지한 얼굴로 말했다.

"전엔 경계했던 적도 있지만 이제 룩스리아 씨는 어엿한 학교 동료예요. 앞으로도 함께 학교를 지켜나가야 하니까 탐욕 같은 녀석에게 흡수되면 용서하지 않을 거예요!"

"안심해. 나도 처음부터 그럴 생각은 없었으니까."

룩스리아는 걱정할 것 없다는 표정으로 히라미를 배웅했다.

"정말, 너무 감동적인 말을 해준다니까……."

룩스리아는 멀어지는 히라미의 기척을 느끼며 중얼거렸다.

인간은 악마에게 욕망을 생산하는 가축에 불과했다. 사육하느냐 죽이느냐는 악마의 선택에 달려 있었고 원래는 그것이 당연한 일이었다.

그럼에도 룩스리아의 가슴속에서는 자신의 본능과 동떨어진 마음이 생겨났다.

"이상하네. 난 악마인데."

룩스리아는 그렇게 말하며 품에서 한 장의 카드를 더 꺼냈다.

카드에는 사람 모양의 진흙이 구슬에서 뿜어져 나오는 빛에 지워지는 장면이 그려져 있었다.

사용하려면 아와리티아의 몸 뒤로 숨으라고 신이 말할 정도로 가장 강력한 대악마용 아이템이었다.

"함께 죽을 수도 있으니까 웬만하면 사용하고 싶지 않았는데. 위험해지면 어쩔 수 없겠어. 그런데 왜 내가 이런 식으로 생각하게 된 걸까?"

룩스리아는 자칫 잘못하면 자신마저 날려버릴 수 있는 아이템을 바라보며 자문했다.

악마답지 않은 사고방식과 행동들. 룩스리아는 그것이 대체 무엇인지 알 수 없었다.

그러나 지금은 그런 것에 대한 해답을 찾을 때가 아니었다. 틀림없는 아와리티아의 기척이 학교 안으로 들어왔기 때문이다.

학교 부지를 둘러싼 벽이 파괴된 것이리라.

아와리티아를 따라 몬스터들의 기척도 안으로 몰려들었다.

"히라미와 학생들은 괜찮은 것 같네."

처음부터 피난을 계획해둔 히라미의 행동은 빨랐다. 이미 전송 장치를 발동했는지, 학교 안에 남은 것은 룩스리아뿐이었다.

아와리티아도 룩스리아의 기척을 감지했는지 건물을 부수며 보건실로 직진하고 있었다.

룩스리아는 움직이지 않았다. 아와리티아는 그녀가 이미 단념했거나 맞서 싸우기 위해 기다리는 거라고 생각할 것이다.

하지만 그럴 리는 없다. 룩스리아는 히라미에게 자신이 미끼가 되겠다고 말했지만 그것은 다른 사람들을 피신시키는 동시에 아와리티아를 함정으로 끌어들이기 위함이었다.

"같은 레벨의 악마끼리 싸운다면 상성 문제를 고려해도 어느 한쪽이 결정적인 우위에 설 수는 없어. 지금은 아와리티아가 우세할 텐데 굳이 정면 대결을 해줄 이유는 없잖아."

룩스리아의 귀에 건물이 무너지는 것과는 다른 소리가 들렸다. 아와리티아가 신이 설치해둔 함정 범위에 진입한 것이다.

룩스리아와 마찬가지로 아와리티아도 대악마용 함정에 대해 알고는 있을 것이다. 원래대로라면 대미지를 입히더라도 악마에게 큰 위협은 되지 못했다.

그러나 신이 설치한 함정은 룩스리아가 기억하는 것보다 크게 진화한 물건이었다.

미숙한 사람이 만든 함정밖에 보지 못한 것일 수도 있겠지만 그것을 감안하더라도 차원이 다른 위력이었다.

폭발음은 계속 이어졌다. 대악마용 함정이기 때문인지 공기를 뒤흔드는 진동만으로도 룩스리아의 피부에 소름이 돋았다.

신의 함정 중에는 연쇄 반응을 일으키는 것도 있었기에 함부로 접근한 아와리티아는 지금쯤 호된 대가를 치르고 있을 것이다.

어쩌면 아와리티아가 자신에게 오는 것을 포기할지도 모른다는 생각이 들 정도였다.

그러나—.

"어머, 어머. 꽤나 잘생겨졌네?"

룩스리아는 보건실 비품인 의자에 걸터앉으며 말을 건넸다.

아와리티아는 함정에 걸리면서도 멈추지 않고 다가온 끝에 결국 룩스리아 앞에 모습을 드러냈다. 파괴의 여파로 보건실은 이미 절반쯤 무너져 내린 상태였다.

"젠장. 덕분에 먹이로 데려온 녀석들을 전부 잡아먹게 됐어."

아와리티아의 몸에는 지금도 회복 중인 상처가 몇 군데 있었다. HP도 10퍼센트가량 줄어들어 있었다.

룩스리아는 그 정도의 피해로 끝난 것도 대단하다고 생각했다. 만약 본인의 힘만을 이용한 것이라면 말이다.

학교에 함께 침입했던 몬스터들의 기척은 완전히 사라져 있었다. 신의 함정에 휘말려 쓰러진 몬스터도 있을 테지만 대부분은 아와리티아에게 잡아먹혔을 것이다.

저레벨 몬스터는 아와리티아의 드레인에 견뎌낼 수 없다. 반응이 사라진 것은 시체까지도 아와리티아가 사용한 【흡생의 진흙】에 흡수되었기 때문이리라.

"내가 보기엔 엉망진창으로 당했을 때가 더 미남인 것 같은데? ……그리고 보니 지금은 남자라고 할 수도 없겠네."

"성별 따윈 악마들에게 별 상관 없지. 그리고 이런 얼굴로 잘생기고 말고 할 게 있냐."

악마 상태인 아와리티아가 룩스리아를 내려다보며 말했다. 이렇게 이야기하는 동안에도 【흡생의 진흙】이 건물을 잠식하며 룩스리아를 둘러싸고 있었다.

"성격도 급하셔라. 대화를 좀 더 즐길 생각은 없는 거야?"

"이렇게나 많은 함정을 심어둔 걸 보면 다른 수작도 준비해 뒀을 게 분명하잖아."

함정에 호되게 당한 아와리티아는 절대 방심하지 않았다. 아와리티아의 하반신인 【흡생의 진흙】이 룩스리아가 있는 반파된 보건실로 쇄도하고 있었다.

"아직도 뭐가 남아 있었던 거냐."

아와리티아가 진절머리를 냈다. 룩스리아를 덮친 【흡생의 진흙】이 눈부신 빛의 벽에 가로막혀 일정 거리 이상 접근하지 못했다.

신이 준비해둔 구속용 결계였다.

원래는 빛의 벽 속에 악마를 가두는 함정이었지만 이번에는 반대로 다른 악마의 공격을 막아주는 역할을 하고 있었다.

"그 벽은 네 공격까지 막아낼 텐데……. 그래, 시간을 벌려는 거냐."

"정답이야."

아와리티아가 다가오는 기척에 뒤를 돌아보며 룩스리아는 의기양양하게 웃었다. 이런 상황에서 하이 휴먼이 움직이지 않을 리 없다. 그렇게 생각했기 때문에 섣불리 움직이지 않고 시간 벌기에 나선 것이다.

"칫― 그오오?!"

아와리티아가 【흡생의 진흙】을 거두어 자기 주변에 집중시키는 순간, 눈부시게 빛나는 창이 어디선가 날아들었다.

하지만 【흡생의 진흙】이 좀 더 빠르게 뭉치며 방벽처럼 창을 막아냈다.

아와리티아는 아슬아슬하게 방어에 성공했다고 생각했지만 그것도 잠시였다.

그 창은 가로막혔다고 어딘가로 튕겨 나가는 무기가 아니었다. 아와리티아 쪽으로 똑바로 방향을 틀며 【흡생의 진흙】을 돌파하기 위해 날아왔다.

마치 끝에 부스터라도 달린 것처럼 【흡생의 진흙】이 조금씩 흩어지고 있었다.

"느읍!"

그러나 아와리티아가 그것을 잠자코 보고만 있을 리는 없었다. 분신을 능가하는 강한 팔로 【흡생의 진흙】을 밀어내던 창을 옆에서 쳐냈다.

이 공격에는 창도 끝내 견디지 못하고 공중에 빛의 잔상을 남기며 폐허가 된 바닥에 꽂혔다.

"온 건가."

창을 날린 팔에서 연기가 피어오르고 있었음에도 아와리티아는 창이 날아간 방향을 주시했다. 시야에 들어온 것은 은청색 갑옷을 입은 기사였다.

"룩스리아에게 직접 온 걸 보니 본체 맞겠지?"

신은 『퇴마의 성갑』을 입고 『디 아크』를 어깨에 걸친 채로 그런 질문을 했다.

✝

"내 분신이 신세를 졌다지."

"고마워할 것 없어. 나도 필요해서 그런 거니까."

신은 아와리티아를 올려다보며 주변 상황을 확인했다.

아와리티아의 공격으로 학교 건물은 4분의 1 정도가 무너져 내린 상태였다.

발동된 함정 때문에 아와리티아에게 약체화 디버프가 걸린 것도 알 수 있었다.

룩스리아 외의 반응이 없는 것을 보면 히라미가 무사히 학생들을 피신시킨 것 같았다.

"룩스리아는 거기서 나오지 말고 있어!"

"나도 알아. 애초에 내가 여기서 억지로 나가려 하면 무사하지 못할 거잖아."

룩스리아가 빛의 벽을 만지려 하자 파직 하는 소리와 함께 손이 튕겨 나왔다.

처음부터 구속용으로 만들어진 만큼 효과는 발군이었다.

외부에서도 내부에서도 악마의 힘을 완벽히 차단하기 때문에 안전지대를 만들기에는 안성맞춤이었다.

"느긋하게 이야기할 때냐?"

그 말과 동시에 신이 선 땅 밑에서 아와리티아의【흡생의 진흙】이 뿜어져 나왔다. 지면 속을 이동해서 기습을 노린 것이다.

그러나 신은 『디 아크』를 둥글게 휘둘러서 막아냈다.

"알고는 있었지만 성가신 무기군."

본체가 분신의 기억도 갖고 있었는지, 처음 보는 『디 아크』와 그 위력에도 동요하는 기색이 없었다.

'지난번 녀석보다 강해졌는데?'

신은 『디 아크』를 통해 전해지는 상대의 힘에서 위화감을 느꼈다.

지난번 분신과 싸울 때는【흡생의 진흙】이 신에게 이렇다 할 영향을 주지 못했다.

『퇴마의 성갑』으로 무장한 신에게【흡생의 진흙】은 아와리티아의 HP를 회복시키는 성가신 능력으로만 인식되었던 것이다.

【애널라이즈】로 확인되는 레벨은 분신과 동일한 750이었다. 그러나【흡생의 진흙】의 미세한 차이를 통해 더욱 강하다는 것을 인식할 수 있었다.

"시간을 오래 끌 순 없거든. 속공으로 해치워주마."

주변에는 아와리티아의 회복원이 될 만한 것이 없었다. 학교 부지 안에서는 물리 공격 이외의 능력을 거의 발휘할 수 없을 것이다.

"그렇게 될 수는 없단 말이지. 사실은."

하지만 신이 움직이기도 전에 아와리티아가 의미심장한 말을 꺼냈다.

"너에 대해 잘 아는 내가 아무 대책도 하지 않았을 거 같은가?"

"……무슨 소리야?"

악마의 말에 섣불리 귀를 기울이는 것은 위험했다. 하지만 분신의 기억을 가진 아와리티아가 의미도 없이 그런 이야기를 꺼낼 것 같지는 않았다.

"사람의 욕망은 끝이 없지. 게다가 어린아이만큼이나 통제하기 힘들고. 꾀어내기가 정말 쉽던걸."

"너……!"

히라미가 피신시킨 학생들 중에 아와리티아에게 조종 당하는 사람이 있는 것 같았다.

신이 시키는 대로 하지 않으면 그 사람을 이용해서 무슨 일을 벌이려는 것이리라.

"자해시키는 것도 좋고 다른 사람들을 공격하게 하는 것도 괜찮겠지. 인질이 얼마나 된다고 생각하는가?"

"이 자식……."

『디 아크』를 쥔 손에 힘이 들어가며 삐걱거리는 소리가 났다. 지금 당장 없애버리고 싶었지만 일격에 해치우지 못할 경우 방금 했던 이야기를 주저 없이 실행에 옮길 것이다.

냉정해지자. 아직 피해자가 나온 건 아니다.

신은 마음속으로 그렇게 되뇌며 손에서 힘을 뺐다. 그때 도시에 있던 슈니에게 심화를 보내 히라미에게 연락을 취하는 방법이 떠올랐다.

심화는 마력을 사용하지도 않고 몸을 움직일 필요도 없었다. 상대에게 들키지 않고 외부와 연락할 수 있는 것이다.

"그래서 네 요구는 뭔데?"

신의 표정 변화를 알아챘는지 룩스리아가 주의를 끌며 말했다. 수산양 해골 안쪽의 두 눈이 룩스리아를 바라보았다.

"다 알면서 그래? 난 널 흡수하려고 온 거야. 인질은 방해받지 않기 위해 잡아놓은 거고."

"어머, 난 또 나한테 저항하지 말라는 건 줄 알았는데?"

룩스리아는 학교의 교원이었다. 그러니 학생들을 인질로 잡는 것이 꽤나 유효하게 작용할 수 있었다.

"악마인 네게 인질이 무슨 의미냐?"

아와리티아의 말을 듣자 신도 룩스리아가 인질 따윈 무시한 채 싸움을 시작할 수도 있지 않겠느냐는 생각이 들기 시작했다.

"후후, 잘 아네."

신에게는 아직 한 번도 보여준 적 없는 싸늘한 미소였다. 신은 룩스리아의 정체를 알고 있어서인지 악마적이라는 표현 밖에 떠오르지 않았다.

그러나 룩스리아를 잘 아는 사람이 보기에 방금 미소는 분명 이질적이었다.

신이 지금까지 룩스리아를 악마라고 생각한 것은 음욕이라는 이름에 걸맞은 섹시한 몸동작과 도발적인 행동 때문이었다. 악마 특유의 잔혹함과 냉혹함과는 거리가 멀었고 어떻게 보면 신이 가진 악마의 이미지와는 동떨어져 있었다.

신은 왠지 모르게 룩스리아가 연기를 하는 것처럼 느껴졌다. 그만큼 평소에 룩스리아의 태도와 분위기는 악마처럼 보이지 않았던 것이다.

"그러면 이걸 풀어줘. 이게 있으면 나뿐만 아니라 너도 손을 쓸 수 없잖아."

"그렇겠군. 어서 풀어라."

"……알았어."

함정을 설치한 사람은 신이었다. 따라서 당연히 해제할 수도 있었다. 신이 구속용 결계를 풀자 룩스리아는 그 자리에서 순식간에 뒤로 물러났다.

룩스리아가 있던 곳에는 【흡생의 진흙】이 창처럼 내리꽂혔다.

"급하게 굴면 인기가 없다는 걸 아직도 모르겠어?"

"시간을 끌 생각은 없어. 빨리 동화되자고. 이봐, 넌 절대 끼어들지 마."

아와리티아는 신을 협박하듯 말했다. 학생들이 인질로 잡힌 이상 신은 따를 수밖에 없었다. 지금은 기회가 오기만을 기다릴 뿐이다.

"아아, 이 모습은 정말 좋아지지가 않는다니까."

아와리티아가 신에게 말을 꺼내는 짧은 시간 동안 룩스리아는 원래의 악마 모습으로 변신해 있었다.

키는 약 5메르였다. 간략하게 설명하자면 촉수 뭉치 위로 여성의 상반신이 생겨난 듯한 모양새였다. 다만 촉수 뭉치에는 앞으로 쭉 뻗은 거대한 사람 팔이 돋아나 있었다.

상반신도 풍만한 신체를 스스로 끌어안고 있는 듯한 모습이었다.

그러나 팔은 완전히 몸통에 밀착되어 어깨와 상박부에서 새의 날개 같은 것이 돋아나 있고, 머리는 입술 바로 위까지 가시덩굴 같은 것에 뒤덮여 있었다.

들려오는 목소리가 예전과 똑같다는 것이 오히려 섬뜩한 장난처럼 느껴졌다.

"아름답군."

"너한테 칭찬받아도 전혀 안 기뻐."

아와리티아가 주먹을 들어 올렸다. 그에 호응하듯이 룩스리아의 하반신에 돋아난 거대한 팔이 주먹을 쥐었다.

가벼운 대화가 오가는 것과는 대조적으로 학교 안은 살기와 광기로 가득했다. 반드시 피해야만 했던 악마끼리의 싸움이 시작되려 하고 있었다.

✝

아와리티아와 룩스리아라는 두 악마가 격돌하기 시작할 무렵, 히라미는 슈니를 통해 어떤 정보를 전해 듣고 놀라움을 감추지 못했다.

학생 중에 악마에게 매료된 자가 있고 현재 인질로 이용 당하고 있다는 말을 들은 것이다.

"어떻게든 해결해야……."

마음은 다급했다. 하지만 마땅한 방법이 떠오르지 않았다.

정신 조작을 당하고 있다면 【애널라이즈】로 확인할 수 있었다. 그러나 스킬이 아닌 약이나 감언이설로 세뇌된 경우는 평범한 사람과 구분이 불가능했다.

그때 히라미에게 다가오는 학생이 있었다.

"학장 선생님. 잠깐 드릴 말씀이 있습니다."

"중요한 이야기예요!"

말을 걸어온 것은 학교 내에서 최고의 실력을 가진 학생들이었다. 바로 엘프 청년 렉스와 드래그닐 소녀 뮤였다.

그 뒤에는 기안도 보였다. 훈련 중이었는지 전투용 장비를 입고 있었다.

"지금은 긴급 사태예요. 담임 선생님과 함께 대기하세요. 이야기라면 나중에 들을 테니까요."

렉스 일행이 상황 설명을 요구하는 거라 생각한 히라미는 세 사람에게 담임에게 돌아가라고 말했다.

"그건 저희도 알고 있습니다. 하지만 지금이 아니면 안 됩니다."

"맞아! 꼭 지금 해야만 해요!"

"시간이 없어요. 지금 이러고 있는 동안에도—."

룩스리아가……. 히라미는 그렇게 말하려다 간신히 입을 다물었다.

신의 훈련 덕분에 정신적으로 단련된 이 세 사람은 괜찮을 테지만 다른 학생들이 악마에 대해 듣게 되면 큰 혼란이 발생할 것이다.

"선생님. 우리도 잡담이나 하려고 온 건 아니에요. 어쩌면 여기 있는 학생들이 위험할지도 몰라요. 제발 우리 이야기를 들어줘요."

입을 다문 히라미에게 기안이 앞으로 나서며 조용히 말했다. 그의 눈빛은 진지하기 그지없었다. 초조해하던 히라미는 그것을 보고 약간이나마 냉정을 찾았다.

"무슨 일인가요?"

"이 안에, 뭔가 좋지 않은 것에 영향을 받은 사람이 있습니다. 학장 선생님이라면 뭔가 아실 수도 있지 않나 해서요."

기안이 눈짓을 하자 렉스가 고개를 끄덕이며 이야기를 시작했다. 몸에서 발산되는 마력이 굉장히 탁하고 분위기가 이상한 학생들이 몇 명 있다고 한다.

마침 근처에도 그런 학생이 있었기에 히라미가 【애널라이즈】로 살펴보았지만 상태 이상은 표시되지 않았다. 그러나 세 사람은 느끼는 방식이 각자 다르지만 분명 이상하다고 입을 모았다.

그것은 이 세계의 주민과 전 플레이어의 차이였다.

플레이어는 스킬을 배우면 그걸로 끝이라고 생각하는 경우가 많다. 게임 시절의 지식 때문에 스킬이란 원래 그런 것이라는 고정관념이 존재하는 것이다.

그러나 렉스 일행은 스킬에 대한 인식이 애매했다.

그것 때문에 효과를 완전히 발휘하지 못하는 경우도 있지만 반대로 플레이어가 갖지 못한 감각이나 효과를 얻는 경우도 있었다.

"혹시 신 씨에게서 스킬을 전수받은 건가요?"

"아니요, 아무것도요. 하지만 훈련 도중에 새로운 스킬이 발현되었습니다. 저는 【마력시(魔力視)】, 기안은 【기척 감지】, 그리고 뮤는 【직감】입니다."

자신이 가진 스킬을 다른 사람에게 쉽게 가르쳐주어서는

안 된다. 그러나 워낙 위급한 상황인 만큼 렉스는 감추지 않았다.

신이 전에 예상했던 것과 달리 전부 감지 계열로 분류되는 스킬이었다.

신이 잘못 짚은 것은 신이 알던 게임의 법칙 이외에도 이 세계에서 스킬을 얻는 조건이 존재하기 때문이었다.

스킬을 얻기 전에는 이번 같은 감각을 느껴본 적이 없었다고 렉스가 말하자 히라미도 고개를 끄덕거렸다.

"한 명만 자연스럽게 유인해서 사정을 들어보죠."

"그렇다면 저 사람이 좋을 것 같습니다."

지금은 조금이라도 단서가 필요했다. 히라미는 다른 교원들에게도 협력을 요청하려 했지만 렉스가 그것을 제지하며 교원 한 명을 가리켰다.

"저분도 지금 비슷한 상태입니다."

"저 사람은 분명……."

그 남자는 내사 결과 학교 내의 정보를 외부에 유출한 혐의가 제기됐던 교원이었다. 결국 그런 가능성이 있다는 정도로 끝났지만 말이다.

교원들이라면 잠깐 할 이야기가 있다고 불러내서 전원 집합시킬 수 있었다. 히라미는 즉시 피난소 안에 있는 물자 보관 창고에 교원들을 불러 모았다.

"그래서 할 이야기가 뭡니까? 지금 상황을 설명해주시려고요?”

갑작스러운 순간 이동에 동요해서인지 그 남자 교원은 아직도 안절부절못하고 있었다. 직접 이야기를 해보자, 한 곳을 응시하지 못하는 불안한 시선에 몸도 연신 꼼지락거렸다.

히라미는 말없이 아이템 박스에서 한 장의 카드를 꺼내 실체화했다.

녹색과 흰색의 나선 끝에 노란 결정체가 달린 길이 1.5메르의『청람(晴嵐)의 지팡이』였다.

히라미는 당황하는 남자 교원에게 지팡이 끝을 가볍게 갖다 댔다. 그러자 그는 몸을 부르르 떨며 기절하고 말았다.

“이걸로 악마의 영향하에 있었다는 게 증명됐네요.”

『청람의 지팡이』는 신이 히라미에게 건네준 대악마용 무기였다.

마법 스킬에 악마 특공 효과를 추가하는 능력과 악마의 영향을 없애주는 능력이 부여되어 있었다.

멀쩡한 사람에게 발동될 만한 효과는 없었기에 남성이 악마의 영향을 받았다는 것은 틀림없었다.

“오오! 이상한 느낌이 사라졌어!”

“굉장하네요. 역시 학장 선생님이에요.”

“너무 과하게 칭찬 받으니까 조금 복잡한 기분이네요.”

무기를 만들어준 사람은 신이었다. 히라미 혼자 힘으로는 이렇게 쉽게 정리할 수 없었으리라.

히라미는 전 플레이어였지만 게임 시대를 기준으로 하상 내지 중하 정도의 실력밖에 없었다.

"하지만 지금은 그런 걸 신경 쓸 때가 아니겠죠. 제가 처리할 테니까 기척이 이상한 사람들을 여기로 데려와 주세요. 최대한 조용히요."

"알겠습니다."

렉스가 대답하고 뮤는 크게, 기안은 작게 고개를 끄덕인 뒤에 세 사람은 창고를 나갔다. 곧 그들은 한 여학생을 데리고 돌아왔다.

당황한 여학생에게 히라미가 지팡이를 갖다 대자 현기증을 일으킨 것처럼 바닥에 주저앉고 말았다. 방금 전의 남자 교원과 달리 의식까진 잃지 않았다.

"어라…… 여긴……?"

여학생은 주변을 둘러보더니 자신이 왜 이곳에 있는지 모르겠다는 표정을 지었다.

히라미가 악마에 대해 언급하지 않고 이곳까지 어떻게 왔느냐고 묻자 꿈이라도 꾼 것처럼 멍한 기억밖에 없다는 대답이 돌아왔다. 자신이 무엇을 하고 있었는지 잘 기억하지 못하는 듯했다.

자신의 상태를 이해하면서 점점 혼란스러워하는 여학생을 히라미가 수면 마법으로 재워주었다. 안됐지만 지금 그녀를 위로해줄 만한 여유는 없었다.

히라미는 피난소의 빈방에 남자 교원과 여학생을 옮긴 뒤에 렉스 일행에게 계속해서 사람들을 데려와 달라고 부탁했다.

세 사람의 말에 따르면 불길한 분위기를 풍기는 학생들은 한두 명이 아니지만 전체에 비하면 적은 숫자였다.

히라미는 학생들이 끌려오는 동안 신 일행이 조금이라도 시간을 벌어주기를, 그리고 부디 무사해주기를 기원했다.

✝

학교에 굉음이 울려 퍼졌다.

이런 소리를 듣고 주먹과 주먹이 부딪쳤다고 생각하는 사람은 아무도 없을 것이다.

그러나 주먹의 주인이 악마라면 이야기가 달라진다. 사람 정도는 쉽게 으깰 만한 크기의 주먹이었다.

고레벨 몬스터의 육체는 특수 금속에 필적할 만큼 단단했다.

물리 법칙을 무시한 거대한 몸은 내부도 단단했고 단순히 걷는 것만으로도 땅이 움푹 꺼질 만큼 무거웠다.

그런 존재가 정면으로 격돌한 것이다.

서로를 때리는 것만으로도 지면이 요동쳤고 공기가 무섭게 진동했다.

"꽤나 쌓아두고 있었나 보군!!"

"기분 나쁜 소리 좀 그만하면…… 안 돼?!"

두 악마는 연속으로 공격하면서도 농담을 주고받았다. 그들 사이에는 50의 레벨 차이가 존재했다.

255의 레벨 상한선 내에서 능력치 차이가 크게 벌어지는 플레이어와 달리 몬스터의 레벨과 능력치는 밀접한 관계가 있었다. 쉽게 말해 레벨이 높아야 능력치도 높은 것이다.

특정 능력치에 특화된 타입이나 상성이 나쁜 경우를 제외한다면 기본적으로는 레벨이 높을수록 강했다.

특히 악마처럼 모든 능력치가 골고루 높은 몬스터일수록 그런 경향이 두드러졌다.

그러나 지금 정면으로 맞부딪치는 두 악마 사이에서 명확한 차이를 발견할 수는 없었다.

룩스리아가 엘쿤트에서 지내는 동안 힘을 축적해두었기 때문이었다.

악마가 가진 힘의 근원은 사람들의 욕망이다. 그리고 사람들이 살아가는 도시만큼 그 욕망이 넘쳐나는 곳은 없다. 힘의 축적량에는 한계가 있었지만 룩스리아는 50레벨의 차이를 메울 수 있을 정도의 힘을 비축해두고 있었다.

"언제까지 버틸 수 있을까!"

"크윽!"

그러나 싸움이 길어질수록 축적해둔 힘은 점점 줄어들었

다. 그리고 그것이 바닥나는 순간 아와리티아와 룩스리아의 능력 차이가 드러나기 시작할 것이다.

악마의 능력은 강대했지만 그만큼 힘의 소비도 많았다. 호각으로 부딪치던 주먹도 점점 룩스리아 쪽이 밀려나고 있었다.

게다가 룩스리아의 하반신인 촉수 뭉치를 향해 아와리티아의 하반신에서 퍼져나간 【흡생의 진흙】이 밀려들었다.

"그 기분 나쁜 것 좀 치워줄래?!"

룩스리아의 외침과 함께 촉수들이 술렁였다. 그리고 뭉치에서 풀려 나와 꿈틀거리는 촉수 끝에서 보라색 연기가 강하게 발사되었다. 목표는 지면을 기어오는 【흡생의 진흙】이었다.

【흡생의 진흙】은 지면을 따라 퍼진 연기에 닿자마자 슈우우 하는 소리를 내며 소멸해갔다.

악마 형태의 룩스리아가 사용하는 스킬 중 하나인 【녹아내리는 담배 연기】였다. 무기에도 높은 대미지를 주고 플레이어에게는 【마비】와 【적혈독】의 상태 이상을 부여하는 무차별 공격이었다.

연기는 강한 산성을 띠었고 그 안에 들어가는 것만으로도 지속 대미지를 입었다. 【흡생의 진흙】이 사라진 것은 그 때문이었다.

"이봐, 이봐. 재회 기념으로 안아주려고 했더니만."

"상대가 너라면 거절하겠어."

촉수는 끊임없이 【담배 연기】를 뿜어내서 【흡생의 진흙】을 몰아냈다. 그러나 아와리티아는 여전히 여유로웠다. 룩스리아의 【담배 연기】는 플레이어에겐 유효했지만 악마 상대로는 피부 표면을 약간 녹이는 정도에 그쳤던 것이다.

악마가 가진 고유의 능력은 동족인 악마를 상대할 때 큰 효과가 없었다. 그리고 그것은 룩스리아도 마찬가지였다.

그러나 동족 사이에도 상성은 존재했다.

아와리티아가 사용하는 【흡생의 진흙】의 효과는 드레인이었다. 룩스리아의 【담배 연기】처럼 별 효과가 없다고 무시할 수는 없었다.

조금이라도 닿으면 같은 악마끼리의 상성 때문에 원래의 능력 이상으로 힘과 체력을 빼앗기게 된다.

"포기할 거면 빨리 하라고. 나도 그게 편하니까."

우위에 선 자의 항복 권고였다. 그러나 깔보는 말투와 달리 주먹에 담긴 힘은 여전히 전력을 다한 것이었다.

"안됐지만 내가 포기를 잘 못하거든. 단념이 빠른 악마가 어디 있겠어?"

룩스리아는 방어 위주로 전환하며 시간 벌기에 돌입했다.

신은 인질 때문에 움직일 수 없지만 슈니가 신의 연락을 받고 움직이고 있을 거라고 룩스리아는 생각했다.

그리고 아와리티아도 건방진 말투로 허세를 부리고는 있지만 그렇게 여유 있는 상태는 아니었다.

그도 그럴 것이 설령 룩스리아를 흡수하더라도 그 뒤에는 절대 쓰러뜨릴 수 없는 신이 있지 않은가.

만약 인질이 구출되거나 소수의 희생은 불사하겠다는 마음을 먹는다면 형세는 단숨에 역전될 것이다.

아와리티아는 여유만만한 척하면서도 최대한 빨리 끝내고 싶어 하는 눈치였다. 룩스리아는 공격을 받아내면서 그렇게 생각했다.

"날 해치우면 저 인간도 흡수할 생각이야?"

"설마. 널 흡수하면 바로 튀어야지. 인질이 있어도 저 괴물하고 어떻게 싸우겠어?"

룩스리아의 질문에 아와리티아가 정색하며 말했다. 인질을 잡고 악마를 둘이나 흡수한 상태에서도 신에게는 이길 수 없다고 생각하는 듯했다.

아와리티아의 주먹을 막아내는 룩스리아의 팔이 삐걱거렸다.

전투를 시작한 지 30분도 지나지 않았지만 아와리티아의 연속 공격과 【흡생의 진흙】에 대응하느라 비축해둔 힘의 절반을 벌써 소비한 상태였다.

그 탓인지 룩스리아와 아와리티아의 레벨 차이가 서서히 드러나고 있었다.

여유가 없는 것은 룩스리아도 마찬가지였다. 룩스리아의

스킬은 상대에게 상태 이상을 부여하는 것이 많았다. 그러나 같은 악마에게는 거의 효과가 없었다.

상태 이상을 유발해 플레이어들의 연계를 망가뜨리는 것이 룩스리아의 최대 강점이었다. 상태 이상이 통하지 않는 한 명의 적에게는 전혀 발휘될 수 없다.

"하지만 시험해보지 않을 수 없겠지."

얼마나 효과가 있을지는 모르지만 이대로는 서서히 밀리게 될 것이다. 룩스리아는 모든 것을 걸어볼 작정으로 힘을 해방했다.

머리를 뒤덮던 덩굴이 꿈틀거렸다. 몇 초 뒤에는 덩굴 표면에서 크고 작은 균열이 무수히 생겨났다.

"쳇!"

아와리티아가 혀를 차며 팔에 더욱 강한 힘을 담기 시작했다. 그러나 아직 아슬아슬하게 견딜 수 있는 위력이었다.

덩굴의 표면에 생겨난 균열이 넓어졌다. 그리고 그 안에서 드러난 것은 사람의 입이었다. 덩굴 위로 출현한 무수한 입이 크게 숨을 들이쉬었다.

"윽?!"

룩스리아는 아와리티아의 뒤에서 신이 귀를 막은 것을 확인한 뒤 스킬을 발동했다.

모든 입에서 괴성이 튀어나왔다. 높은 목소리, 낮은 목소리, 맑은 목소리와 일그러진 목소리까지. 다양한 목소리가 들는 자의 정신을 뒤흔들었다.

【혼란의 자장가】라 불리는 충격파를 동반한 상태 이상 공격
이었다. 악마 상대로는 상태 이상이 거의 효과가 없지만 충격
파는 충분히 통할 것이다.

이것 역시 전체 무차별 공격이었다. 아와리티아의 본체와
【흡생의 진흙】을 한꺼번에 날려버리려는 듯이 일반인 정도는
순식간에 폐인으로 만들 법한 죽음의 자장가가 울려 퍼졌다.

"귀 따갑게 소리치지 말라고!"

아와리티아가 양손으로 땅을 붙잡으며 투덜댔다. 【혼란의
자장가】는 룩스리아가 가진 스킬 중에서도 1, 2위를 다투는
위력을 가졌다.

상태 이상이 통하지 않는다고 무시할 만한 공격이 아니었
던 것이다.

레벨이 더 높은 아와티리아의 몸이 점점 뒤에 물러나고 있
었다. 전방위 공격이었기에 학교 건물도 함께 파괴되었지만
바로 옆에서 악마끼리 싸우고 있으니 별수 없었다.

그리고 신은 자연스럽게 아와리티아의 몸 뒤에 숨어 있었
다.

"갚아주마."

룩스리아의 【혼란의 자장가】가 끝나자마자 아와리티아의
머리 부분, 수산양의 뿔 끝에 검은빛이 맺혔다.

몇 초 동안 힘을 모은 뒤, 검은빛이 룩스리아를 향해 뻗어

나갔다. 아와리티아의 거대한 몸 때문에 작게 보이지만 실제로는 직경이 1메르에 가까웠다.

룩스리아는 아와리티아의 공격을 회피할 수 없었다. 일직선으로 나아간 검은빛은 룩스리아 근처까지 이동하자 폭발적으로 확산되며 거대한 몸을 집어삼켰다.

풍경화를 검게 칠한 것처럼 공간 전체를 검게 물들인 공격이 3초 동안 이어졌다.

아와리티아가 가진 최대 위력의 스킬인【침식마탄(侵蝕魔彈)】이었다.

"크윽……."

회피할 틈도 없이 방어하던 룩스리아의 입에서 신음이 흘러나왔다.

위력이 높은 것은 물론이고 플레이어가 맞으면 최대 HP가 절반으로 줄어드는 스킬이었다. 플레이어들 사이에선 탱커 킬러로 불리곤 했다.

악마끼리의 싸움이었기에 그 효과가 발휘되진 않았지만 그것을 정통으로 맞은 이상 적은 대미지로 끝날 리는 없었다. 촉수와 날개 일부분이 녹아내렸고 거대한 팔은 한쪽이 사라지고 나머지 한쪽도 절반 가까이 검게 물들어 움직이지 못하고 있었다.

"역시 꽤 세네……."

상태 이상이 주를 이루는 룩스리아의 스킬과 달리 아와리티아의 스킬은 드레인에 중점을 두고 있다. 룩스리아가 많은 대미지를 입은 것은 대미지에 따른 드레인 비율이 낮게 설정되었기 때문이었다.

드레인 조건은 게임 시절이나 지금이나 다르지 않았고 몬스터와 플레이어의 구분도 없었다. 따라서 더욱 많은 체력을 드레인하려면 공격 횟수나 위력을 늘리는 수밖에 없었다.

아와리티아의 스킬은 위력을 높여서 드레인 양을 늘리는 유형이었다.

"역시 견뎌냈군."

"한 방에 당할 거란 생각은 너도 안 했으면서."

룩스리아의 능력치는 방어에 치중되어 있었기에 아와리티아의 스킬을 맞고서도 아직 충분히 움직일 수 있었다.

뒤이어 공격해온 【흡생의 진흙】은 촉수에서 뿜어져 나온 【담배 연기】에 그을려 있었다. 다만 촉수가 줄어든 덕분에 서로의 간격은 줄어든 상태였다.

팔도 손상되었기에 아와리티아의 주먹을 막아내긴 힘들 것이다.

"여자한테는 상냥하게…… 대해야 하는 거잖아!"

"하, 우리 사이에 뭐 그런 걸 따지고 있어?!"

이렇게 되자 일방적인 전개로 흘러가기 시작했다.

남은 팔로 막아낼 수 있는 것은 한쪽 주먹뿐이었다. 나머지 주먹은 촉수를 방패 삼아 막을 수밖에 없다. 그러나 그렇게 되면【흡생의 진흙】을 막아낼 수단이 사라진다.

방어로 일관하던 룩스리아의 몸에【흡생의 진흙】이 휘감기고 있었다.

"참 성가시게 구네!"

【흡생의 진흙】의 침식이 룩스리아의 움직임을 둔화시키고 있었다. 그리고 드디어 아와리티아의 주먹이 룩스리아의 방어를 뚫어냈다.

공기를 뒤흔들 정도의 진동과 함께 룩스리아의 거대한 몸이 공중에 떠올랐다.

"묵직하게 들어갔군."

아와리티아는 공격의 기세를 늦추지 않았다.【흡생의 진흙】의 침식 효과와 동시에 상대를 몰아붙이기 시작했다.

아와리티아의 주먹이 룩스리아의 방어를 뚫어내며 몸에 박혔다.

룩스리아는 제대로 된 방어 자세조차 잡지 못했고 직격을 피하는 것이 고작이었다. 일방적으로 얻어맞는 것이나 다름없는 상태였다.

"하하, 하하하하아하아아하하아하!!"

아와리티아의 웃음소리가 메아리쳤다. 룩스리아의 몸은 이미 만신창이였고 검게 물든 부분이 절반이 넘었다.

하지만 룩스리아는 아와리티아의 뒤에서 신이 움직이지 않는 이유를 잘 알고 있었다.

처음 변신할 때 신에게 몰래 메시지를 보내두었기에 인질이 해방될 때까지는 싸움에 끼어들지 않을 것이다.

"—하하하, 하아."

그때 아와리티아의 주먹이 멈추었다.

"뭐 하는…… 거야?"

이제 【흡생의 진흙】에 덮이지 않은 부위는 머리뿐이었다. 저항할 수 없는 상태인데도 굳이 공격을 멈추는 이유를 룩스리아는 알 수 없었다.

"너야말로 뭐 하는 거냐? 맥 빠지는 공격만 하다가 지금은 피하지도 않다니. 힘을 비축해두었으면서 제대로 사용하는 방법도 모르나 보군."

분명 아와리티아가 레벨은 위였다. 그러나 서로 스킬을 사용한 뒤에 한쪽은 피해가 거의 없었던 반면 다른 한쪽은 전투 불능에 빠지기 직전이다. 지나치게 압도적인 차이였다.

그리고 【침식마탄】을 피하지 못한 것이 결정적이었다. 아무리 룩스리아의 몸이 거대하다 해도 레벨에 걸맞은 속도를 갖추고 있었다. 아와리티아의 공격을 전부 그대로 받아냈다는 것은 아무리 생각해도 납득이 가지 않았다.

"설마 주변의 피해를 신경 쓴 거냐? 악마인 네가?"

마음먹고 스킬을 사용했다면 【혼란의 자장가】가 학교 밖까지 울려 퍼졌으리라.

【침식마탄】을 피했을 경우에도 학교 밖까지 피해가 미쳤을

것이 틀림없었다.

아와리티아가 공격을 중단할 정도로 당황한 룩스리아의 행동은 도시와 사람들에 대한 피해를 최소화하기 위함이었다.

"글쎄? ……무슨 말인지 모르겠는데."

룩스리아는 아와리티아의 질문에 솔직히 대답할 마음이 없었다.

애초에 자신이 왜 그런 행동을 했는지도 정확히 몰랐다. 자신의 목숨보다 소중한 것은 아무것도 없다고 생각해왔건만, 자신도 모르는 사이【침식마탄】을 몸으로 막아내고 있었다.

저항할 힘은 이미 남아 있지 않았다. 이제 곧 아와리티아에게 흡수되어 자신이라는 존재가 사라질 것이다.

언젠가 육체가 부활하고 기억도 계승될 테지만 다음 룩스리아는 지금의 그녀와는 다른 개체다.

기억은 있어도 마음까지는 계승되지 않는다. 그것은 어떤 의미에서『죽음』이라 할 수 있었다.

"너, 정말로 음욕의 악마냐?"

"……."

룩스리아는 이미 대답할 힘이 없었다. 아와리티아는 반응이 없는 그녀를 보며 눈을 가늘게 뜨더니 잠시 멈추었던【흡생의 진흙】을 다시 침식시켰다. 저항은 없었다.

룩스리아는 곧【흡생의 진흙】에 삼켜져 검은 고치처럼 되고 말았다.

"이 녀석은……."

고치를 본 아와리티아가 의아하게 중얼거렸다.

승패는 판가름났고 룩스리아는 저항을 포기했다. 그렇다면 바로 동화가 시작되어야 한다.

그러나 고치 속에서도 룩스리아의 존재는 사라지지 않았다.

아와리티아의 기억에는 남아 있지 않은 현상이었고, 그것이 희미한 빈틈을 만들어냈다.

등 뒤에서 들린 폭발음에 아와리티아가 반응했을 때는 은청색의 섬광이 이미 겨드랑이 밑을 스쳐 지나가고 있었다.

"이 자식?!"

섬광은 아와리티아가 즉시 휘두른 팔을 가볍게 피하며 룩스리아를 향해 날아갔다.

"조금만, 버텨어어어어어어어!!"

신이 휘두른 『디 아크』가 까만 고치를 찢어놓았다.

불꽃이 튀었다. 칼날과 칼날이 맞부딪치며 서로의 검신이 희미하게 깎여나갔다.

"제법인데!"

"칭찬 고맙군!"

룩스리아와 아와리티아의 본체가 싸우기도 전에 시작된 파가르와 남사르의 전투는 아와리티아의 분신에 조종 당한 남사르의 우위로 진행되고 있었다.

격전의 여파로 집무실의 가구는 형체를 알아볼 수 없을 만큼 망가져 있다.

"왜 전력을 다해 싸우지 않지? 혹시 장난치는 거냐?"

자신을 이곳에 붙잡아 두려는 걸까? 아니면 마음껏 싸울 수 없는 이유라도 있는 것일까? 어렴풋이 보이는 남사르의 표정에서는 아무것도 읽어낼 수 없었지만 파가르는 의식을 집중했다.

"나를 이기면 가르쳐주지."

파가르는 상대가 쭉 뻗어온 장검을 쌍검으로 미끄러뜨리며 방향을 틀어놓았다.

남사르의 완력은 파가르보다 위였다. 정면으로 받아내는 것은 상책이라 할 수 없었다.

파가르는 싸우면서도 어떻게 해야 좋을지 고민했다.

룩스리아와 아와리티아의 본체가 전투를 벌이는 것은 저지했지만 그렇다고 남사르를 가만둘 수도 없는 일이었다. 자신 외의 다른 사람들, 특히 국왕을 노린다면 큰일이다.

또한 성안에는 아직도 많은 사용인과 병사가 남아 있었다. 불리하다고 해서 도망칠 수는 없었던 것이다.

"다른 사람에게 조종 당하고 있다는 게 믿기지 않는군."

상대가 펼치는 검술은 남사르의 것과 다르지 않았다. 파가르는 상대에게 왜 전력으로 싸우지 않느냐고 물었지만, 만약 처음부터 진지하게 싸웠다면 그런 말을 할 여유조차 없었으리라.

그때 쌍검에 빗겨나가던 장검이 갑자기 움직임을 멈추더니 방향을 바꾸어 파가르를 공격해왔다.

파가르는 스스로 장검 쪽으로 몸을 날리며 거리를 벌렸다.

"짜증 나는 무기를 쓰는군."

"악마가 온다는 걸 알았는데 이 정도 준비도 안 해놨겠어?"

남사르의 장검에서 까만 연기 같은 것이 피어올랐다. 파가르의 쌍검이 닿은 부분이었다.

파가르가 들고 있는 무기는 쌍검 『레그루스』였다. 물론 대악마용 무기다.

슈니가 병사들을 훈련시키러 왕성에 왔을 때 건네주었던 물건이다. 이 무기마저 없었다면 상황이 더욱 안 좋았을 것이다.

"너도 그렇고 그 여자도 그렇고, 성가신 무기를 쓰고 말이야."

남사르는 파가르와 연속으로 검을 부딪치지 않았다. 장검도 악마의 능력으로 변형되어 있었기에 『레그루스』에 닿으면 상태가 안 좋아지는 모양이었다.

능력치로 따지면 남사르를 조종하는 아와리티아가 위였지

만 무기는 파가르 쪽이 우세했다.

파가르는 내심 신에게 감사하며 이번에는 자신이 먼저 공격해 들어갔다.

오른손에 든 『레그루스』에는 전기가 흐르고 왼손에 든 『레그루스』에서는 화염이 뿜어져 나왔다.

양손의 무기로 서로 다른 속성의 스킬을 사용할 수 있다는 것이 이도류가 가지는 가장 큰 장점이었다.

파가르는 먼저 전기가 흐르는 『레그루스』를 휘둘렀다.

악마의 힘 덕분인지 검의 손상은 금세 회복되었지만 남사르의 움직임이 약간 둔해진 것은 사실이었다.

지금까지 보여준 남사르의 반응은 장검으로 튕겨내거나 회피하는 것뿐이었다.

하지만 이번엔 달랐다. 남사르는 놀랍게도 왼손으로 『레그루스』를 움켜쥐었다.

"크으~ 아프군!"

전기가 남사르의 온몸에 퍼지며 움직임이 둔해졌다.

『레그루스』를 쥔 장갑에서는 뜨거운 쇠를 물에 넣었을 때처럼 치이익 하는 소리가 났다. 그러나 『레그루스』를 쥔 손은 놓지 않고 있었다.

"이 자식?!"

"그렇게 멈춰 있으면 안 되지."

살짝 동요한 파가르를 향해 남사르가 장검을 휘둘렀지만

파가르가 즉시 왼손의 검으로 막아냈기에 몸이 두 동강 나지는 않았다.

그러나 한 손만으로는 장검의 기세를 이겨낼 수 없었고 뒤로 크게 튕겨 나가고 말았다. 파가르는 벽에 등을 부딪히고 고통에 신음했다.

"이제 곧 결판이 날 것 같거든. 널 붙잡아 두는 것도 이제 끝이야."

"나를…… 그렇게 중요하게, 생각하다니…… 그것 참 영광이군."

파가르는 의아하게 생각했지만 그렇다면 시린은 자유롭게 움직일 수 있을 것이다.

그러나 이어지는 남사르의 말이 그것이 착각이었음을 깨닫게 해주었다.

"그 녀석에겐 내가 이미 손을 써뒀어. 너희는 다수를 구하기 위해 소수를 희생시키는 선택을 할 수 있으니까 말이야. 그 녀석처럼 날 붙잡아 둘 순 없겠지. 그리고 아직 이용 가치도 있고."

남사르는 검을 고쳐 쥐었다.

"……그래, 시린 공을 신경 쓰지 않는 건 그 때문이었군."

파가르의 목소리가 작게 속삭이듯이 바뀌었다.

눈 깜짝할 사이―그렇게밖에 형용할 수 없는 속도로 파가르가 움직였다.

쌍검이 공중에 두 줄의 궤적을 남겼다. 한 자루가 남사르의 장검을 튕겨냈고 나머지 한 자루는 남사르의 목을 노렸다.

"핫, 위험해라."

남사르는 흐르는 피를 손으로 막으며 말했다. 『레그루스』의 칼끝은 확실히 남사르의 목에 닿았다.

그러나 남사르 역시 전혀 반응하지 못한 것은 아니었다. 방어가 불가능하다는 것을 알고 즉시 몸을 틀어 베이는 범위를 최소화한 것이다.

"처음 보는 기술이군. 동료한테도 안 가르쳐주다니 인정머리가 없네."

지금까지와는 전혀 다른 속도를 보고 남사르도 경계하는 것 같았다.

파가르는 대답하지 않았다. 대신 남사르의 경계심을 역이용해서 숨을 깊이 들이쉬었다.

"……!!"

파가르가 다시 한번 움직였다. 그야말로 전광석화 같은 빠른 공격이었다.

몸을 조종하는 존재가 아와리티아가 아니었다면 남사르의 목은 이미 땅에 떨어졌을 것이다.

"칫, 빠르군."

남사르의 방어는 파가르의 속도를 따라잡지 못했다. 그럼에도 쓰러지지 않는 것은 치명상만큼은 피하고 있다는 점과 엄청난 회복 속도 덕분이었다.

치명상을 줄 수 없는 파가르와 상대의 속도를 따라잡지 못하는 남사르. 서로 결정타를 줄 수 없는 상황에서 시간만이 흐르고 있었다.

그리고 먼저 한계에 다다른 것은 파가르였다.

남사르를 베는 상처가 점점 약해지고 횟수도 줄어들더니 결국에는 어깨가 들썩일 만큼 숨을 헐떡이며 움직임을 멈추었다.

"역시 그랬군. 너, 자기 목숨을 불태웠던 거냐."

드레인 능력을 가진 남사르는 바로 알아챘다. 일방적으로 공격하던 파가르의 체력이 줄어들고 있었다는 것을 말이다.

파가르가 사용한 것은 보조 스킬【오버 부스트】였다.

예전에 신이 사용한 스킬의 파생 버전이며, 사용자의 HP를 희생시키는 대신 일반적인 보조 스킬보다 훨씬 높은 효과를 얻을 수 있었다.

당연한 말이지만 장시간 연속으로 사용할 경우 상대보다 먼저 위기에 봉착할 수 있는 스킬이기도 했다.

"상대가 나빴군. 내가 아니었다면 해치울 수 있었을 텐데."

"……."

파가르는 대답하지 않았다. 체력 소모가 심각했지만 회복할 틈이 없었다.

남사르는 약해진 상대를 앞에 두고 대화를 이어나가려 했지만, 그 모습은 흡사 뭐든 할 수 있으면 해보라는 것과도 같았다.

"동료 용사는 구하러 오지도 않을 텐데 왜 그렇게까지 열심이지? 빨리 포기해버리면 편하잖아."

"미안……하지만…… 그럴 수는 없어서 말이야."

파가르는 틀린 말이 아니라고 고개를 끄덕이려다가 입술을 깨물며 정신을 차렸다.

정신 스킬에 당한 병사들을 보며 부하가 했던 말이 파가르의 뇌리를 스쳐 지나갔다.

"시린 공이 싸울 수 없다면 내가 해야만 한다고."

"호오. 그 녀석보다도 약한 네가 말이냐? 왜지?"

능력치만 보면 파가르보다 시린이 위였다.

같은 용사지만 실력에 차이가 있다는 것을 파가르 본인도 잘 알고 있었다.

"간단해. 내가, 아니 이 몸께서 그렇게 하겠다고 맹세했기 때문이야."

하지만 그게 무슨 상관이란 말인가. 능력이 부족하면 뛰어난 사람에게 모두 떠넘기면 된다는 것인가?

그럴 리가 없다. 그럴 리가 없다고 파가르는 생각했다.

"이 나라를 지키기 위해 검을 잡았어. 힘이 부족하다 해도 난 용사야. 내 목숨이 다할 때까지 조국을 위협하는 자들 앞을 막아설 거다!"

그 말이 끝나기도 전에 파가르는 스킬을 발동하며 남사르를 공격해 들어갔다.

HP는 이미 붉게 점멸하고 있다. 전투 방식을 바꾸지 않는다면 몇 분 내로 그의 HP는 0까지 떨어질 것이다.

빈사 상태로 끝날 수도 있고, 아니면 죽을 수도 있다. 아무도 시험해본 적이 없는 일이기에 파가르는 결과를 알 수 없었다.

하지만 그렇다고 멈출 생각은 없었다. 처음부터 목숨을 버릴 각오가 되어 있었으니까 말이다.

아와리티아의 본체는 신 일행이 어떻게든 막아주길 바랄수밖에 없었다. 그것만이 마지막 아쉬움이었다.

"우오오오오오오오오오오!!"

파가르의 포효가 집무실의 공기를 뒤흔들었다. 그의 공격이 더욱 빠르고 예리하게 남사르를 덮쳤다.

"별수 없지. 나도 진지하게 해볼까."

공격이 닿기 직전, 아와리티아가 자신의 힘을 해방했다. 지금까지는 남사르를 이용하기 위해 자제해왔지만 적이 자멸하려 한다면 그럴 필요가 없다고 판단한 것이다.

용사에 필적하는 남사르의 몸에 악마의 힘이 덧씌워졌다.

그것은 목숨을 불태운 파가르의 움직임마저 능가했다.

파가르의 필사적인 연속 공격을 검은 안개에 뒤덮인 장검이 전부 쳐냈다. 그뿐만 아니라 반격까지 시도하고 있었다.

일시적으로 능력을 강화하지 않았다면 피하기는커녕 방어조차 불가능한 속도였다.

"포기하면 편할 텐데?"

"집어치워!"

파가르는 이것이 마지막이라는 것을 직감하고 혼신의 일격을 가했다.

마지막 목숨을 쥐어짠 공격은 본색을 드러낸 아와리티아의 속도를 순간적으로 뛰어넘었다.

"아쉽게…… 됐군."

오른쪽 검은 남사르의 왼쪽 옆구리에 박혔고 왼쪽 검은 오른쪽 어깨부터 가슴까지 파고들었다.

완전히 베어내지 못한 것은 남사르의 단단한 몸과 갑옷 덕분이었다.

상처에서 살이 타는 소리가 났다. 『레그루스』가 남사르의 몸에 계속 대미지를 주고 있는 것이다.

하지만 치명상과는 거리가 멀었다. 육체는 남사르의 것이지만 회복력은 아와리티아였다. 검을 뽑으면 몇 분 내로 원상복구될 상처였다.

"……"

파가르의 손이 검에서 떨어졌다.

죽은 것은 아니었다. 하지만 이미 서 있을 힘조차 남아 있지 않았다.

바닥에 쓰러진 파가르에게 남사르의 손이 뻗어왔다. 파가르의 목숨은 풍전등화나 다름없었다. 악마의 힘이라면 쉽게 조종할 수 있을 것이다.

"……!!"

하지만 그 손이 파가르에게 닿기 직전에 남사르는 검을 고쳐 쥐었다. 다음 순간, 집무실 입구에서 눈부시게 빛나는 창이 날아들었다.

"이 녀석은?!"

남사르는 검으로 창을 튕겨냈다. 하지만 그 기세에 창가까지 밀려나고 말았다.

"아슬아슬했군."

튕겨 나간 창을 잡은 시린이 파가르 앞을 막아섰다.

"이봐, 이봐. 어떻게 제정신으로 돌아온…… 하긴, 굳이 물어볼 필요도 없겠지."

남사르는 시린이 든 창을 보며 납득했다는 듯이 웃었다.

성창 『기르딘』에서 발산되는 성스러운 기운을 모두가 느끼고 있었다.

파가르가 가진 『레그루스』도 그랬지만 단순히 강력하기만 한 무기는 아니었다.

"걸리적거리는 녀석이 있는데 뭘 할 수 있다는 말이냐?"

시린은 남사르의 장검을 『기르딘』의 창대로 받아냈다.

아직도 힘을 해방한 상태였기에 그 일격만으로도 시린의

무릎을 꿇게 만들 정도였다. 파가르의 공격으로 남사르의 옆구리와 어깨에 『레그루스』가 박혀 있었지만 피조차 흐르지 않았다.

"내가 『레그루스』를 피했다면 저 걸리적거리는 녀석은 지금쯤 이 세상에 없겠지. 아니면 네가 직접 숨통을 끊으려고? 나도 그 정도는 기다려줄 수 있다고."

"꽤나 말이 많군."

시린도 상황이 안 좋다는 것은 알았기에 표정에 여유가 없었다.

파가르는 몰래 포션을 사용했지만 스킬로 몸을 한계까지 혹사한 탓인지, 체력은 돌아와도 팔다리가 제대로 움직여주지 않았다.

"원래 너까지 죽일 생각은 없었는데 이렇게 되면 어쩔 수 없겠어."

남사르의 장검이 『기르딘』을 몰아붙였다.

무기가 좋아도 사용자의 능력치는 남사르가 더 위였다. 칠흑의 칼날이 점점 시린의 얼굴에 가까워졌다.

"결국 시간만 조금 벌어준 셈이군. 굳이 나설 필요는 없었을 것 같은데?"

"마음대로 지껄여라."

칼과 창이 삐거덕거리는 소리를 냈다.

밀려나는 것은 시간문제 — 모두가 그렇게 생각한 순간에 무언가가 파열하는 듯한 감각이 파가르와 시린, 그리고 남사르에게 전해졌다.

공기가 떨리거나 소리가 난 것은 아니었지만 모두들 눈에 보이지 않는 『무언가』가 엘쿤트 안에 퍼지는 것을 느꼈다.

"뭐야? 이, 그어어어어어어어어억?!"

그 무언가가 파가르와 시린의 몸을 스치며 남사르에게 닿았을 때 사태는 급변했다. 시린을 밀어붙이던 남사르가 갑자기 괴로워하기 시작한 것이다.

파가르가 몸을 간신히 일으켜 남사르를 바라보자 『레그루스』가 박힌 부위와 목에서 검은 안개 같은 것이 분출되고 있었다.

안개는 끊임없이 새어 나왔고 남사르의 몸 밖으로 흘러나온 안개가 조금 떨어진 곳에서 한 덩어리가 되어갔다.

"이건…… 대체?"

"모르겠어. 하지만 방금 그건 아무래도 우리 편인 것 같군."

파가르가 시린의 옆에 서며 말했다. 어느새 몸이 회복된 것이리라.

점점 기세가 약해져가는 안개를 보면 무언가가 악마의 힘을 소멸시키고 있음을 알 수 있었다.

안개가 나올수록 남사르의 갑옷과 검이 원래의 형태로 돌아오고 있었기 때문이다.

잠시 뒤에 남사르의 몸에서 안개가 멈추었다. 『레그루스』는 저절로 몸에서 빠져나왔고 안개가 분출되던 상처도 회복되어 있었다. 남사르의 몸은 그 자리에 힘없이 쓰러졌다.

"뭘 한…… 거냐?"

남사르의 몸에서 빠져나온 안개가 탁한 목소리를 냈다. 두 사람은 그것이 무엇인지 생각하기도 전에 무기를 겨냥했다.

대답할 생각은 없었다. 시린과 파가르는 말없이 『기르딘』과 『레그루스』를 휘둘렀다.

부정형의 안개는 연기가 흩날리는 것처럼 사라져갔다.

무기가 닿은 부분이 통째로 사라졌기에 안개가 완전히 소멸하기까지는 그리 많은 시간이 걸리지 않았다.

"끝난…… 건가?"

"아마도. 남사르 공도 무사한 것 같다. 정말, 이번엔 계속 도움만 받는군."

긴장이 풀린 파가르에게 시린이 한숨을 쉬며 대답했다.

위험이 완전히 사라진 건 아니다. 하지만 두 사람은 사태가 수습되고 있음을 확신했다.

✝

악마의 영향하에 있던 사람을 해방시켰다.

그런 연락이 온 것은 룩스리아가 【흡생의 진흙】에 삼켜진 직후였다.

"······!!"

히라미의 연락 내용을 머리로 이해한 순간, 신은 온 힘을 다해 땅을 박찼다.

신은 악마가 다른 악마를 어떤 식으로 흡수하는지 알지 못했다. 하지만 아직 고치가 남아 있다. 포기할 생각은 전혀 없었다.

첫 번째 걸음에 아와리티아의 옆을 스쳐 지나가고 두 번째 걸음에 룩스리아를 향해 몸을 날렸다.

고치같이 되어버렸지만 신은 룩스리아의 형상을 기억하고 있었다. 아와리티아의 방해를 피하며 고치만을 노려서『디 아크』를 휘둘렀다.

"조금만, 버텨어어어어어어어어!!"

『디 아크』가 고치를 갈랐다. 저항은 거의 없었다.

신은 몸을 날린 기세 그대로 룩스리아 옆을 스쳐 지나갔다. 다음 순간, 신의 등 뒤에서 빛이 폭발했다.

"뭐지?!"

무리해서 몸을 날린 탓에 무너진 자세를 바로잡던 신이 뒤를 돌아보자 고치 안에서 눈부신 빛이 뿜어져 나오고 있었다.

고치 너머에는 양팔로 몸을 감싸며 뒤로 물러나는 아와리티아가 보였다. 고치 안에서 넘쳐흐르는 빛이 아와리티아의 온몸을 태우고 있었다.

"고치가…… 갈라진 건가?"

갈라진 틈이 점점 벌어지며 고치 전체로 확산되었다.

십 초 정도의 시간이 흐른 뒤에 유리 깨지는 듯한 소리와 함께 고치가 산산조각 났다.

그러나 그곳에 나타난 것은 패배하기 직전의 룩스리아가 아니었다.

"저건……."

그곳에는 사람 형상을 한 룩스리아가 있었다. 다만 신이 기억하던 모습과 몇 가지 부분이 달랐다.

하얀 빛 속에 떠오른 룩스리아는 그 빛에 지지 않을 만큼 눈부시게 빛나며 긴 천을 몸에 두르고 등에는 빛의 고리를 두르고 있었다.

빛의 고리에서는 룩스리아의 키만 한 문양 같은 것이 뻗어 있다.

희푸른 그 문양은 오른쪽으로 네 장, 왼쪽으로 네 장이었다. 마치 날개 같았다.

"룩스리아……인 건가?"

룩스리아가 모습을 드러낸 순간, 투명한 파도 같은 『무언가』가 주위에 퍼져나갔다. 그것이 신의 몸을 통과했지만 아무것도 느껴지진 않았다.

영향을 받은 것은 아와리티아 쪽이었다.

"그ㅇㅇㅇㅇㅇㅇㅇㅇㅇㅇㅇㅇ웃?!"

아와리티아의 온몸이 초점이 어긋난 것처럼 일그러졌다.

괴로워하는 모습이 심상치 않았다.

"설마 이런 일이 생길 줄이야."

속삭이듯 말하는 룩스리아의 손에서 날개와 똑같은 희푸른 빛이 발사되었다.

연속으로 발사된 빛의 창이 괴로워하는 아와리티아의 온몸에 꽂히며 커다란 구멍을 냈다.

"너, 너어…… 그…… 모습은…….."

"너도 보면 알잖아. 악마라면 모를 리가 없는걸. 뭐, 나도 놀라고 있지만 말이지."

"악마가…… 천사로 변하다니. 이런 말도…… 안 되는…….."

아와리티아는 거기까지 말하다가 흩어지는 연기처럼 사라지고 말았다.

아와리티아가 있던 곳에는 토벌을 증명하는 『탐욕의 결정(드롭 오브 아와리티아)』이 떨어져 있었다.

급변하는 상황에 신이 당황하고 있자 룩스리아는 신을 보며 빙긋 웃었다.

"어머, 아무래도 날 경계하나 보네."

신 앞에 내려선 룩스리아는 고개를 살짝 갸웃거리며 말했다.

"나한테는 전혀 짚이는 게 없어서 말이야. 이게 좋은 일인지, 아니면 나쁜 일인지 솔직히 모르겠어."

아와리티아가 마지막에 꺼낸 『천사』라는 단어. 악마를 쓰러뜨린 것을 생각하면 아군이라 생각하는 것이 맞을 것이다.

하지만 【THE NEW GATE】의 몬스터에 대해 잘 아는 신도 『천사』는 본 적이 없었다. 운영자가 그 존재를 언급한 적이 있지만 조우해본 플레이어가 아무도 없었던 것이다.

악마와 대비되는 존재로 언급되는 『천사』는 악마가 그렇듯이 몬스터로 분류된다.

그리고 몬스터라면 반드시 사람의 아군이라는 보장이 없었다.

"무슨 심정인지 이해 못 하는 건 아냐. 나도 왜 이렇게 되어버렸는지 모르겠는걸. 하지만 내가 천사가 됐다는 건 자각하고 있고 악마였던 시절의 기억도 그대로 남아 있어. 물론 너희들에 대한 것도 말이지."

"천사라. 실제로 존재했던 거구나."

"죄원의 악마가 변화한 존재인 거겠지. 이렇게 변하고 나서 대충 느껴지는 건데, 지금의 나는 『애정』을 관장하는 것 같아."

"죄원과 대비되는 미덕의 천사란 건가. 하지만 정식으로 정해진 설정은 아니니까 대비된다고 할 수 없다는 이야기도…… 뭐, 지금은 굳이 그런 걸 따질 필요는 없으려나."

신은 죄원의 악마에 관해 조사했을 때의 지식을 떠올렸지만 정확히 기억나는 것은 아니었다.

"아, 그렇지. 아와리티아가 쓰러졌으니까 도시 쪽으로 가봐야겠어. 소환된 몬스터들이 난동을 부리고 있거든."

"당황하지 마. 그거라면 이미 괜찮아졌으니까."

"······뭐?"

신은 슈니를 도우러 가야 한다는 생각에 바로 움직이려 했지만 룩스리아가 그의 어깨를 잡았다.

그녀의 설명에 따르면 처음에 발생했던 파장 같은 것 —【성자의 파동】으로 불리는 것 같다— 에 의해 악마의 영향을 받은 소환진과 몬스터가 전부 사라졌다.

신이 미니맵을 확인하자 도시에 넘쳐나던 몬스터 반응이 깨끗이 사라져 있었다.

"굉장하네. 아직 마음을 놓을 수 없다고 생각했는데."

"이 정도로 효과를 받는 건 악마와 그 영향하에 놓인 존재들뿐이야. 하지만 그게 가능했던 것도 전부 신 덕분이야. 그때 신이 고치를 갈라주지 않았다면 그대로 동화되어버렸을 테니까."

"고맙다는 인사는 히라미에게 해줘. 그 녀석들이 인질을 해방해줘서 움직일 수 있었어."

룩스리아가 당하는 것을 가만히 지켜볼 수밖에 없었던 신은 오히려 미안한 마음이 컸다.

"괜찮아. 네가 거기 있어줘서 나도 열심히 싸웠던 거니까."

룩스리아는 아와리티아와 싸우기 직전에 악마의 형상으로

변신하면서 신에게 메시지를 보냈다. 인질이 해방될 때까지, 설령 자신이 당하더라도 절대 끼어들지 말라는 내용이었다.

아와리티아와의 싸움 도중에 자신과 동화되면 도시에서 물러나겠느냐고 물었던 것도 그 때문이었다.

룩스리아는 자신이 희생되는 것조차 불사하며 싸웠던 것이다.

"내가 지더라도 네가 있다면 아와리티아는 언젠가 토벌될 거잖아. 이번 경험 덕분에 인질에 대한 대책도 잘 세울 거고. 그러니까 내 희생이 헛되진 않을 것 같았어. 그렇게 생각했더니 마음이 꽤 편해지던데."

"너 말이야……."

그런 식으로 생각하지 말라고 이야기하려는 신의 입을 룩스리아는 미소를 지으며 손가락으로 막았다.

"내가 멋대로 고마움을 느끼는 것뿐이니까 네가 미안해할 건 없어. 그보다도 나한테 뭐 바라는 거 없어? 이제 악마가 아니니까 마음 놓고 몸을 맡겨도 될 텐데? 아, 그리고 난 지금 안에 아무것도 안 입었어. 천만 두르고 있어서 조금 추운데, 좀 따뜻하게 해주면 기쁠 것 같아."

"이봐. 너 사실 아직도 절반 정도는 악마인 거지? 천사는 천사라도 음욕의 천사겠지……."

이야기가 갑자기 이상하게 흐르는 룩스리아를 보며 신은 어이가 없었다.

신은 자연스레 천을 풀려고 하는 룩스리아를 제지하며 일단 궁지에서 벗어났다는 것에 안도의 한숨을 쉬었다.

이름 : 시린 라가스

성별 : 여성

종족 : 로드

메인 잡 : 성기사

서브 잡 : 창술사

모험가 랭크 : 없음

소속 : 엘쿤트 왕국

●능력치

LV : 238

HP : 7503

MP : 4877

STR : 630

VIT : 593

DEX : 672

AGI : 494

INT : 501

LUC : 65

●전투용 장비

머리 은실의 머리끈【피대미지 감소[약]】

몸 백마강(白魔鋼)의 갑옷【VIT 보너스[중]】

팔 백마강의 건틀렛【STR 보너스[소]】

다리 백마강의 각반【AGI 보너스[중]】

액세서리 청마석 귀걸이【MP 증가[약]】

무기 기르딘 · 근접용【DEX 보너스[강],
결계 생성, 악마 특공[강]】
기르딘 · 투척용【투척 거리 증가[강],
명중 보정[강], 악마 특공[강]】

●칭호

●용사

●창술 사범

●마법사 사범 대리

●선봉장

●무예백반

etc

●스킬

●미티어

●섬창(閃槍)

●플레어 랜스

●순보(瞬步)

●심안

etc

기타

●근위 기사

※보너스 상승치 미〈약〈중〈강〈특

이름 : **파가르 엔트**
성별 : 남성
종족 : 휴먼
메인 잡 : 성기사
서브 잡 : 마검사
모험가 랭크 : 없음
소속 : 엘쿤트 왕국

● **능력치**

LV : 213
HP : 6799
MP : 5203
STR : 530
VIT : 478
DEX : 629
AGI : 694
INT : 401
LUC : 72

● **전투용 장비**

머리　백마강의 이마받이【DEX 보너스[소]】
몸　　백마강의 경갑【AGI 보너스[중]】
팔　　백마강의 건틀렛【STR 보너스[소]】
다리　백마강의 각반【AGI 보너스[중]】
액세서리　마은(魔銀) 목걸이【상태 이상 내성[소]】
무기　레그루스【AGI 보너스[강], 침투 무효,
　　　악마 특공[강]】

● **칭호**

● 용사
● 검술 사범
● 마법사 사범 대리
● 트릭스타
● 통솔자
etc

● **스킬**

● 그래비티 엣지
● 레드 문
● 아이스 애로우
● 직감
● 오버 부스트
etc

기타

● 근위 기사

이름 : **아와리티아**

종족 : 죄원의 악마

죄원 : 탐욕

●능력치

LV : 750

HP : ?????

MP : ?????

STR : 789

VIT : 722

DEX : 820

AGI : 509

INT : 699

LUC : 0

●전투용 장비

없음

●칭호

● 복합 악마

● 생명을 빨아들이는 자

● 포식자

●스킬

● 흡생의 진흙

● 악심의 속삭임

● 욕망의 분신

● 타락으로의 유혹

● 침식마탄

etc

기타

● 흡수(태만)

이름 : 남사르 알가인(악마 침식)

성별 : 남성

종족 : 드래그닐

메인 잡 : 성기사

서브 잡 : 검술사

모험가 랭크 : 없음

소속 : 엘쿤트 왕국

●**능력치**

LV : 240

HP : 8508

MP : 7392

STR : 729

VIT : 711

DEX : 832

AGI : 636

INT : 545

LUC : 0

●**전투용 장비**

머리　흑마강의 헬멧【VIT 보너스[중]】

몸　　흑마강의 갑옷【VIT 보너스[중]】

팔　　흑마강의 건틀렛【STR 보너스[강]】

다리　흑마강의 각반【AGI 보너스[중]】

액세서리　없음

무기　무명검【내구도 상승, HP 흡수[강],
　　　대인 특공[강]】

●**칭호**

●검술의 달인

●창술 사범 대리

●격투술 사범 대리

●호국의 기사

●충의의 기사

etc

●**스킬**

●슬래시 노바

●영격검(影擊劍)

●크로스 슬래시

●헤비 소드

●트라이 엣지

etc

●**기타**

●악마 침식 상태

●장비 변질

이름 : **룩스리아**

종족 : 천사

등급 : 애정

●**능력치**

LV : 850

HP : ?????

MP : ?????

STR : 829

VIT : 682

DEX : 888

AGI : 520

INT : 743

LUC : 90

●**전투용 장비**

없음

●**칭호**

- ●애정의 천사
- ●변모한 악마
- ●미소의 수호자

●**스킬**

- ●성자의 파동
- ●자애의 자장가
- ●사수(死睡)의 자장가
- ●창천의 성장(聖裝)
- ●하얀 자비의 빛

etc

기타

- ●미구현 몬스터

◆ 당신은 언제나 옳습니다. 그대의 삶을 응원합니다. — 라의눈 출판그룹

더 뉴 게이트 14

초판 1쇄 2019년 9월 15일

지은이 카자나미 시노기 일러스트 晩杯あきら 옮긴이 김진환
펴낸이 설응도 편집주간 안은주
영업책임 민경업 디자인책임 조은교

출판등록 2014년 1월 13일(제2014-000011호)
주소 서울시 강남구 테헤란로78길 14-12(대치동) 동영빌딩 4층
전화 02-466-1283 팩스 02-466-1301

문의(e-mail)
편집 editor@eyeofra.co.kr 마케팅 marketing@eyeofra.co.kr
경영지원 management@eyeofra.co.kr

ISBN 979-11-89881-10-8 04830
      979-11-963499-0-5 04830(set)

THE NEW GATE volume14
ⓒ SHINOGI KAZANAMI 2019
Character Design: Banpai Akira
Original Design Work: ansyyqdesign
Originally published in Japan in 2019 AlphaPolis Co., LTD., Tokyo.
Korean translation rights arranged with AlphaPolis Co., LTD., Tokyo,
through Tuttle-Mori Agency, Inc, Tokyo and AMO Agency, Seoul.